当代作家精品·小说卷　主编　凌翔

遇见

程娟 著

北京燕山出版社

图书在版编目（CIP）数据

遇见 / 程娟著 . — 北京 : 北京燕山出版社，2022.4

ISBN 978-7-5402-6390-4

Ⅰ. ①遇… Ⅱ. ①程… Ⅲ. ①中篇小说—小说集—中国—当代②短篇小说—小说集—中国—当代 Ⅳ. ① I247.7

中国版本图书馆 CIP 数据核字（2022）第 013694 号

遇见

责任编辑：杨春光
装帧设计：陈　姝
出版发行：北京燕山出版社有限公司
社　　址：北京市丰台区东铁匠营苇子坑 138 号嘉城商务中心 C 座
邮　　编：100079
电话传真：86-10-65240430（总编室）
印　　刷：北京军迪印刷有限责任公司
开　　本：710 ×1000　　1/16
字　　数：200 千字
印　　张：13.5
版　　次：2022 年 4 月第 1 版
印　　次：2022 年 4 月第 1 次印刷
ISBN 978-7-5402-6390-4
定　　价：68.00 元

序1　为底层人物立传
——读程娟小说集《遇见》

高鸿

打开程娟的作品集《遇见》，笔墨朴素，行云流水。开始看《祭祖》的时候，还以为是纪实性散文，故事徐徐展开，娓娓道来，令人有身临其境之感。小说以倒叙的手法，通过几个年轻人清明上坟开始。年轻人穿着时髦，开着轿车，一个拿出面值十几亿的冥币边烧边念念有词；一个不甘示弱，拿出宝马轿车、苹果手机等模具，边烧边说。他们念叨的不是对亲人的思念，而是祈祷老人保佑他们子孙好运，能发大财。路过的村人看不惯，说老人活着的时候你们不管不顾，现在黄土堆前假孝顺，羞先人呢！这种情况在农村并不少见。老人活着的时候，儿女谁都嫌弃。死后大操大办，假惺惺地演给活人看，令人心生悲悯，感慨万千。接下来，作者以第一人称亲历者的视角开始叙述，老人沧桑的往事徐徐展开。贫贱夫妻百事哀。秋儿和李四的爱情故事算不上跌宕起伏，但也十分曲折，令人唏嘘。他们相濡以沫，同甘共苦，把生儿育女当成神圣的任务，一口气生了八个！夫妻俩节衣缩食，含辛茹苦将他们拉扯大，期盼着享受天伦之乐，过上孙贤子孝的幸福生活。等到孩子们一个个羽翼丰满，给他们成家立业，老两口像耗干了的油灯一样，儿女们早已将他们遗忘，几个月都不来看一眼。李四积劳成疾死去，秋儿孤苦伶仃，最终也像一片枯叶似的飘落尘泥，留下两堆长满荒草的坟茔瑟瑟在寒风中……

《花开有声落无痕》中的赵儒民虽然是一个胸无点墨的庄稼汉，然而重男轻女思想却根深蒂固。妻子秋云吃苦耐劳，任劳任怨，却因为生了两个女孩而备受屈辱。小说写道："如果谁家有几个儿子，即便日子过得依然穷困潦倒，但他们的父母却在人面前说话雄赳赳气昂昂，一副高人一截底气十足的神态。相反，赵儒民就因为这个宝贝儿子的姗姗来迟总感觉低人三分，可愚昧的他硬是将生不下儿子的责任都怪罪于妻子秋云身上，不是横眉冷对就是无理指责，对两个女儿大妞和二妞也是冷眼不屑。只要他一进门，秋云和女儿都是战战兢兢，提心吊胆，生怕一不小心又惹怒了随时都可以大发雷霆的他。善良软弱的秋云也理所应当地将这份怪罪默默承担，在丈夫面前任劳任怨，低声下气。楚楚可怜的她在家里没有地位，在外面低人三分。对于丈夫愚昧无理的责备和冷落，村坊邻居喋喋不休的说三道四，她只有选择沉默，吞下委屈，每天都把自己淹没于繁重的体力劳动中，早出晚归，形单影只。"鉴此，秋云在怀第三胎的时候备受煎熬，生怕自己再生个女孩，那样的话别说赵儒民无法忍受，自己也无颜再生活下去。在这种情况下，越是临近产期，秋云越是战战兢兢，压力山大。好在命运没有再次愚弄她，秋云终于生了个"带把的"，赵儒民扬眉吐气，一反常态，甚至给妻子冲了碗鸡蛋汤，令她受宠若惊。秋云感觉苦日子终于熬出头了，赵儒民也可以在人前趾高气扬地做一回男人了。有了儿子，赵儒民像个孩子似的一口气跑去跪在父亲的坟前，激动地说："爸，你有孙子了！"说完起身边往回跑边转身说道："爸，我先给你孙子烧炕去，等满月时我抱着他来看你……"在他们看来，有了儿子就有了一切，生活充满期待，想着二十年后儿子娶妻生子，一家人其乐融融，共享天伦之乐，画面是多么美好啊！于是，他们对那个好不容易到来的宝贝儿子倍加珍爱，即使家里再穷也不能穷他，一味娇纵，儿子赵东升"不负众望"变成废材，成了令人最头疼的祸害。即使如此，赵儒民仍对儿子充满希望，觉得有了他赵家就有了根，可以传递香火。赵东升不断在作践自己，最终死于非命。可怜的老两口被吓傻了，久久地抱着儿子不肯放手。至此，他们还不明白儿子的死与他们的娇生惯养有直接关系，一味地哀叹命运不公，令人十分悲哀。

另一篇小说《哑巴女人》写得非常生动，女人命运多舛，流浪到煤矿，被人欺侮，光棍汉老王挺身而出挽救了她，最终收留了她，两人相依为命，过上了安稳的日子。谁知幸福的生活刚刚开始，老王突然死于矿难，留下哑巴女人和他们的孩子。儿子不负众望，考上了名牌大学，在北京就业成家，回来接母亲去城市生活，哑巴说我哪也不去，就在这里陪你父亲……

我的第一部长篇小说《沉重的房子》出版后，著名评论家李建军曾以《另一种性质的底层写作》为题写了一篇评论（《长城》2008年第8期），李建军写道：

读罢这部作品，我有这样几个印象：其一，作者有着像大地朴实、深厚的底层情怀，他的写作属于真正的底层写作。虽然，“底层写作”和“民间写作”几乎已经成了当下人们的流口常谈，成了时髦的文学标签，但真正写出了底层“小人物”的生活境遇的，却似乎并不多见。高鸿写的是一个纯粹的底层世界，写的是那些生活在中国社会最底层的农民。

读完程娟的小说集《遇见》，我首先想到的便是这篇评论。因为，这部小说集写的都是底层人物的喜怒哀乐，悲欢离合，关注的都是底层小人物的命运，读来掩卷而思，心情十分沉重。近年来，涌现出许多底层题材的小说，为底层代言，底层写作成了有良知的知识分子不可推卸的责任和义务。底层的概念一般包括两种含义：一是指弱势群体，如进城农民工、下岗工人、待业人员等；二是除弱势群体之外的社会基层的平民百姓。底层题材与现实主义的创作方法是这一写作方式的两大特征。底层文学书写的对象，包括各种小人物。底层人物尽管多样，有一个基本特征：他们在社会权力结构中无权无势，随时受到压迫，在社会经济结构中，收入微薄，没有固定的经济来源，维持基本温饱艰难甚至生活难以为继。程娟的系列小说在真诚切近当下底层生活时，原生态地呈现出乡土生活中小人物的喜怒哀乐与生命尊严。同时在对苦涩生活的把握与人物性格命运的展示中，小说体现出底层写作先进的叙述特征和审美趋向，值得肯定。

当然，程娟的小说还存在一些问题。比如一味地追求人物命运的悲戚，局限于故事的曲折，没有更深层次地剖析造成这一悲剧的原因。

希望今后会看到她更多优秀的文学作品。

2021年6月3日于闲云阁

高鸿，陕西富县人。中国作协会员、“陕西百优计划”文艺人才，陕西省工艺美术大师，咸阳市有突出贡献专家，《西北文学》杂志主编。2005年开始在《北京文学》《中国作家》《人民文学》等期刊发表作品，多次被选刊转载。已出版长篇小说《沉重的房子》(《黑房子，白房子》)《农民父亲》《血色高原》《青稞》(《爱在拉萨》)《情系黄土地》《平凡之路》，中短篇小说集《二姐》《银色百合》，散文集《遥望陕北》《走进西藏》《南泥湾》，长篇报告文学《艰难超越》《水无穷处》，长篇历史人物传记《一代水圣李仪祉》等文学作品600余万字。《沉重的房子》入选《陕西文学六十年作品选》(长篇小说卷)，《农民父亲》荣获吉林省第二届新闻出版精品奖、陕西省第二届柳青文学奖；报告文学《到中流击水》荣获陕西省柳青人社文学奖，《水无穷处》获第八届徐迟报告文学奖；散文荣获第二届孙犁散文奖、第八届冰心散文奖等，入选《大学语文》教材、《语文主题学习》(九年级)教材、《中国最美的散文》等国内20多种版本并屡次获奖。

序 2　腹有诗书气自华

杨鹏

继二十余万字的散文集《热土》出版之后，我公司员工程娟的中短篇小说集《遇见》要问世了。这是程娟的第二部作品，也是她在文学道路上矢志不渝一路向前的又一收获。我在衷心表示祝贺的同时也应给予最大的支持！

众所周知，文学是一项孤独的事业，也是一碗强人才能吃的饭。这条道路上的艰辛，没有经历过的人无法知其辛苦。从散文集《热土》到中短篇小说集《遇见》，在这之间横亘着一个追求文学的女性不平凡的人生追求历程，也是她在写作过程中不断超越自我，刷新自我的明证。

程娟的青春里程，恰好是七零一代人从乡村的物资匮乏走向逐渐解决温饱，获得接受教育机会的时期，也是中国社会思想从禁锢走向全面解放的时代。她的生命成长见证了这一时期乡土生活的变迁，也经历了物质上的短缺对于个体生命的考验与磨砺。还有乡土社会中根深蒂固的重男轻女思想对于生命的摧折。她的短篇小说真实地反映了这一现实现象，具有着深刻的人道主义精神和扎根现实的文学根基。她的语言是朴素的，她的感情是真挚的，在她深具卓见的观点背后同时还饱含着悲悯与同情的泪水。这些东西也正是当下的读者需要在文学作品中去阅读汲取的生命力量，是我们在当下的时代需要弘扬的人生观与价值观。

文学创作的背后，需要的是丰富的人生阅历，深邃的生命体察，还有在不断的阅读与写作之中的反思与创造精神。因此文学创作者的劳动是辛苦的，是将人生的血泪化作纸上的精魂的一项创造性事业，是能够将我们的生命经验和人生智慧总结传承下去的光荣事业。

作为我公司的一名员工，程娟不顾生活的劳累和工作的繁忙，在生活的空隙之中坚持文学创作，这种劳动强度非常人可及。难能可贵的是，她坚持了下来。不但在自己的工作上取得了优异成绩，个人自我价值还得到了充分体现，这应该是我公司的荣光。

在本职工作岗位，程娟连续多年获分支公司先进个人荣誉，还在省市公司的多次征文中获奖，是公司一名优秀的新闻通讯报道者和宣传者，是我公司企业文化建设的表率。这所有的荣誉与成绩都代表着程娟对工作的认真负责，以及在文学创作道路上的努力拼搏，她在自我人生中的艰辛跋涉，展现了广电员工的担当和拼搏精神，她的精神值得公司全体员工学习。

彬州大地是一片有着悠久历史文化的热土，在这片热土上曾经诞生过众多的文化名人，也饱藏着深厚的文化底蕴。广电网络作为国有大型文化企业，肩负着“举旗帜、聚民心、育新人、兴文化、展形象”的光荣使命。程娟作为广电网络的一员，我们对她的创作充满着更多的期待，愿她在以后的文学创作中取得更大的成绩，为古豳大地增色添彩，为广电网络树立标杆。

杨鹏，陕西广电网络传媒（集团）股份有限公司咸阳分公司总经理

目　录

祭祖

1

两座破败不堪的坟墓上长满了荒草，远看好似两个干柴垛，这样的荒芜和冷清，显然是常年无人问津。

清明节这天，随着一辆辆黑白锃亮的小轿车与穿着时髦的几个小伙子的出现，使常年被冷落的墓地一下子变得格外热闹。他们每人都拎着成捆的冥币，围成一个半圆跪在坟前烧纸焚香。一个边烧纸边说："爷爷，这一张纸钱面额就是十亿元，你看我给你买了几大捆，你想怎么花就怎么花，所以你一定要保佑我今年赚大钱发大财哦。"另一个也不甘示弱地打开一个纸盒子说："爷爷，看孙子我给你买了啥，宝马轿车，苹果手机，洋酒洋烟，这都是进口的，我这么有孝心，你老人家也要保佑孙子我今年红红火火的哟！"

就在他们一个个烧冥币表孝心求佑护时，村里的张三正好路过，他无比轻蔑地向那边白了一眼，气哼哼地说："你爷你奶活着比狗屎还臭，儿孙谁见谁嫌，现在成了一堆黄土却争着孝敬，真不知道什么叫亏先人丧德！"

这两座坟墓里安息的是李四老两口。

听着张三的愤愤不平，李四老两口那饱经风霜的脸孔，腰背佝偻的身影清晰地浮现于我的脑海。

2

那是一个夏日的午后，我无意间转悠到了沟边。放眼望去，葱葱郁郁的各种树木将沟底笼罩，如一口绿色的染缸深不可测，幽静的林间偶尔传出几声不知名的鸟鸣，瞬间又是长时间的寂静。

顺着一条羊肠小道继续往下走，眼前突然出现了两只母鸡，它们一前一后像是觅食，又似散步。它们的出现让我好不诧异。自退耕还林以来，沟里原本种粮食的硷硷洼洼都栽满了树，不种地自然也就没人再去光顾，更别说有人住在这里了。随着两只鸡的方向，我看到了一处院落，两孔窑洞，一棵粗壮的大槐树下，两个年近古稀、风烛残年的老人正在打着盹。

两只鸡也许是争食也许是嬉闹，突然发出的咯咯声同时唤醒了两个耷拉着脑袋的老人，他们不约而同地看向两只鸡。

老奶奶说："一天没喂它们吃食了。"

老爷爷打了一个哈欠说："一个蛋都不下，还喂？"

"不下蛋就不喂了？你黄土都埋到下巴了，一天两顿饭还不是照吃不误！"

"我和鸡能一样？"

"吃了睡，睡了吃，都在等死，咋不一样？"

老爷爷诡秘地冲着老奶奶笑了一下说："它们和你一样，都是下蛋的，但你比它们的功劳大多了，你满堂儿孙，它们却一无所有。"

老奶奶白了老爷爷一眼，加重语气说："我儿孙满堂有啥用，还不是像王宝钏一样孤守寒窑。"

老爷爷立刻气呼呼地瞪了老奶奶一眼说："总是哪壶不开提哪壶！"

说着，起身拍着屁股上的土，摇晃着进窑里去了。

老奶奶盯着窑门抬高声音说："养了一群白眼狼，还不让我说，别人说不定指着你的脊背，骂你上辈子肯定是亏人造孽了，六个儿子真像一个模子里刻出来的，没一个孝敬你。”

老奶奶说完，也起身进了窑里，一会撩着衣襟又出来了，向着两只鸡啾啾地叫着，随着她撒向空中的几把玉米，两只母鸡扇着翅膀争抢着跑向老奶奶。

老奶奶一边从衣襟里向地上撒玉米，一边对着两只鸡絮叨起来：“歪脖子，你别抢，这一把是烂眼睛的，它一只眼睛不好使，你给它留点。”接着又抓了一把撒向另一只鸡：“可怜的烂眼睛，你这只不顶用的眼睛，这辈子可没少短精神，总是吃得比歪脖子少。”

这时老爷爷又从窑里出来，坐回原来的位置。也难怪，一出窑门走几步就是沟边，两旁是废弃的窑洞和荒地，除了大槐树下这块被他坐得发亮的地方还真无处可去。他整天如井底之蛙一样看着井口大的天，手片大的地，早让他视觉麻木了。刚一坐下来，那顶西瓜皮帽子就跟随着他的头耷拉在胸前，口水顺着嘴角流在胸前的衣服上。

听着老奶奶对两只鸡有趣的唠叨，我不由走到了跟前搭话：“老奶奶，这鸡还有名字啊？你说话它们能听懂吗？”

我的到来无疑让他们感到意外。老爷爷突然抬起他那沉重的眼皮看着我，老奶奶没有回答我的问题，倒先问：“你是谁家的孩子？好像没见过。”

我也没答复老奶奶，迫不及待地问：“你们住在这里吗？”

“你不是咱村里的娃？”老爷爷终于睁开他那一直眯着的眼睛问我。

我上前答道：“我是刚调来咱村里学校的老师。”

“哦，难怪。”老爷爷打量着我。

也许是我这个不速之客的到来，为他们长期空洞无聊的视觉带来了一点新鲜。老爷爷一下子精神了好多，抬起来的头也显得有力多了。我还以为他的脖子无力支撑那个沉重的脑袋。

老爷爷冲我笑着说："当老师好，一看文绉绉的就像个书生，不光是外表长得水灵，关键是肚子里有墨水。"这时我看到他嘴里竟然没有一颗牙齿。

"要不要喝口水？"老奶奶和蔼地看着我。

其实我是真想进去看看，眼前的这两孔窑洞如古董般使我充满了好奇。在我的记忆里，窑洞虽然并不陌生，但这样的窑洞我还是第一次看见。首先是它的外观，整个窑面被一簇一簇生命旺盛的酸枣树占据，而且那些粗壮的根须肆意疯长，将完整的窑面四分五裂，上面的土块摇摇欲坠，给人感觉随时都有掉下来的可能。两扇木门留着长年累月烟熏的斑驳痕迹，一个正方形的小窗子被分成很多小方块，像几十双眼睛一样透着幽暗的光芒。跟着老奶奶跨过足有一尺高的门槛进到了窑里。窑内光线昏暗，乍往里一看，漆黑空洞，深不见底，犹如一张怪兽张大的嘴，让人不由充满了各种恐惧的幻想。借着门里照进来的一簇光线，窑壁上的烟垢油黑发亮，像老奶奶的脸一样皱纹纵横，布满了沧桑。靠窗子的土炕上，一边放着老奶奶的衣物，一边铺着打了很多补丁的芦席，炕角叠放着一床粗布被子，一道塄坎横在炕和锅台中间。整个窑里的墙面、炕沿、塄坎都是原生态的泥土，而且浸入了太多的岁月烟火色。这时老奶奶揭开锅盖，用一只粗瓷碗从又大又深的锅里舀了一碗水递给我，满脸慈爱地说："锅里的水喝着不凉。"我惊讶地问道："老奶奶，就你们俩怎么用这么大的锅？"

她盖上锅盖，叹了一口气说："我十岁时来到这个家里就用这口锅，那时要做一大家子十几口人的饭呢！后来儿女们长大了，像鸟儿一样，翅膀硬一个，飞走一个，都有了自己的窝，就剩我们俩看家护院了！"

看着偌大的窑里就一个土炕加一个锅台，再看看老奶奶核桃皮似的脸却布满慈祥，灰白的头发梳在脑后，一双三寸金莲的鞋帮上还绣着花。她虽然年老体弱，却把自己收拾得干净利落，空荡荡的窑洞整齐有序，看得出她是一个能干的女人。只是岁月渐去，人情寡淡，如此孤寂薄凉的晚年，怎么也配不上这两位经历了生活的酸甜苦辣，见证了生命喜怒哀乐的风霜老人。

招呼我喝完水，老奶奶指着炕沿说："女子，你若不嫌弃就坐，我要烧炕呢，趁太阳没落山，要不一会儿有潮气，烟囱就出烟不利索了。"

虽然太多的好奇让我很想和老奶奶多聊一会，但还是不得不告辞离开。

3

从此，我闲暇之余便喜欢去那个清静的院落串门。时间一长，和他们自然熟了，也很乐意帮他们做一点小事，开一些有趣的玩笑。比如每次去看到他们两个人蹒跚着同样的脚步，进行着同样的程序，抱柴，添柴，点火，各自给自己烧炕。一股浓烟从炕洞门里涌出，将他们笼罩淹没。随之便是他们被烟呛得发出的咳嗽和喘息，那一阵阵撕心裂肺的咳嗽像针一样刺在我的心里，让我不由着急，难过，心酸。他们年近古稀，儿孙满堂，却被冷落遗忘，还要为自己的饮食起居而操劳。人活一世，终其一生，在他们身上体现得如此淋漓尽致。为了减轻内心的焦急，每次我都争抢着帮他们从旁边废弃的窑洞里抱来柴草，添进炕洞，他们只需点火就行了。每次老奶奶都会无限感慨地夸道："多善良的女娃娃，以后肯定会找个好婆家，好人一定会有好报的。"这时我会看到她眼里闪过一丝泪光，但她很快会撩起衣襟擦掉，我宁可认为她那是被烟呛的，而不是悲从心生。

每次烧完炕后，我们又一起坐在大槐树下，看着夕阳的余晖渐渐掉进远处的云里，头顶的鸟儿陆续归巢，然后听它们在树上叽叽喳喳，窃窃私语。此情此景让我不由想到了洪应明的经典诗句："宠辱不惊，看庭前花开花落；去留无意，望天上云卷云舒。”多么惬意相似的情景，可他们却落得暮年黄昏门前清冷，儿孙成群无人问津。

等他们的喘息声慢慢平缓后，我便开玩笑地问道：“奶奶，想一下如果你俩睡一个炕，省力又暖和，还能拉话聊天，多好啊！”

老奶奶轻描淡写地说：“我们年轻时就不在一个炕上睡，现在已经习惯了。”

我就笑着打趣说：“你们年轻时不睡一个炕，怎么会有那么多孩子呢？”

这时老爷爷冲着老奶奶嘿嘿地笑着说：“你说话都不会，自己给自己套笼嘴，让人家娃娃问得没话说了吧。”

奶奶接着说：“你爷爷三十几岁给农业社喂牲口，黑白昼夜在饲养组，从那时我们分开到现在。”

我突然觉得他们真的是时代的悲剧，更加同情地说：“奶奶，此一时彼一时，那时是情不得已，可现在这么空落落的地方除过你就是爷爷了，这正是需要两个人互相做伴和照顾的时候啊！”

奶奶叹了口气说：“我们现在是活一天算一天，不想那么多了，再说他的呼噜声如打雷，我嫌吵得慌。”

每次我会和他们待很长时间。老爷爷不善言谈，听得多说得少。而奶奶却不一样，她头脑清楚，说话有序，我喜欢听她讲那些遥远的故事。

一个周末，因为时间充足，我便对她说：“奶奶，给我说说你吧，我想把你的故事写成书。”

她惊讶地睁大眼睛看着我问：“你会写书？”

我笑笑答道：“奶奶，我虽然没写过，也不知道能不能写好，只是想把你的故事永远地用文字留在这个世界上，若干年以后，当我翻起这段文字时，至少会想起这一方净土和两个老人。”

老奶奶虽然似懂非懂，但还是兴致勃勃地说：“好，你一定能写好。”

于是，我和她就坐在那棵古老茂盛的老槐树下，伴着从树叶间透射下来的缕缕阳光和老爷爷沉沉的呼噜声，听她认真地向我讲述了自己的一生。

4

我原本出生于大户人家，算不上锦衣玉食，至少也是衣食无忧，能吃饱穿暖。我爷爷治家有方，德高望重，却生了个不争气的儿子，还是独苗，整日游手好闲，吃喝嫖赌。在我十岁那年，我那赌博上瘾的父亲不敢从家里拿钱，便在外面偷偷赊账。突然有一天，几个人拿着父亲的欠条找上门向爷爷讨账，一辈子心高气盛且不知情的爷爷怎么容得有人在自己面前趾高气扬、指手画脚，无论怎样不能失了气场。便拨拉着算盘让人呈上欠条。随着爷爷拨打算盘的速度加快，他的脸色也变得僵硬煞白。当他知道自己丰厚的家底已经不足以抵挡那些欠条时，暴跳如雷地喊着我父亲的名字大骂，接着一股鲜红的液体从他的嘴里喷出。那些债主们见状忙收起欠条溜之大吉。接下来的日子，村里的人见面第一句话就是："王掌柜被他那败家的儿子给气得吐血死了。"

埋葬爷爷的时候，村里还是来了好多人。唯独没有父亲，从那些债主拿着欠条来讨账到爷爷被活活气死，父亲始终不知去向。有人说他是畏罪潜逃自我反省，也有人说他无颜面世忏悔自杀。反正从那以后我再也没见过他。

爷爷的丧事还算办得体面。奶奶打发好多人去找父亲都没有音讯，她对母亲说："不等了，先让亡人入土为安吧。"她接着说："先不管那些欠条，尽我们所有，把人体体面面地埋了，你爸一辈子兢兢业业、省吃俭用，攒下了这笔家业，唯一让他挺不起腰的就是家门不幸，养了一个不成器的儿子，连最后一面都没见上。"

埋葬了爷爷没几天，那些债主们落井下石，像疯狗一样抢光了我家的地，占据了我家的屋子，毫不留情地将我们赶出了门。往日家运兴旺时，远亲近邻好不热乎，突然落得家破人亡，连平日里和爷爷交往甚密的亲戚也不待见我们了。逼迫无奈，奶奶带着我们住进了一孔废弃的破窑洞。她一夜之间头发全白了，白得像一团丝线。她脸色蜡黄，嘴唇干裂，软绵绵地蜷缩在炕头，像个瘦弱的孩子，似乎一阵风都能把她吹走。母亲把做好的饭端到炕头，扶起勉强能坐起来的奶奶，她的嘴刚碰到碗沿，腹腔里就发出一阵打嗝声，然后就双手捂着胸口摇摇头慢慢地又躺下了。她的表情凄婉忧伤，每次都让一旁的母亲暗自垂泪。看着奶奶几天水米不进，母亲着急地避过奶奶总是偷偷地抹眼泪。那时的我想不出更好的方式去安慰母亲，唯一能做的就是默默陪在她身边。我想母亲一定是压抑到了极限，她有时会突然抱紧我问："秋儿，你说妈该怎么办啊？我们不能再失去奶奶了……"她那无助空洞的眼神我至今难忘。现在想想，在那样同时失去家庭和丈夫的双重打击下，她面临家破人亡，风餐露宿，饥寒交迫的处境，还要挑起照顾奶奶和我的担子，对一个单薄弱小的女人来说，该需要多大的勇气和力量？

奶奶在炕上瘫了一个多月，人一天比一天虚弱，唯一让人觉得她还有一丝气息的，就是嗓子里不时发出的嘶啦声。无论母亲多么悉心照顾，还是没有留住奶奶。奶奶是静静地离开我们的，在一个夜里，奶奶的嗓子里突然没有了嘶啦声，母亲喊了几声没有回应时，她就知道奶奶已经去了。母亲怕吓到我，就没有出声，将奶奶抱到天亮。

母亲在窑洞外面简单地埋葬了奶奶，她跪在奶奶的坟前哭得撕心裂肺，肝肠寸断，那凄凄哀哀的声音在空旷的山沟里飘扬回荡。她哭出了心里积压了太多的愁苦后对奶奶说："娘，你就先委屈地安息吧，等我找到你儿子，第一件事就是给你修墓立碑。"

5

没有了奶奶，窑里一下子空荡荡的。仅仅几个月时间，好好的家说没就没了，一家人连续死了两个，一个还生死未卜，母亲的情绪低落到了极点，她整天抱着我愁眉不展，郁郁寡欢。

漆黑的夜里，我常常会被母亲滴在脸上的泪水弄醒。望着窗外，没有月亮的晚上只有星星做伴，我就觉得外面的星星和夜空就像我和母亲一样相依为命。偶尔飞来一只猫头鹰落在窗外的树上，那一声诡秘的叫声让我不由向母亲靠近。母亲这时会将我的头揽在怀里，我虽然看不到她的脸，但那一滴一滴的眼泪穿过我的头发，使我的头皮感觉痒痒的，我就知道她又在哭。然后听见她像是自言自语又像是问我："你说你爸会回来找到我们吗？"当时我还小，根本不能理解母亲期盼父亲回来的悲切心情，因为在我的记忆里，父亲对母亲和我总是漠然置之，还经常拳脚相向，所以父亲存在与否，在我的心里并没有多大意义。后来在我失去母亲的刹那间，才觉得父亲对我们是多么的重要。

没过几个月，我们带出来的粮食吃完了。母亲只能带着我四处流浪，开始沿门乞讨。讨来的窝窝头嚼在嘴里像木屑一样难以下咽，就那还算好，有时候一天都讨不到一个窝窝头。我饿得嗷嗷大哭，母亲好说歹说哄劝我，可我还是饿，还是哭，母亲气急无奈就踹我一脚，我就不哭了，可母亲却抱着我哭了。

有一次，我们走了整整一天，走了几个村庄才讨了两个馒头。母亲高兴地看着我吃完两个馒头，捡起我掉在地上的馍屑放到嘴里贪婪地咀嚼，我才恍然大悟她将讨来的食物全给我吃了。她摸着我的头笑着说："妈不饿，说不定回去的路上，我们还能讨一些吃的呢。"说完她牵着我的手往回走。

空旷的田野无边无际，寂静无人的路上母亲牵着我的手，显得格外渺小。皎洁的月光将我们的影子缩短拉长，一会像两个庞然大物，一会又被我踏在脚底。偶尔从很远的村庄传来一声狗叫，接着便是一片的千呼百应。它们的叫声打破了夜的宁静，也给我们壮了胆子。母亲拉着我不由加快了脚步说："能听见狗叫就离村子近了，快走吧。"她一天没吃东西，脚下无力，一个趔趄跌倒在地，她挣扎了几次都没站起来。借着月光，我看见她疼得满头大汗。母亲看见我吓得哭了，就挤出一丝笑容说："不要紧，怕是脚崴了，歇一会就好了。"坐了一会，母亲试探着起来，一手拄着棍子，一手扶着我，步履蹒跚，浑身发抖。她突然停下来喘着气说："要是我们能碰到你爸该有多好！"我清楚地记得她说这句话时语气充满了希望，好像父亲就在不远处。

母亲的脚走不了路，躺在炕上出不了门。她从炕角翻出一个布袋子，小心翼翼地解开，拿出了一个干馍块，让我垫垫肚子，她说那是她藏的救命粮。母亲教我一点一点地咬，一下一下慢慢地嚼。她说："吃干粮一定不能着急，而且要多喝水，才不会被噎着，吃下去胃也不会难受。她看我很快吃完了还眼巴巴地看着炕角就说："干粮只能吊命不能充饥，吃多了肠道会梗塞。"我噘着嘴巴想母亲一定是骗我的。她看出了我心思，叹着气说："这个世上，只有父母对孩子是掏心掏肺的，不让你多吃是我深受其害。在我小时候遭年馑，你外公几天颗米没进，饿急了，正巧碰上地主家晒高粱，他不要命地冲进晒粮场，抓起高粱就往嘴里灌，等人家发现时他已经睡在高粱堆里肚子疼得打滚，你外婆领着我跑去时他已经活活地疼死了，你外婆哭得死去活来，村里人就说，在这饥荒年月，能做个撑死鬼也算享福了。你外婆就哭着骂你外公，你做了撑死鬼撇下我娘俩咋办啊？"看着母亲满脸的泪水我知道她没有骗我。

母亲拿出的馍块一天比一天少，而且她每次系上口袋时都会把剩下的掂了又掂，然后又小心翼翼地埋在炕角的棉絮里。她的动作缓慢而郑重，眼神空洞又茫然。

外面的气候虽然已经到了春天，但我和母亲依然生活在饥寒交迫的冬天。每天只靠那一两块干馍维持生命，饿了母亲就让我喝水，尽管肚子胀得里面总是咕咕咕地响，可依然饿得心里难过。每当此时，母亲就会给我描述一顿画饼充饥的美餐。她总是说："熬过这几天就会有好多吃的了，春天一到，野地里的各种野菜又绿又嫩，洋槐花香甜可口，还有那榆钱钱满沟遍洼都是……"每次听得我嗓子里咕噜咕噜直咽口水。可外面呼啸的冷风裹挟着黄土肆无忌惮地掠过近处的山峁，树枝和草屑发出阴阳怪气的声音不由将我们拉回现实。我和母亲同时看向尘土飞扬的窗外，外面一片灰头土脸，萧条荒凉，哪有春天的迹象？我看她时她也正苦笑着看我。

母亲的脚终于能下地走路了，她说："我们去外面晒晒太阳吧，在炕上睡得骨头都发霉了。"我刚扶着母亲还没走几步，就看见了窑门口一双锐利的眼睛放射着杀气，一拃长的舌头遮过了下巴，嘻哈嘻哈喘着粗气，死死地盯着我们。虽然我没见过狼，但眼前这只狗一样的动物和平日里大人们为吓唬孩子们所描述的狼极其相似。母亲慌忙将我推进身后的柴草里，随手抓起炕上的棉絮盖在我的身上。悄声叮嘱我千万别出声，更别动弹，她拄着木棍大步向外面冲去。我当时特别奇怪母亲的脚明明还没好，走路还不利索，怎么会突然跑得那么快。

在那青黄不接的时月，狼的肚子也像板夹了一样贴着肋骨，见人分外眼红，它紧盯母亲迫不及待地扑过去。母亲一闪身向另一个方向跑去，狼扑了空。母亲的挑战激怒了狼，它喉咙里发出呜呜的声音，眼睛里闪烁着凶恶的绿光。它忽然腾空一跃，母亲便被卷在了身下。她挣扎着用最后的力气大呼救命，同时还叮咛我千万不能出去。我透过棉絮的缝隙隔着狼的两条腿看见母亲做着最后的挣扎，她的衣服在狼锋利尖锐的牙齿下很快被撕烂。也许她已经看不到了生的希望，知道无论自己怎么抵抗终会成为狼的腹中之餐时就突然不动了。随着母亲的一声惨叫，我看到她身上血迹斑斑。她挣扎着看向我，我看到了一双充满着不舍和绝望的眼睛，那便是我和母亲的永别。

6

这时村里放羊的李老头听见母亲的呼救声，远远地跑过来，他边跑边扯着嗓子喊："打狼了，打狼了……"等他跑过来抡起手里的镢头砸向正在撕扯母亲的狼时，狼扯着母亲一个箭步跳下了不远处的崖面。李老头见状捡起一块石头向下面砸去，他嘴里始终没有停止地喊着："打狼了，打狼了……"在他的呼喊下，沟里放羊的其他人都手拿家伙，从各个方向跑来向狼围攻过去。李老头站在崖边怒不可遏地喊："打死这个畜生，剥了它的皮，抽了它的筋。"

我蜷缩在棉絮下面瑟瑟发抖，想哭却哭不出来，想动浑身瘫软，我想我会不会快要死了。我把手放进嘴里使出全身力气咬了一下，分明感到了疼，我断定自己还活着。便想，如果我趁有人不爬出去，等李老头走了我更不敢出去了，那彻底会闷死在里面，或者会成为下一个狼的腹中之物。我开始张大嘴憋足劲，一腔哭声终于冲出了窑洞传到了李老头的耳朵。只见他四处张望了一会，确定声音是来自窑洞里面时，折身跑了进来四处寻找。我哭着伸出了一只手，他这才准确地掀开棉絮，把我拉了起来，一边拍掉我身上的柴草，一边带着微微颤抖的哭腔说："可怜的孩子，命咋这苦？"

狼看见人的队伍庞大，知道那到嘴的美餐眼看要落空时，就扯着母亲和他们打起了游击战。它在前面健步如飞，后面的人穷追不舍。它终究还是没有战胜人的毅力，精疲力竭地放下母亲逃之夭夭。费了九牛二虎之力救下的母亲已经被狼撕扯得没有了人形。那些人无比惋惜地问道："人是救下了，可已经不成人了，怎么办？"李老头对他们弱弱地说："找块向阳的地方埋了吧，埋得深一点，别让那畜生再倒腾出来吃了。”说完他蹲下身用他那粗糙的手抹着我脸上的眼泪说：“再哭也无用了，跟我回去吧。”我看见他深陷的眼睛里含着两团清汪汪的泪水，就知道他一定是个好人，我必须得跟他走，因为他是我眼前唯一的救命稻草。

我像一朵浮云跟在李老头后面不知飘向何方，头脑是空的，身体是空的。接纳我的是两扇门里的一个院落，两孔窑洞和李老头父子俩。那个院落从那天就成了我一辈子的家，李老头的儿子李四最后做了我的丈夫。

7

李家的日子也过得是家徒四壁，捉襟见肘，每顿饭都是黑面馍玉米糊糊，很少有菜，偶尔有也就是两瓣小蒜。小蒜是一种野生蔬菜，头只有指甲盖般大小，秧和韭菜相似，吃到嘴里没有蒜的味道，却非常辛辣。李四和他父亲每次回来都会从口袋里掏出一把小蒜，然后像编辫子一样把它们编起来挂在门闩上，说等冬日里解馋。

突然面对一个陌生的环境和两个陌生的人，尽管他们父子俩待我亲切和善，但我总是不能自如面对。特别是每次李四父亲对我说话时，我总是张口结舌却不知道该怎样称呼他。叫叔吧，觉得他和我爷爷一般老，叫爷爷又觉得别扭。所以每次面对他的问话，我只用“哦”或者“嗯”表示回应，他也许看穿了我的心思。吃饭时，将自己碗里的面疙瘩一块一块地夹给我说：“秋儿，除过这里你也没别的地方可去，所以就安下心把这里当成你的家，你如果愿意叫我爸，我自然高兴，你要是不愿意就叫叔，我也不勉强，李四你就叫哥吧。”他说这些话时语气缓慢平和，没有半点难为我的意思。这样我倒心里觉得过意不去，他不但救了我还收留了我，他要是不收留我，我想我必然是凶多吉少。在那样缺吃少穿的年月，家家都是食不果腹，连自己的孩子都吃不饱穿不暖，谁还会在意一个无家可归的孤儿，等我的只有自生自灭了。可老天还是善待了我，让我有了一块安身之处，尽管贫苦但却温暖，足够让我满意知足。所以，我一定得找一个合适的机会，将我完全融入这个小天地里。我正这样想时，看到李四起身接过他父亲手里的空碗去盛饭，我便急中生智跟着起身，等李四盛好，我抢先一步将碗端到李四父亲跟前叫了一声“爸”。他虽然应该有这样的心理准备，但还是惊愕地抬起头看着我，愣了一下，即刻满脸堆起了笑容，很快接过我手里的碗，嘿嘿地笑着说：“好，我有女儿了。”他接着扭头对李四说：“我老了，你要好好待她。”又回过头冲我笑着说：“快叫你哥，一家人真好。”我那会咚咚的心跳已经平静了好多，松了一口气，放大声音向着李四叫了一声哥。李四本来就性格腼腆，话不多，我一叫他竟然不知所措地搓着两只手，满脸通红地笑着，笑得有点羞涩。李四父亲瞥了李四一眼说：“都一个大男人了，瞧你那点出息，连秋儿都不如。”

8

从那天开始，我果然感觉和他们相处自然随和多了。他们每次出门时都会把我留在家里，我也嚷嚷着让李四下地干活时带上我，他每次都会说：“外面风吹日晒的，两天就会把你晒得和我一样黑，所以你就乖乖地给咱看家。”他每次给我这样说时，尽管我还是不想一个人待在家里，但心里感觉特别幸福踏实，有一种被呵护的可靠和安全。有一次，我突然想，如果他们干了一天的活回来能吃上现成的饭，那他们会是怎样的高兴。我就学着李四父亲，先在锅里倒上水，然后在灶膛里放进柴火，再点燃。想着很简单，可做起来难多了。首先是我个矮，够不着那又高又粗的水瓮，费了好大力气将灶火间的木墩搬到水瓮跟前，每舀一勺水都要爬上爬下，来回几十趟水算是舀够了，开始添柴点火，浪费了十几根火柴才点着了火。每浪费一根，我都心疼地想，李四父亲为了节省火柴，家里常年点燃着用艾草搓成的绳子，他每次做饭时都会拿一把干柴对着艾草绳头的火星不停地吹，直至干柴开始冒烟时，再赶快放进灶膛里，开始轻轻地拉风箱，一会就有了火苗。一放下饭碗，他就装一锅旱烟，把烟锅头对准点燃着的艾草吧嗒吧嗒地吸，随着那火星一灭一亮，一股浓烟瞬间将他笼罩，接着便是一阵咳嗽和喘息。每次我都会奇怪地问他，这么呛还要抽它？他贪婪地吸一口说："饭后一锅烟，赛过活神仙。"

我不停地添柴，用力地拉着风箱。一会工夫，锅里开始冒气。我爬上去跪在风箱盖上把玉米糁子撒进锅里，然后架上箅子，再放上高粱馒头，盖上锅盖继续烧火。在火烧得正旺时，忽然有一股焦煳味。我是第一次做饭，根本不知道锅里的饭还会焦，以为是火烧大了，便将灶膛里的火用火棍全捣灭。可焦煳味依然是越来越浓，这下我真是恐慌至极，不知所措。只能如热锅上的蚂蚁般等他们回来，心里更是纠结不堪，盼着他们赶快回来又怕他们回来，一趟趟地在门外和灶火间来回跑着。突然一阵脚步声从门外传来，我六神无主地站在原地不敢动。李四父亲进了门闻到了焦煳味，快步走过来揭开锅盖，一股焦糊味扑面而来。看着馒头成了黑焦疙瘩，我恨不得地上有个窟窿钻进去，但只好硬着头皮在一旁看着他将馒头拿出来，锅底的玉米糊也成了黑黄色。我知道自己闯祸了，无比自责地抹着眼泪等他的训斥。看着他在锅里添了水搅动，我想我该主动承认错误也许会减少他的责怪，甚至惩罚。就垂头抽搐着说："爸，我错了，你骂我吧。"他转身轻轻地抚着我的头说："秋儿，你没错，你很懂事，知道替我做事了，错的是我没教你。"他没有半点责备我，我更是无地自容。他边往碗里盛饭边意味深长地说："自从李四妈没了，我是既当爹又当娘，每天一进门还要烧锅燎灶做饭，我做梦都盼着有一天干完活回来能吃顿热腾腾的饭，哪怕是开水泡馍，我以为赶死都等不到这一天了……”他说这些话时声音颤抖，两眼含泪。我突然感到他也好可怜，他的那种渴望依赖的眼神像个可怜的孩子。我无比同情地拉着他坐下，然后将饭碗端给他。他接过碗没有抬头，嘴唇对着碗边呼噜呼噜地大口喝着，我分明看到了两股清泪顺着他皱纹纵横的脸穿过那花白的胡须流进了嘴里。

我和李四无声地看着他低头喝着玉米糊。整个窑洞的空气都弥漫着一股伤感和沉重。他似乎感觉到了我们俩没有动筷子，就抬起头抹了一把脸，将看着我的目光移向李四说：“吃饭吧，我不再担心你会步我后尘，在外面当男人回家做女人，有人能给你做碗热饭，我死就瞑目了，一进院门能闻到饭香味就是家的味道，所有的疲惫都会烟消云散。”说完，他端起碗又呼噜呼噜地喝起来，还不住地说：“好喝，真香……”

可我喝在嘴里又涩又苦，一股感动涌上心头，多么善良的父亲啊！我就想我的父亲，不知道他还有没有活着。在我十年的记忆里，他的形象是模糊的，我几乎没感受过他的父爱，他整天在外游荡，一听到他回来，我就躲进奶奶屋里不想看到他。每次奶奶都会把我圈在怀里说：“不管咋样，他也是你爸，你总躲着他就是你的不对。”这时爷爷就会向着我说话，他说：“就那德性还是少和孩子相处较好，他自己已经是无可救药了，别祸害了孩子，就算对得起祖先了。”

奶奶反驳道：“这样下去，这父女那还像父女？”

爷爷就批评奶奶：“难怪说女人头发长见识短，这血浓于水，骨子深处的感情是割不断的，他总有跳腾不动的一天，那时孩子也长大懂事了，这父女情分到什么时候都是改变不了的。”

真是世事无常，没想到我和他的父女情没等到爷爷所说的那时就断了。后来想想，这老天爷对人的安排都是公平的，我小时候虽然不缺吃不缺穿，但缺父爱。在这个家里，尽管吃糠咽菜，却让我重新感受到了一个父亲浓厚的爱和包容。

就那样，我学会了洗衣做饭干家务。

9

李四父亲在放羊时坠崖身亡。灾难的又一次降临，验证了他当初无比怜惜同情地说我是个可怜的孩子。是啊，我这个可怜孩子的生命里，已经先后经历了四个亲人的生死离别，我想一个人一生最大的苦难莫过于此吧。

在我印象中，冬天好像是我生命里的劫数，它是一个多灾多难的季节。爷爷、奶奶、父亲都是在岁末天寒的冬日里离开这个世界的。

李四父亲也是在那个寒气袭人的冬天将那个穷困潦倒的家推进了万丈深渊。那是一个冬日的晌午，我正蹲在灶火间烧锅做饭，李四整理着羊圈等父亲放羊回来。突然有人隔着崖面上气不接下气地喊："李四，快……快，你爸不行了……"

李四扔掉手里的家具顾不得多问拔腿就跑了出去。我脑袋嗡的一下愣在原地，看着李四冲出门外，将一个空荡荡的院落和一个孤零零的我抛在身后。我也想追他而去，双腿却如灌满了铅般沉重，一种巨大的恐惧让我不敢跑出去，我没有勇气再次面对死的离别。人的生命就如眼前的浮云，一会工夫，几个人抬着李四的父亲回来了。他满身的土，脸上没有一丝颜色。有人说："李四，快叫你爸，别让他的魂走了。"

李四趴在他父亲的头顶一声接一声哭叫着。他果然微微睁开了眼睛，无力地打量着四周，最后将目光落在李四的脸上，用他那树皮褶子的脸强挤出一丝笑，可眼里蓄着两坛清汪汪的泪水，在昏暗的光线里一闪一闪。他蠕动着嘴唇像要说什么，刚一张嘴，便立刻又眉头紧锁，一副很痛苦的样子。有人说："李四你往跟前凑，你爸有话要给你说。"李四忙攥紧他父亲那瘦骨嶙峋的手。他缓了过来又慢慢睁开眼睛，痴愣愣地盯着李四的脸虚弱地说："让秋儿做你的媳妇……"说完那两坛泪水在他那沟壑纵横的脸上潺潺流淌。有人赶紧推了李四一把："快答应你爸，要不他闭不上眼睛。"

我看见李四的脸上挂着一行清泪，冲着父亲点头。我突然觉得大脑一片空白。虽然来这个家的几年里，他们父子俩待我不薄，但我始终把他们当我的家人亲人一样，没想过会给大我十几岁的李四做媳妇。可是面对李四父亲临终之前的愿望，我无从选择。

晚上，李四搬进了我的窑里，将自己的铺盖放在我的炕上。他俯在父亲的耳边轻声说："爸，我已经搬进秋儿窑里了，你就放心吧。"

李四父亲闭着眼睛微微点了一下头，嘴角流出了一股乌黑的血，脑袋顺着肩膀耷拉了下去。

李四惊慌失措地哭喊着，旁边的人说："不要叫了，让你爸甘心地走吧。"

李四号啕大哭着扑向了父亲。

10

李四父亲没了，剩我们两个还真有点相依为命的感觉。晚上，他在上炕，我在下炕，他问我："冷不冷？"我说："不冷。"他又问我："怕不怕？"我说："怕。"他就爬到下炕钻进我的被窝，虽然我看不见他的脸，但分明感觉到了他的异样。他身体急剧起伏，嘴唇贴着我的耳朵出着热气，我几乎能听见他剧烈的心跳。他将头贴在我的胸前，双手在我的身上来回游走，一股异样的感觉传遍我的全身。我感觉自己的脸火辣辣的烫，不知是害羞还是害怕。男女之事对当时的我只知道是男人和女人住在一起，然后生儿育女，一起过日子。李四揉搓着我的胸，声音颤抖地说：“爸的魂可在看着我们呢，看着我们圆了房他才会安心。”他这样一说，我感到一阵不寒而栗，好像在那黑暗处有一双眼睛在幽幽地看着我，就不由将身子贴近了他。他顺势将我紧紧地搂在怀里，身子重重地压了上去。在一阵惊慌和疼痛之后我才知道了两口子是那样开始的，一夜之间我便成了他的女人。

那一年我十五岁。

十五岁的年龄放在现在还是个孩子，但搁在当时的年代，已经是当嫁的年龄了，十二三岁结婚的都不足为怪，所以我也就顺其自然地甘愿做了他的妻子。在后来的日子里，李四对我还算体贴。从来不让我下地干农活，回来还帮我做一些家务。有时我看到村里别的女子出嫁，都是穿着鲜艳的大红衣服，头上顶着红盖头，前呼后拥，好不风光，心里就涌上一股苦涩和羡慕。李四看见了就会拉着我的手说：“回吧，别看了，过日子过的是柴米油盐一辈子，不是风光这一阵子。”

在我还完全没明白女人生孩子是怎么回事时，我们的第一个孩子已悄悄降临。李四瞅着不停反胃呕吐的我两眼放光，神秘又兴奋地说：“秋儿，你有了！”我痛苦且莫名地看着他问：“有啥了？”他更加兴奋地将瘦弱的我腾空抱起，想让全村人听见似的喊：“你肚子里有孩子了，我们要有孩子了……”经他一摇晃，我的腹内便一阵翻江倒海般地难受，张大嘴嗷嗷直吐酸水。他慌忙放下我，又是拍后背又是揉前胸，又是端水让我漱口。看着他着急地跑前跑后，却掩饰不住内心的高兴时，一股莫大的幸福感油然而生。突然想起了母亲经常和我说的一句话：女人一辈子最大的幸福，就是能找一个心疼自己的男人，哪怕吃糠咽菜，哪怕他是个瘸子拐子。那时还很小的我根本不懂那句话的含义，后来才明白母亲说那话不单是对自己在成为父亲女人的生涯里，根本没体会过一个丈夫对妻子的疼爱和保护的心头之痛，更是对我长大能找个心疼自己的男人的最大希望和寄托。在我慢慢长大稍微懂得了父亲亏欠母亲太多的时候，开始憎恨父亲的同时，更渴望他能改变那些恶习对母亲好一点，可怜的母亲到死都没等到那一天。对母亲的同情和思念又一次让我热泪盈眶。李四见状抚着我的脸说："女人怀孩子都是一样的，你只能忍忍吧！"说完又托起我的下巴逗我："我想替你承受，可我没你这本事啊！"其实他不知道，他的嘘寒问暖和温柔体贴对我是一种极大的安慰，对母亲更是。

穷人家的孩子早当家，这一点在李四身上体现得淋漓尽致。他从小就没有了母亲，跟着父亲培养了一个男人该有的担当责任和优良品格。虽然他在村里是独姓，但他的勤快和厚道赢得了村里人的认可。谁家有事只要喊一声，他从来都是随叫随到，不计回报。对我也是呵护有加，从来不让我下地干活，有时我在家里待闷了，就想跟他去下地。他总是像疼爱孩子一样地对我说："乖乖地在家里待着，你能干个啥？"我就不服气地说："你不让我干，咋就知道我干不了，两个人总比一个人干强呀。"他拉着我蹲下，用他那粗糙的手指头在地上歪歪扭扭地写了一个字问我："认识这是啥字吗？"我当然不认识。他就满脸自豪地说："这是男人的'男'字，上边是田，下边是力，所以呢，这男人天生就是在田里出力的命。"我问他谁说的？他说他小时候父亲带他在地里干活，他累了就嘟囔着不干了。父亲就是这样在地上画一个"男"字，也是这样说的。我就问他父亲是谁给说的，他说他就不知道了。我自然被他强词夺理的辩解和执拗所屈服，便守在家里没下过地，其实这在当时对一个女人来说可是极高的待遇。

当我收回脸上的幸福看向他时，他正蹲下身将耳朵贴在我的肚子上说："孩子啊，你一定要是个带把的。"我问他："啥是带把的？"他诡秘地冲我笑着说："带把的就是和我一样，是个男的。"我问他为啥？他说他父亲是讨饭流落在这里的，没有兄弟姊妹，总是被人欺负。他娘生了三个孩子，生下来个个都是死胎，父亲自怨自艾，母亲哭哭啼啼。等到有了他时，父亲天天烧香拜佛，求神护佑，也许是该他活命，也许是父亲的诚心感动了老天，在他生下来时竟然真的活了下来，可他娘却没命了，父亲便给他起名李四。他父亲最大的愿望就是能看着孙子满地跑，虽然他现在看不见了，但这份使命他必须替父亲完成。

经过艰难的十月怀胎和撕心裂肺的分娩，我们的第一个孩子如期而生，果真遂了李四的心愿是个带把的男孩子。他抱着孩子向着院子里大声说：“爸，你有孙子了，是个带把的，我们还会再生三个四个，六个七个的……”我就瞪着他问：“那是猪下崽呀？”他用自己的胡子将孩子扎得哇哇大哭却笑着说：“你就是个母猪，一年给咱下一个猪娃子。”他给第一个孩子取名引弟，自从有了引弟后，我还真像个母猪一样十年下了八个，六个儿子两个女儿。

11

生孩子容易养孩子难啊！八个孩子一个比一个大一岁，晚上横七竖八滚一炕，从生下来到七八岁没穿过裤子，都是光着屁股跑。最艰难的就是每顿吃饭时，那清汤寡水的饭食还没熟就在他们饿得嗷嗷的大哭声中一扫而光。我常常和李四是空着肚子四目相望，他满眼自责地说他没本事，连肚子都让老婆孩子吃不饱。说完他就会抱着头蹲在地上抹眼睛。我知道这么一大家子都指望着他，全是吃饭的，干活的就他一个，他力不从心是在所难免的。所以每次做饭时，我都会偷偷在灶膛的火里埋一个白薯，在他下地时装在他的衣兜里。可晚上等孩子们睡着了后，他又将那个白薯悄悄地塞在我手里，我推过去他推过来。那个小小的白薯在黑夜里被无声地推来推去，它如同一个火球温暖着我们饥肠辘辘的身心。最后他掰走一小块，给我塞过来一大块，我能感觉到他手里那股看不见的力量是不容许我再推过去了。咬一口嚼在嘴里，两行热泪肆意流淌，卡在喉咙的哽咽让嘴里的白薯难以下咽，我捂住嘴极力控制不发出声音，怕他听见。可他还是感觉到了，伸过来一只手准确地抹在了我的脸上。他的手微微颤抖，喉咙里发出咕噜咕噜的声音。在那一刻，我深切明白了，他那是真叫把眼泪往肚子里咽。

正在艰难困苦时，贫穷的黄土高原刮来了一股新的运动风潮，成立人民公社，办起了大食堂。“千家万家是一家，齐心协力来劳动，一个锅里搅勺把，女人不为做饭难。”充满诱惑力的顺口溜听起来让每个人对那种新生活都抱着美好的幻想。那样说了也那样干了，各家的地和粮食都上交生产队，牲口也归生产队所有。刚开始大家都觉得在一起干活吃饭新鲜热闹，干活挣工分，吃饭有食堂。虽然吃的也是清汤寡水，但至少每顿人人都有份。

自从土地交归生产队后，由于执行不到位，收成一年不如一年。没有了收成，食堂自然是无米之炊，人们又开始饿得天昏地暗。有一次，我用衣襟裹着排了半天队才领到的两个核桃般大小的糜子面饼子回到家时，孩子们围在一起正咧开嘴嚼着各自的半个袖子。看到我，一窝蜂似的围了上来嗷嗷大哭。他们囫囵吞枣解决掉了两个饼后，又眼巴巴地看着我，可我真的是无能为力了。跟在我身后也饿着肚子的李四抱着头嘿嘿地哭着说：“我们这是造孽啊，真不该把他们带到这个世界上来遭罪！”

那几天，队里要打口井需要劳力，可人人都知道打井是有生命危险的，弄不好就会塌陷在下面连尸首都挖不出来。没人愿意去，队里就放话，打井的不但挣三倍的工分，饭是尽饱吃，另外再补贴两个人的伙食。李四第一个去了。当他第一天回来，精疲力竭地打开衣服包裹着的一堆馒头，看到孩子们狼吞虎咽的吃相时，他疲惫地挤出了一丝久违的笑容。从那天开始，等不到他回来，一群孩子已经守在村口半天了。刚开始还能好一点，随着井越打越深，下面严重缺氧，他在下面干一天回来整个人肿得像蜂蜇了一样，我就劝他别去了。看着孩子们津津有味地吃着他拿回的馒头时，他无奈地说：“人是铁饭是钢，一顿不吃饿得慌，孩子们要填饱肚子啊！”

“那也不能豁出你的命啊！你要是有个三长两短，我们别说填饱肚子，连命都保不住。”

“可我不能眼睁睁地看着他们活生生地饿着！”

“唉，这样的日子啥时候能熬到头啊？”

“熬一天算一天吧！”

终有一天，开始实行包产到户。农民有了属于自己的土地和牲口，信心百倍，干劲十足。

李四手里牵着两只羊，将刚分到的半袋高粱放在窑后面闲置了几年的石磨上，铿锵有力地说：“全磨了，让孩子们好好地吃，尽饱地吃。”

我看着那少得可怜的一点粮食反驳道：“还真是叫花子，有了一顿，没有了啃棍呀？”

他毫不犹豫地将粮食全都倒在磨盘上说：“别害怕，我们现在有地了，老大、老二、老三都成小伙子了，不愁没劳力，只要挥洒汗水就会有收获。我爸那时常给我说，土地是天地万物中最有良心最不亏待人的东西，只要你把汗水洒进去，精心经管，它就会用相应的收成回报你。我相信饿肚子的日子是熬到头了，只要能吃饱，孩子们就像春天里的庄稼节节拔高，不出几年，六个强悍劳力，还愁日子过不红火？你就等着享福吧！”

看着他有滋有味地描绘着幸福的生活蓝图，我也被感染得浑身是劲，似乎真看到了满囤冒尖的粮食，牲畜家禽满院跑的美好光景。

那一天像过年一样，吃的是高粱面馒头，喝的是稠稠的面糊糊。李四不停吩咐孩子们放开吃，老大他们大一点的几个懂事了，也饿怕了，知道省着吃。几个小的喝了太多的面糊糊，肚子胀得像鼓一样，个个喊着肚子疼。我吓得慌了手脚，李四却看着他们乐呵呵地说：“没事，去尿一泡尿就好了。还教他们顺口溜：吃饱了喝胀了，和财东家的娃一样咧。”

后来的日子没像李四描述得那样充足宽裕，也是紧紧巴巴的，但至少不再饿肚子了，每年还能攒下一点余粮。不知不觉，孩子们也都长大了，老大、老二也都到了成家的年龄。我愁得整夜整夜睡不着，家里穷得咣当响，连多余的住处都没有，拿什么给他们成家啊？李四就安慰我：“别愁肠了，车到山前必有路，咱那两头牛一年下两个牛娃子，就够一个媳妇了。”

尽管他总是宽慰我说，天塌了有他大个子顶着，让我别操心。我知道他嘴上那样说，其实心里也愁着呢！

那一年，两头牛还真争气，果然如我们所愿下了两头牛崽。李四精心喂养，本来老牛的母乳就足够它们吃了，可李四恨不得一天将它们催养大。几个月后，李四就牵着它们去了集市，回来将一沓钞票交给我。晚上两个人头对头挤在煤油灯前，他每数一张都要将大拇指在伸出的舌头上蘸上唾沫，表现得特别严肃和庄重，他盯着那些钞票的眼神里充满了兴奋和贪婪。最后将数好的钞票让我收好，他黝黑的脸庞在昏黄的灯光下更显苍老，那纵横的皱纹如镶刻在脸上额头上一样。再看看那双粗糙干枯的手，像鸡爪子一样严重弯曲变形。我心里不由酸酸的，这人来到世上，艰艰难难，磕磕绊绊，被生活折磨成这般模样，还不得不像老牛一样忍辱负重地前行。李四扭头见我正盯着他看，竟然不好意思地嘿嘿笑着问我：“怎么了这是？这样傻傻地看着我？”我突然感觉鼻子发酸，为了这一大家子，他干的活最多却常常饥肠饿肚，衣不遮体，一股心疼涌上心头。他虽然是个粗人，但内心却很细腻，一下子就看出了我的心思。将钞票塞进我的怀里乐呵呵地说：“我们现在也算得上有钱人了，应该高兴才对，过去的光景就扔到脑勺后面去吧。”我接过那些钞票，用衣服包裹起来枕在头下气哼哼地说：“晚上我就枕着它睡，做一个有钱人的梦。”李四坐过来抚摸着我的头发叹了一口气说：“这辈子你跟着我受苦了，连肚子都吃不饱更别说享福了，现在日子也宽展一些了，明天去集上给你添两件衣服，算是弥补我们结婚时的缺憾吧，这事我一直记在心上呢！”人都说女人是最容易被感动的动物，对爱的要求也是最简单的，简单到一句话就可以被感动得稀里哗啦。李四的一句话就说到了我的软肋，一股热流从心窝里涌出眼眶。他拍着我的背紧张地问：“咋还哭了？”我哽咽着说：“高兴！”他呼一口气吹灭了灯，将我瘦小的身体揽在怀里说：“高兴还哭？这出息！”

12

老大的媳妇是邻村王家的女儿，由于她祖上是地主成分，好一点的家当不愿要，怕受连累。李四却说：“世事年年变，我就不信这地主的帽子能戴几代人？再说她祖辈是地主与后代有啥关系，最主要的是王家因地主成分，女儿只要能嫁出去，不但一分钱彩礼不收，还陪嫁二亩地咧，这么好的事别人怕，咱不怕，他们不要咱要。”

老大的媳妇简简单单娶进了门，第一个任务算是完成了。她过了门，看见老小一大家子，最小的只有四岁，特别是每顿吃饭时，虽然吃喝充裕了，但七个孩子盛过一轮就所剩无几了。她整天皱着眉头拉着脸，从没见她“天晴过”。一年后她终于提出要分家，李四慷慨地表态，树大分枝，儿大分家，让他们过自己的小日子去吧。老大分了出去，又张罗着老二的婚事。老二媳妇是同村张老光棍的女儿，老婆生下女儿大出血死了，张老光棍又是当爹又是当娘的将女儿拉扯大。那时候女儿没有奶吃嗷嗷大哭，一哭他就将自己的奶头塞进孩子嘴里，被孩子长时间地吮吸，最后他的奶头就像两个干瘪的布袋子耷拉在胸前，村里人都调侃他是阴阳人。有了老大的前车之鉴，老二结婚一年后也顺理成章地分了出去。就这样，我和李四如那两头老牛一样，拼了老命娶一个媳妇分出去一个，最后他们都过起了自己的小日子，剩我们俩相依为命了。

他们也许是忙于自己的日子，也许是慢慢地将我们淡忘，反正是几个月也没人踏进这个院子。

一辈子虽然缺吃少穿，但李四把我像个孩子一样罩着护着，不让我受半点委屈。记得有一次，我让老大和老二去沟里抬水，老二不愿意，嘴里嘟嘟囔囔的，我再一说，他就犟起脖子把提在手里的水桶摔在我面前。正好李四迈进门槛碰了个正着，二话没说先给了老二两个抽脖，老大见状忙捡起水桶拉着老二溜出门外。看他还呼哧呼哧地生着气，我故作若无其事地说："多大的事啊？经得住生气发火？"他加重了语气说："别看事小，给他们惯下了毛病，趁早不治了，以后还不和你对着干？"水抬上来刚倒进瓮里，李四就吆喝来八个孩子，说要开家庭会议。我和孩子们对家庭会议这个新兴名词都是第一次听到，所以都感到好新鲜，大的几个看到李四拉着的脸，不敢言语，小的不懂事嬉皮笑脸地互相挤眉弄眼、打打闹闹。

只见李四慢条斯理地只顾抽着自己的旱烟，随着他吧嗒吧嗒的声音，孩子们就有点急了。一向调皮的老六嘻嘻笑着问："大，家庭会议是不是你要教我们抽烟啊？那我不学，又呛又苦的有啥好抽。"李四就将烟锅在鞋帮上弹了弹，和烟袋一起别进腰间。把老二从孩子们中间叫了出去，让他告诉兄妹自己犯了什么错误？老二结结巴巴地说："我不该给我妈发脾气……"

李四竟然有点动情地说："你妈是受了苦的人，一辈子跟着我勒着肚子吃了上顿没下顿的，从自己嘴里捋出哪怕一点的口粮都给了你们。那时候吃大食堂，每顿领那么一点吃的，也全被你们瓜分，她顿顿吃的水煮野菜，吃的皮肤都发绿……"李四说着眼睛红了，孩子们也都低头听着。我见状连忙打圆场："过去的日子就是好日子，都过去了，还提那些陈年老账干啥。"

岁月匆匆，如今李四老夫妇都去世了，我也离开了曾经任教的乡村小学。但他们的故事好像从来都没有远去。我蹲在他们荒芜的坟墓旁，轻轻拨弄着那没有燃尽的冥钱。我似乎看见了他们正相互依偎着依然坐在那棵大槐树下，他一会替她拢一拢散落在脸庞上的鬓发，她一会帮他戴正头上的西瓜皮帽子。他们的背影孤独而温情，遥远却凄美。

花开有声落无痕

将时光前移三十六年，一个叠翠流金的十月，在关中平原的一个小村庄里，婴儿啼哭声仿佛唤醒了初阳，在整个村庄的上空划开了一道缝隙。

他是太阳刚冒出一点血红的光晕时呱呱落地的，他的父亲赵儒民虽然是一个胸无点墨的庄稼汉，但他认为对农民来说，一日之计在于晨。太阳升起，空气清新，鸡鸣狗叫，牲畜出圈，一切都是焕然一新、蒸蒸日上的模样。儿子是伴随着东升的太阳出生的，这一定是老天爷冥冥之中的安排，是对一个父亲几年来盼儿心切的弥补，赐予这颗福星给他，所以他给儿子取名赵东升。他以一个父亲的赤诚希望自己的儿子如东方升起的一轮旭日，用祥光和福气照亮这个灰头土脸的农家院落，更能将赵家的香火旺盛延续。他甚至奢望老赵家人老几辈清贫寡淡的日子有可能在儿子这里得到扭转。让他昂头挺胸在村里走一趟，让他死后去见老祖宗时能自豪地交个差，告诉他们，是他的儿子改写了老赵家祖祖辈辈在土地里刨光景的历史。

二十世纪七十年代的农村，家家户户都倾尽心力维持着那连温饱都不能满足的日子，这样的贫瘠自然影响着他们的思想格局和高度。头顶的那片天就是他们的整个世界，脚下那条路的尽头也就只有脚尖那么远。日复一日年复一年继续面朝黄土背朝天的繁重劳动是他们唯一的营生，而男人则是这一营生的主角。所以那一代又一代的庄稼人都将改变这贫穷面貌的希望寄托于男劳力身上。如果谁家有几个儿子，即便日子过得依然穷困潦倒，但他们的父母却在人面前说话雄赳赳气昂昂，一副高人一截底气十足的神态。相反，赵儒民就因为这个宝贝儿子的姗姗来迟总感觉低人三分，可愚昧的他硬是将生不下儿子的责任都怪罪于妻子秋云身上，不是横眉冷对就是无理指责，对两个女儿大妞和二妞也是冷眼相向。只要他一进门，秋云和女儿们都战战兢兢、提心吊胆，生怕一不小心又惹怒了随时都可以大发雷霆的他。善良软弱的秋云也理所应当地将这份怪罪默默承担，在丈夫面前任劳任怨，低声下气。楚楚可怜的她在家里没有地位，在外面低人三分。面对丈夫愚昧无理的责备和冷落，村坊邻居喋喋不休的说三道四，她只有选择沉默，吞下委屈，每天都把自己淹没于繁重的体力劳动中，早出晚归，形单影只。

每当遭受丈夫的无理怪罪后，秋云也怨恨自己的无能，村里别的女人都能生下一个又一个的儿子，可自己连一个都生不下。善良的她想到这里时，不但不生气丈夫，反而觉自己对不起他，觉得自己这个妻子不称职。每当她在暗自责备时看到大妞和二妞，就不由心生一股怜悯和埋怨，怜悯两个可怜的女儿投错了胎，不该跟着她这个不争气的母亲受冷落，埋怨她们俩如果有一个是个儿子该多好。她常常在农田里歇息的空当，看着头顶叽叽喳喳你飞我赶的鸟群，或者脚下追逐嬉闹的蚂蚱，就不由心生羡慕与幻想。她想，它们肯定是相亲相爱的一家人，鸟爸爸和鸟妈妈带着自己的孩子在广阔无垠的天空自由翱翔，还有那些蚂蚱欢快地蹦蹦跳跳，一定是围着爸爸妈妈在调皮地捉迷藏。她忘我地看着那几只蚂蚱蹦过来跳过去，心情瞬间也被感染，沉浸在一种愉悦中。等那些蚂蚱跳的不见了影时，她不得不回到现实，想想自己连一只小小的蚂蚱都不如，没有享受过一家人其乐融融的氛围，心头便浮过一阵哀伤，她宁可做一只无忧无虑的鸟儿或者一只蚂蚱，也不想这样苟且一生。

每当她对自己的人生没有信心时，就将莫名的怨火发泄在两个无辜的女儿身上，她们也和自己一样是被这个世界所冷落的受害者，不能像那些小鸟一样跟在爸爸妈妈的屁股后面撒娇使性子，不能如那些蚂蚱一样围在宠爱自己的爸爸妈妈身前影后开心地玩耍，而早早地承受了被冷落和轻视。这也不能全怪重男轻女思想的作祟，而是她们不该有一个固执偏激的父亲和一个软弱无能的母亲。秋云将自己的怨气发泄在女儿身上，可两个女儿还没明白她们做错了什么，满眼委屈却不敢吭声地想在母亲的脸上得到答案时，作为母亲的秋云心里像针刺一样的疼痛和愧疚。她知道做错的是自己，不是孩子，就将两个女儿揽进自己瘦弱的怀里，极力克制着自己溢出眼眶的眼泪。孩子当然不会懂得秋云复杂多变的内心世界，更不明白大人世界里的曲折情感，她们只觉得自己的母亲喜怒无常，不可揣测。所以对于母亲的情绪变化她们只有一脸的茫然和诧异。

为了能使自己心里好受一点，不那么愧疚，秋云就在做饭时从攒着准备拿到集市上卖钱换取油盐酱醋的鸡蛋篮子里拿出三个鸡蛋，煮熟两个悄悄地塞给大妞，并递给她一个暗示的眼神。大妞便心领神会地将鸡蛋装在口袋里，拉着二妞悄悄地溜出门外，以免被父亲看见又会惹来一顿横眉怒骂。另一个给丈夫用滚烫的开水冲一洋瓷碗黄白透亮的鸡蛋絮，并用另一只碗扣得严严实实，等丈夫从地里回来温度不烫不凉刚刚好，她便小心翼翼地端到丈夫跟前轻声地说："我冲了碗鸡蛋絮，你趁热喝了。"丈夫侍弄着手里的农具，头也不抬用鼻子哼一声表示回应。丈夫的一声"哼"，尽管好像发自于地层深处一样遥远，但她已经感觉很高兴了。虽然那么一声轻描淡写的"哼"里只有敷衍，但至少让她感觉到了自己的存在。因为多少次，他连一个"哼"字都没有，每次都让她感觉自己连丈夫手里专心侍弄的那些农具都不如，甚至比他脚边那群爬行的小蚂蚁都卑微渺小。这一切秋云做得无怨无悔，赵儒民接受得理所当然。

秋云回到厨房重新蹲在灶火间，一把一把往灶膛里添着柴火，看着忽暗忽旺的火焰，她也不由思绪万千,一会儿心灰意冷，一会儿又死灰复燃。忽而觉得自己福薄命贱，自从进了这个家门，从没得到过丈夫的喜欢，再加上自己不争气地连个儿子都生不了，更让丈夫心生厌恶，连他个好脸色都难看到，平时对自己说那么一两句话也是怨气十足，更别奢望像人家两口子那样打情骂俏，亲密无间。想到这里，两团泪花罩满了双眼，同样都是女人，为什么命运天壤之别？她不得不承认自己是一个可悲可怜的女人，虽然也是一个妻子，但却从没有享受过一个妻子该有的关心和呵护，丈夫几天不发脾气相安无事都算他大发慈悲了，还指望他像人家丈夫那样，简直就是痴心妄想。她忽而又想，也难怪丈夫不喜欢自己，自古以来，庄稼人就是靠儿子延续香火，祖祖辈辈都秉承着不孝有三无后为大的古训，如果在他这里断了香火，那她就是最大的罪人了，丈夫对她心怀抱怨也在情理之中。作为一个女人，她给丈夫连个儿子都生不下，让他在人面前失去了一个做男人的资本和尊严。如果说丈夫是一个失败的男人，那么至少有大半与自己有关，所以，无论丈夫怎样冷落和怠慢自己，她只有默默地认命，而且在这个家里尽可能多付出，以弥补自己的无能和内疚。多少个春夏秋冬，她都是多年如一日，每天伴着第一声鸡鸣起来的。

冬天，天还像蒙着一层黑色的棉布时，她已经顶着头巾开始烧炕了。经过一个晚上，被窝里的温度已经由刚开始的温热变凉了，秋云想让丈夫舒服地睡到天亮，所以在炕的温度变凉之前她必须再重新烧热。生不下儿子由不了自己，烧个热炕她是完全能做到的，而且会做得让丈夫打心眼里满意。烧完了炕，她就在昏黄的煤油灯下一截一截地拽着麻线，外面还是一片寂静，麻线穿过鞋底的“哧哧”声格外清晰。她抬起酸疼的脖子仔细地端详着丈夫魁梧的轮廓，端正的五官，还有那偶尔从喉咙里传出的呼噜声，都让她不由心生怜爱。多么强壮的一个男人，多么标准的一个庄稼汉，却因为没有儿子而在所有人面前逊色。凭他的勤劳憨厚，在村里本可以和他这强壮的体魄一样出类拔萃，日子过得也可以和别人一样温馨甜蜜，享受儿女双全的天伦之乐。可命运就是喜欢捉弄老实人，偏偏对这个男人不公平，让他的脊梁骨挺不端直。这时，丈夫忽然翻了一个身，打断了秋云的思绪，她急忙收回停留在丈夫脸上的目光，低头继续纳着手里的鞋底。直至丈夫又发出了均匀的呼吸，她才平息了自己的心跳。只有在这个时候她的眼光才可以这样肆无忌惮地在丈夫的脸上随意游走，尽情欣赏这个属于自己的男人。因为平日里，丈夫总是黑着脸，从未正眼看过自己，所以她也不敢正视他，说话时习惯了低着头，更习惯了小心翼翼。

秋天，她依然在所有人还做着梦时，就已经扫完了院子，给牛添满了草，给猪搅好了食，等丈夫掂着锄头下地时，她已经背着一大捆青草像只刺猬一样蹒跚在从山沟通向家里的路上。她多么希望丈夫能接过自己背上沉重的草捆，哪怕他一句话也没有，至少让她感觉一下被男人呵护的温暖。可每次她脚下无论迈得有多吃力，脸上的汗水流进眼里，酸得眼睛都睁不开，从她身边而过的丈夫依然是无动于衷。是，她知道她为这个家里做多少都是应该的，这在丈夫眼里表现得淋漓尽致时，她就难免有点悲凉和伤心。头上的汗水流进眼里，再从眼里滑到脸上和脖颈，最后落在脚下的土地上。无论是汗水还是泪水，她都希望它们尽情流淌，好让她心里的憋屈和压抑，体内的苦闷和孤独一起顺着这些液体排出体外，滴到地上，融进土里。

忙碌的夏收结束了，麦子颗粒不剩地装入了囤里，玉米高粱豆子尚未成熟，这一段空闲对庄稼人来说，是一年中走亲戚串门子的最好时日。可秋云没有亲戚可走，更没有心思去串门，就连村子中间的大涝池边聚堆聊天的场面，她也只能远观不可接近。每当她在自家的院子里看着村里的女人一手端着针线篮子一手拎个凳子，后边追着打闹嬉戏的孩子们，再后面跟着吆喝孩子的男人。一会工夫，涝池边的大槐树下便坐满了男女老少，女人们做着针线拉着家常，一阵阵说笑声不时惊起树上的鸟儿噗噜噜乱飞，男人们则专心抽着各自的旱烟，偶尔接过女人的话题开两句玩笑，这时就传来了男女混合的说笑声。秋云不由感到一阵眼馋和羡慕，她似乎在那人群里看见了自己正撩起衣襟给怀里的儿子喂奶，一边的丈夫也正一脸自豪和幸福地逗着儿子笑……

不知是秋云的贤惠善良感动了上天，还是苍天有眼，秋云又怀孕了。当她确定自己怀孕后，不由一阵窃喜，而后又夹杂着一丝恐惧，真的是喜忧参半。当她做梦都梦见自己这次生了个儿子时，好想把这份喜悦分享给丈夫，但每次话到嘴边看到他紧锁的眉头和脸上的皱纹里深藏着的愁容时，她就没有了信心和勇气，只有将这承载着一家人希望的念想咽了下去。在那个男女地位还没有实现真正平等的时代，女人怀孕生孩子就是天经地义最平常不过的事情，地里的农活、家里的家务样样照干不误。撒娇示弱对那个时候的女人是完全陌生的，尽管她们也会感到疲惫无力，但还得硬撑着独自承担怀孕的所有不适和痛苦。

随着肚子里的孩子一天天长大，秋云显怀了，凸起的肚子再也遮挡不住所有人的眼光。好几次，她在抬头时无意间看见丈夫正盯着自己的肚子，那眼神里充满了期望和忧虑，那深沉的忧虑让秋云情不自禁地对这个七尺男人心生出一种同情和怜悯。因为她懂得他平静的外表下那颗比自己更加期盼和担忧的心也正接受着一种煎熬和折磨。每当此时，秋云就会默默地祈祷，祈祷老天同情同情这个让她心疼的男人。这次让她生个儿子，让她给丈夫满意地交个差，哪怕让她多受一点苦，如果要用她的生命去换，她也愿意。

十个月也许对别人只是弹指而过，但对秋云和赵儒民两口子来说，简直就是度日如年。终于熬到要生了，秋云的肚子每疼一次，她的一颗心都提到了嗓子眼，尽管她天天都是掰着手指头算日子盼望着这一天，可这一天终于到来时，她又好害怕真的来了。盼望的日子尽管很辛苦，但至少还有着幻想和希望，当盼到了就意味着希望也到头了。她尽量不让自己去想如果这次再生个女儿，那么她娘俩的命运会怎么样？越是克制，大脑里越是频频浮现出一个悲凉的画面。那就是她顾不得生完孩子的虚弱，使出浑身的劲头紧紧地抱着怀里刚生下的女儿，丈夫赵儒民这次不再只是嘴上让把孩子抱养出去，而像个土匪一样毫不留情地从她怀里将孩子抢走……这样的画面如一只蝎子一样，每出现一次她的心就会被蜇疼一次。

东边刚冒出一点点红晕，一只喜鹊在院子里的树梢上喳喳喳地欢叫，秋云忙迈出门槛，抬头倾听着喜鹊的叫声，它好像专门是在为自己唱一支喜庆的曲子一样动听。她忘却了腹内已经翻江倒海般的阵痛，急忙转身回屋抓了一把高粱撒在了树下，慰劳和感谢那只喜鹊。虽然她从来不全信农村人奉喜鹊为报喜的神鸟，但这次她宁可相信，这只喜鹊千里迢迢专程而来，不是意外或者巧合，而是天意和预兆。她多么想将自己难以抑制的激动告诉丈夫，也让他一直紧锁的眉头舒展一下，至少放松高兴哪怕是一分钟。可当她回头看见丈夫毫无表情的脸，那份激动瞬间就消失了，孩子还在肚子里，她不敢轻易让丈夫高兴，只好把这份自认为好的兆头暂时藏在心里吧。

为了不惊动丈夫，秋云硬是忍着一阵接一阵的疼痛，给丈夫又冲了碗鸡蛋絮，好让他尽快出门下地去。然后又蒸了两个鸡蛋塞给大妞，顺便拎给她打猪草的篮子，蒙在鼓里的大妞自然听话地拉着二妞小跑着出门去享受她们的奢侈美餐。秋云这次是经过前思后想，做好了充足思想准备的，万一再生个女儿，她知道以后的日子更不会好过，她在这个家里就如一个劳动的牲畜一样不说，还整天要受丈夫的气。所以她会带着这个不该降临的小生命一起离开这个世界，离开丈夫，离开两个女儿。可一想到如果没有了她，丈夫半男半女地烧锅燎灶，日子过得狼狈不堪，两个女儿蓬头垢面，衣衫破烂时，她一颗矛盾的心被揪得生痛，难过得不由独自哭了起来，好像丈夫和女儿已经面临着那样的生活状况了。她又想，她不在了，丈夫为了延续香火的庄严使命，很快娶回来另一个女人来代替她的位置，那个女人很快就生了儿子，丈夫高兴得像变了一个人。从此他们俩整天围着儿子转，可怜了大妞和二妞，遭受着后妈的虐待。她哭一阵想一阵，想一阵又哭一阵……

秋云的腹痛一阵接一阵了，她已经能感觉到孩子急于出来看看外面的世界而使劲地倒腾，凭她生了两个孩子的经验，她跪在地上双手使劲地往下挤着肚子，帮助孩子出生得快一点。无论秋云怎样地用力，孩子还是在肚子里折腾不肯出来，她疼得浑身已经没有了丝毫力气，汗水浸透了头发，湿透了衣服，她好想喝水，嘴里面干渴得想咽口唾液都没有。秋云感到从没有过的孤独和无助，更感到一种与生俱来的害怕，生孩子就是撞一次鬼门关，可她身边连个给自己倒杯水的人都没有。她实在没有力气了，也顾不得再去想是男孩还是女孩，便靠着炕沿瘫坐在地，生死由命吧。

经过一阵又一阵撕心裂肺的疼痛后，一块肉乎乎的东西终于顺着羊水流出体外，随之便传来一声虚弱的婴儿啼哭声。秋云挣扎着从身下抱起那个光溜溜的小身体，她屏住气息按捺住内心的急迫，慢慢地搬开那个小身体的双腿。一阵激动使她感到眩晕，两股眼泪瞬间像决堤的洪水涌出了眼眶，压在她心头的那块石头也终于落了地。她将那个幼小的身体紧紧地贴于胸前，不顾自己的虚弱，双腿再次跪在地上哭着说："谢谢老天爷，谢谢你救了我的命，让我们终于有了儿子……"

秋云不顾地上的冰凉，一遍遍地亲吻着那肉嘟嘟的小脸蛋，像欣赏一件宝贝一样不肯放手，当怀里再一次发出哭声时，她才恍然大悟，孩子还没穿衣服呢。她使尽浑身力气将孩子抱上炕，从早已准备好的包裹里一件一件地为他穿好衣服，每一个动作她都是那样的认真，丝毫不容马虎。然后她用被子把孩子围起来，眼睛却一秒钟也不愿离开那小脸蛋。她仔细地打量着那小眼睛、小鼻子、小嘴巴，每一处都觉得那么好看。她无力地躺在儿子身边，尽管感觉身体像虚脱了一样，但内心的激动让她怎么也舍不得闭上眼睛。这时儿子慢慢地睁开了朦胧的小眼睛东张西望，打量着这个新奇的世界，随之又发出一阵微弱的哭声，好像向这个世界宣告他的到来。他的宣告再次让秋云热泪盈眶，她终于结束了日夜屈指数日的期盼和煎熬，她从此也像别的女人一样可以抱着儿子去村里的涝池边听大家聊天说笑。

赵儒民虽然是一个五大三粗的男人，也不会关心体贴女人，但他其实一直都在暗自关注着秋云的身体变化，早上一起来他明显看得出秋云的异常。无论她表现出怎样的若无其事，但还是掩饰不了她忽然紧锁的眉头。他虽然也装作淡定，和往常一样，但他知道她那是要生了。当他接过秋云手里的一碗鸡蛋絮时，分明感觉到她微微的颤抖，他那时的心情是极其矛盾的，到底是下地干活去还是找借口留在家里。他出去怕她生孩子万一有个意外怎么办？他留下又害怕自己无法面对秋云万一再生个女儿的现实。他一番纠结后，看到秋云格外地淡定，他还是掂着锄头出门了。当他来到地里却惶惶不安，根本没有心思干活。为了打发时间，他掏出旱烟袋，蹲在地头一锅接一锅地抽着旱烟，嘴都抽木了，日头才往上走了一竹竿高，他知道时间还早。

赵儒民在地里漫无目的地转悠，不由转悠到了父亲的坟前，他在口袋里摸索出一溜纸条，掏出旱烟袋，伸进三个手指头捏了一撮烟末均匀地撒在纸条上，然后圈在手心顺时针转了几圈，伸出舌头在纸条的接茬处舔了舔，一根纸烟就卷好了。他点燃后放在父亲的坟头，接着也给自己点燃了一锅旱烟，将锄头放倒坐在锄把上，好像父亲就在对面一样，准备和他说说话。赵儒民看着坟头的纸烟冒着丝丝烟雾，他鼻根一股酸涩，想起父亲一生，饥肠寡肚，缺吃少穿，日子刚有点起色，他却一天福没享，硬是把自己劳累出了一身病却没钱看，瘦得皮包骨头还撑着干活，村里人都劝他去县城的医院看看，一辈子要强的他就是不服输，不相信自己会倒下，直至一天他因伤风感冒而睡在炕上再也没有起来，他才不得不承认自己真的倒了，那年父亲才四十九岁。这些年，父亲临死前那种不甘和不舍的眼神一直清晰地刻在赵儒民的心里，他怎么也忘不了父亲用最后一口气对自己说："等你有了儿子，抱着来给我烧两张纸，我就知道我有孙子了……"叮咛完这句话父亲就永远地闭上了眼睛。从此逢年过节，面对白馍细面时他喉咙里就噎得难以下咽，父亲哪怕吃过这么一顿，他心里也能好受一点。父亲临闭眼睛前的唯一愿望，都过去了近十年，他还没有如愿地领着儿子去给父亲烧张纸，好让他老人家在那边放心。他盼儿心切，是为了延续老赵家的香火，更重要的是为了了却父亲的心愿。

赵儒民感到越发心慌，他起身拿起锄头在鞋帮上弹了弹烟锅，准备回家去，是女儿还是儿子都是命中注定，躲是躲不过的。赵儒民三步并作两步从地里回来，看见地上有一摊血迹，他僵立在原地茫然地盯着秋云的脸想寻到答案。秋云第一次感觉自己有了十足的底气，这种底气使她说话声音也大了，不假思索地对站在那发愣的丈夫说："赶紧烧炕，别让儿子受凉。"当她清晰地听见自己说完这句话时，连她自己都不敢相信这脱口而出的勇气是怎么来的，竟然敢这样理直气壮地使唤丈夫。就凭秋云说话的语气，赵儒民似乎已经明白了，但他还是一步跨到炕边慢慢地掀开被子，紧盯着儿子的双腿间，然后长长地出了一口气，用自己粗糙的大手将儿子从头摸到脚。有了儿子，赵儒民像个孩子一样一口气跑去跪在父亲的坟前，激动地说："爸，你有孙子了！"说完起身边往回跑边转身说道："爸，我先给你孙子烧炕去，等满月时我抱着他来看你……"

他平生第一次烧炕，从添进柴草到点火，每一个动作虽然很是生疏，但却一丝不苟，他担心烧不热冻到儿子，又怕烧太热儿子那还很娇嫩的小身体承受不了。他看着炕洞里燃烧的火焰，再抬头看着儿子露在被子外面比拳头大的小脑袋，感觉自己的胸腔里也燃起了一股希望的火种，瞬间化为一股强大的力量。赵儒民烧完炕看见秋云干裂的嘴唇和苍白的脸色，平生第一次心生出对这个女人的一丝疼爱和感激。他不得不承认这些年对妻子的不公平，但他精神的压力让他真的没有心情对这个女人好。他想这下他有儿子了，有奔头了，从此也会对妻子好一点，以弥补这些年对她的亏欠。想到这里他走进厨房，准备给妻子烧碗开水暖暖身子。他越是着急越是点不着火，想想这么多年他还是第一次烧火，更别说做饭了，不由一阵惭愧，总以为很简单的点火原来并非如此，妻子这么多年也并不容易。费了好大工夫终于点着了火，揭开锅盖看着锅里沸腾的开水如同此刻自己一样沸腾的内心，他突然想平时秋云隔三岔五地还为自己冲碗鸡蛋絮，今天让他也为她冲一碗吧。当他将一碗冲散的鸡蛋絮端到秋云头顶时，秋云惊愕的眼睛里含满了泪水，她怎么能相信眼前的情景是发生在她和丈夫之间，她做梦都想不到此生还能感受到一直都冷的像块冰一样的丈夫的关心和疼爱。直至她千真万确听见了丈夫的声音："趁热喝吧。"简单却有力的四个字如同一股暖流穿过秋云的心里，最后融入血液，她才受宠若惊地接过碗一口气喝干。淡淡的清香里调和着眼泪的一丝咸味，那种味道是她一辈子都忘不了的。这是秋云自从进了家门第一次接受自己丈夫为自己做事，所以她将这份感动和幸福归功于身边的儿子。于是她又一次俯身仔细地打量着儿子，眼神里写满了感激和亲昵，她感激儿子让她真正体会到了什么叫母以子贵。

自从有了儿子，赵儒民的脾气没有那么暴躁了，说话的语气温和了许多，家里的气氛也充满了从没有过的温馨。秋云一边给儿子喂奶一边小声地对蹲在一旁的丈夫说："给儿子起个名字吧。"赵儒民随口说道："我早都给起好了，他是太阳刚升起的时候生的，就叫赵东升。"秋云听了附和道："这个名字好。"

秋云在喂养两个女儿时奶水充足，到了喂养小东升时奶水却偏偏不够吃了，他吃不到奶水就扯开嗓子脚蹬手抓地哭。每当此时，秋云不顾疼痛使劲挤压着自己干瘪的乳房，赵儒民蹲在一边却嘿嘿地笑着说："这崽娃子还真灵醒，吃不饱肚子就知道哭着要。”他说这话时眼睛里充满疼爱地看着儿子。第二天，赵儒民就卖了家里仅有的几袋粮食，去集市上买回了一头奶羊。他端着刚挤出还冒着热气的羊奶，在儿子的眼前晃着说：“儿子，这下尽管放开胃口吃，最好明年就给我长成一个大小伙子。”说完他乐呵呵地大声笑着。

二妞瞅着父亲开心的样子，悄悄地对姐姐嘀咕：“我如果是个弟弟该多好，咱爸就不会总看我不顺眼骂我了……”当她幼小的眼里透出那种忧伤和羡慕时，该是让人感到多么的心疼，同样都是孩子，就因为性别差异却天壤之别。

记得秋云生下二妞时，赵儒民像霜打的茄子一样，黑青着脸蹲在门外埋头抽烟，秋云不顾炕角嗷嗷待哺的孩子独自垂泪，一个家里笼罩着一层让人窒息的沉重气氛。他抽完了一锅烟斩钉截铁地撂下三个字：“抱出去！”然后头也不回地出了院子。他的语气不容置疑。他抛出的那三个字铿锵有力地砸在了秋云的心里，她抱起冷落在炕角的女儿哭出了声，她不知道可怜的女儿的命运何去何从，和她的母女情分缘深缘浅。

那个年月，计划生育政策更加突显了农村重男轻女的思想，为了生个儿子还不违反政策，有多少不如愿的父母只有狠下心将超生的女儿偷偷遗弃。在路边经常会看到一个纸箱子，里面包裹着刚生下的女婴，路过的人也是见怪不怪，轻描淡写地瞄一眼便匆匆而过。有的弃婴还算幸运，碰个家里几个儿子正好需要个女儿的人家便收留抱养，以逃过被冻死饿死在路边的厄运。这样的幸运是少之又少，大多数还是不能抵挡命运的苦难，成了路人眼里无奈的同情者，只见他们摇头叹息道：“可怜的孩子早死早托生吧！”

虽然是个女儿，但也是秋云身上掉下的肉，她怎么忍心将一个活活的生命抛弃于路边任她自生自灭，怎么舍得将自己的心头肉拱手抱给别人。秋云每抱着孩子，一想到后妈的恶毒手段在生活中屡屡上演时，心里就不由感到一阵恐惧和疼痛，好像她的女儿已经在遭受那样的虐待。所以她就下定狠心，这次无论丈夫怎么样她都要豁出命留下自己的女儿，再说两个女儿也不多。自古以来，女性本弱，为母则刚。再软弱的母亲在孩子的生命遭到威胁时，她都会不顾一切地挺身而出，用自己的生命去保护，连动物都如此，何况我们是有感情的人。秋云任凭丈夫发脾气摔东西，她就是默不作声地不让女儿离开自己半步，甚至在下地干活时都用架子车拉着女儿。她在地里干活，怕女儿从架子车上掉下来，就用绳子把她拴在车扶手上。干一会活，抬头看看路边的女儿，心里就踏实多了。每当此时她都想，尽管女儿跟着她这个软弱无能的母亲没有得到一个孩子该有的疼爱和呵护，但至少她是竭尽全力去护她爱她的，自己家里再穷再烂总比别人家好。就这样，这个女儿总算是留了下来，逃过了被抱养出去甚至抛弃路边的一劫。

那时农村计划生育风声正紧，农村一对夫妇只允许生两胎，多生就必须强行做打胎手术，还要罚款。对农民来说没有儿子就等于断了他们的根，所以无论如何也得有个儿子。这样的计划生育政策和农村实际现状以及农民那根深蒂固的思想形成了对立的矛盾，因此在当时的农村就上演了一桩桩超生农民东躲西藏，计生专干守株待兔，逮不到人就撬门拉粮的游击战剧情。

秋云生下第二个女儿后，每天都是提心吊胆地防备着，一听见计生专干来村里的风声，她就立马将女儿藏起来，这一藏就藏了好几年。刚开始女儿还小，藏在家里怕她万一发出哭声就让逮个正着，每次她就抱到住在沟边的五保户赵婶跟前。因为她是一个七十多岁的老人，无儿无女，而且住的地方也偏僻，那是计生专干怎么也想不到去光顾的地方，所以孩子藏在那里是最安全的。二妞慢慢长大懂事了，妈妈每次藏她时都会左叮咛右嘱咐让她不敢出声，否则就会被带走。穷人家的孩子早懂事，二妞超乎大人意料地懂事让人心疼。有一次，她憋到尿裤子，直到那些人走也没出一声。后来每当家里来人，她就自觉地躲起来，这样的成长过程自然养成了她内向孤僻的性格。尽管她比所有的孩子都懂事，赵儒民还是把她当作出气筒，稍有不顺就将无理的火气往她身上撒。大妞虽然也不是他们梦寐以求的儿子，但毕竟是第一个孩子，因此在家里的地位比二妞能强点。

赵儒民为小东升买回了奶羊，儿子顿顿饱餐，果然是日益见长，可放羊的任务责无旁贷地落在了大妞和二妞身上。小东升是一家人的焦点，把他照顾好是全家人的重要任务，给他喂养好奶羊自然也成了重中之重。大妞和二妞丝毫不敢怠慢，每天除过放羊还要割草供它晚上吃。从此二妞前面牵着羊，大妞后面背着草成了春夏秋冬一道风雨无阻的别致风景。这羊一放就是几年，以至于大妞十岁了还没上学。那年村里又来了一帮挨家挨户检查的队伍，整天围着自己那几亩农田和牲口转的人们如惊弓之鸟，既好奇又惊恐，不知道这帮队伍又是来干什么的。等他们明白了那个队伍是来叫孩子念书时，个个不由长出了一口气，而且都积极响应，将自己没上学的孩子交给了扫盲队。大妞应该算得上幸运，她就是被那次扫盲扫进了学校的。还真多亏那个扫盲队拯救了她，要不然她有可能会成为一辈子的文盲。赵儒民将全部的心思放在儿子身上，他当然不会觉得耽搁女儿的前程会付出什么沉重代价。

小东升一天天长大了，赵儒民恨不得把世界上所有的好东西都给他，总觉得那个穷家委屈了他的宝贝儿子。为了能让儿子丰衣足食，享受到别人家的孩子享受不到的待遇，他经过再三考虑和秋云商议，决定到百里以外的县城做工赚钱。赵儒民第一次心平气和地对秋云信誓旦旦地说：“你经管好家里，把儿子看好，我给咱出去赚钱，等儿子长大之前，我一定要给他盖三间砖瓦房，再给他攒一点积蓄，别人家娃有的咱东升就一定得有……”秋云盯着丈夫神采飞扬的表情和斩钉截铁的决心，她又一次感到了儿子给这个家注入的活力和希望，带给他们拼命努力的强大动力。

赵儒民决定后，一天也坐不住了，连夜就去村里常年在外当包工头的赵广本家里，递上一根廉价纸烟说明来意，包工头满口答应，像赵儒民这样干活踏实不偷懒的劳力，当个小工是绰绰有余，自然受包工头的欢迎。当赵儒民背着秋云为自己准备好的铺盖卷走出家门，再次回头看着胖乎乎的儿子时，感觉体内有着一股使不完的劲。他又转回身狠狠地亲了儿子一口，在心里默默地告诉他：你老爸就是豁出这条老命，也要为你创造一个好的生活，打下一份厚实的家业，好让你不再受穷受苦。说完他大步流星地跨出了家门，坐上了包工头的四门六座汽车，带着他的梦想去了做工的县城。路边的杨树叶被风吹得哗啦啦作响，如同一支欢快的音乐，让赵儒民心情愉悦，他闭着眼睛，脑海里又浮现出了自己为儿子规划的美好蓝图。

小东升的出生，圆了赵儒民夫妇拥有儿子的梦想，给了他们生活的动力和希望，但苦和累同时如一座山，从此压得他们精疲力竭。尽管赵儒民每天都是超负荷做苦力赚钱，但每个月的工钱，除了保证儿子足够的吃穿玩外，还要应付家里的一切开支，日子依然过得捉襟见肘。

有一次，赵儒民在工地干完活后又接了一桩拆旧房子的活。为了省出时间，他连着三天三夜没合眼提前干完了活，当他从主人手里接过一沓人民币时，才感觉自己连眼睛都睁不开了。主人看着他疲惫不堪的样子和血迹斑斑的双手，一脸诚恳地说："以后再不敢这样不顾命地干活了，钱是要一点一点赚的，日子是一天一天过的，一口吃不成个胖子。"主人的一番劝告让赵儒民鼻根发酸："是啊，这些我能不明白吗？我不知道累吗？可为了儿子，为了给儿子兑现自己的诺言，这能容许我歇一歇、缓一缓吗？从古到今，从皇室到老百姓，哪个老子不是为了给儿子创家业？就是因为曾经没有儿子让我矮人一截，现在我有儿子了，我不但要把日子过到人前去，还要尽我最大的能力让我的儿子别像我这样累，让他以后的日子过得舒服轻松一点。”

一想到儿子，所有的累都烟消云散了。赵儒民摸摸口袋里厚厚的一沓钞票，浑身又来劲了，恨不得立马就能回家抱抱他。赵儒民按捺住想念儿子的心情，从这个食品店进去，那个童装店出来，兴高采烈地带着给儿子买的零食和新衣服准备回家去。赵儒民每次从几百里以外的县城回家，他怎么也舍不得花掉几块钱去坐一次公共汽车，省下的几块钱就能给儿子多买一些吃的玩的，所以每次都是给别人发根烟再说几句好话借人家的自行车，但这样晚上就必须赶回县城还车。在那个物资匮乏的年代，一家人都吃的是粗面杂粮，唯有小东升吃的是白馍细面，还有农村孩子很少吃的零食。在所有孩子眼里都非常稀罕的饼干，对小东升却是最常见的零食，每次看着他吧嗒着嘴吃得津津有味时，二妞总是用舌头舔着嘴唇问姐姐饼干是什么味道，懂事的大妞就拉过妹妹，骗她说是苦的。

这次，正在他又为能不能借到自行车而犯愁时，一辆拉砖的拖拉机迎面而来，赵儒民急中生智伸手拦挡。也不管它顺路不顺路，先挡住再说。随着拖拉机突突突地停在不远处，他为自己的好运气而激动不已，急忙跑上前去询问，果然和自己顺路。征得拖拉机司机的同意，他道过谢立马爬进了车厢。他实在是太困了，一坐进车厢里就靠着打起了响亮的呼噜。恍恍惚惚中，他看见儿子正甜甜地笑着向自己跑来，儿子的笑声让他如同喝了蜂蜜一样从头甜到心里……

生活中的意外总是让人意想不到又措手不及，赵儒民对美好生活的憧憬和干劲也感染着我们，让我们也不由为他鼓劲加油，对这个家庭的未来充满了希望。就在我们和赵儒民一样沉浸在一种奋发向上的拼搏中时，生活的一个三百六十度大转折彻底粉碎了赵儒民的梦想，并将这个家庭一下子推下了万丈深渊。

在从县城回家的路上，拖拉机不慎翻下沟崖，车毁人伤。当秋云拖儿带女赶到医院，眼前的丈夫浑身是血，昏迷未醒，不省人事。她一下子吓得瘫软在地，六神无主，傻愣愣地大脑一片空白，只见张嘴却哭不出声来，吓得几个孩子嗷嗷大哭。经过抢救，赵儒民还算幸运，保住了一条命，只是需要很长时间养伤。在他住院的两个多月里，秋云照顾得无微不至。每天晚上都把洗脚盆放到床上，给他泡脚擦身子连带按摩，医生说这样可以促进血液循环，康复得能快一点，秋云就更认真了。刚开始赵儒民还感觉不好意思，虽然两个人夫妻近十年，但几乎没有过夫妻间的亲密，突然这样赤裸于秋云面前，两个人都觉得尴尬。但为了丈夫能快点好起来早点出院，秋云也就不顾忌那么多了。每当赵儒民看到秋云不厌其烦地伺候他大小便、洗脚、喂饭，赵儒民就不得不肯定，秋云真的是一个好女人，只是没有得到过他的善待。这些年任劳任怨，受尽委屈，却从未说过一句怨言。想到了秋云这些年跟着他没过过一天好日子，没穿过一件好衣服，还要受自己的坏脾气，他就觉得自己真是有眼无珠，这么多年一直把这么一个好女人抛至脑后置之不理，现在秋云还依然这样无怨无悔地照顾自己。他虽然嘴上说不出来，也羞于表达，但他在心里不止一次地对秋云承诺，后半生一定好好待她，决不能再辜负她的付出。

在赵儒民住院的一个多月里，秋云每天晚上都坐在凳子上趴在床沿睡觉，而且总是半睡半醒。他一会要翻身，一会想喝水，一会要小便，反正她根本没睡过一天好觉。随着他的伤一天比一天好，他晚上也能睡得踏实了，上卫生间也基本能自理了，秋云也就稍微能休息好了。晚上，赵儒民醒来看见趴在床边打瞌睡的秋云，本来就瘦弱的身体这段时间更是瘦了一圈，也憔悴了好多，不由心疼起来。他伸手将秋云背上盖的衣服往上拉了拉，不料却惊醒了她。她一下子站起身问："你怎么醒了，是想喝水还是要上厕所？"赵儒民温和地说："下面冷，你也睡床上吧。"丈夫的表现分明让秋云有点受宠若惊，她语无伦次地回答道："我这样能行，床上挤，不能碰到你的伤。”赵儒民看到秋云脸上浮出了两片红晕，竟然有点好笑，好笑他们把本可以不分你我的两口子关系过得如两个陌生人一样生分别扭。他便伸手拉着秋云的胳膊说：“我现在好多了不怕挤，你头朝床那边睡，总比坐着睡强。”秋云第一次感觉丈夫像变了一个人，眼睛里竟然充满了柔情，语气也是这样的温和。她像只听话的小绵羊，乖乖地睡在了床的另一头，她都不记得他们有几年没这样近距离地在一个被窝里睡过了，不知道是伤心还是感动，两串泪珠在脸上滚动。

好不容易熬到出院了，可赵儒民暂时还干不了活，家里的所有担子一下子全落在了秋云单薄的肩膀上。在那样维持正常生活都举步维艰的情况下，赵儒民住院还欠了好多债，他整天看着秋云忙里忙外，自己却是无能为力，这种无形的压力让他感到自己的无能和窝囊。

外面的月色被云层切割成一缕一缕从窗子里照进来，如同秋云一颗破碎的心。透过月色，秋云扭头看着几个孩子熟睡的脸，她伸手挨个摸着他们的头，一股难言的苦涩使她心里一阵难过，两行清泪顺着脸颊肆意流淌。为什么自己的命运会这般坎坷？从小没有父母寄人篱下，让她早早地就体会到了生活的磨难，长大嫁给了赵儒民，日子过得紧紧巴巴倒无所谓，连着生了两个女儿，为生不下儿子丈夫百般冷落自己，现在终于有儿子了，可老天爷又重重地给了自己这致命的一击。男人就是一个家的顶梁柱，而现在这个柱子倒了，这个家该怎么办？这时，丈夫的叹息声打断了秋云的思绪。她知道，此刻丈夫内心的愁绪和压力并不比自己轻，而且他的伤还没有痊愈，整天愁云密布，他的伤能好得快吗？想到这里，她抹干了眼泪，调节了一下自己的情绪，准备将自己思量已久的想法和丈夫商量商量，便轻声对丈夫说：“女孩子识几个字会写自己的名字就够了，念那么多书也无用，就让大妞和二妞别念书了，回家帮我干活带东升。”

赵儒民无奈地叹了口气，沉默了一会儿说：“也只能这样子了，我现在跟个活死人差不多，成了家里最大的累赘。”秋云听到丈夫第一次这样悲观，也不由忍着内心的无助安慰道：“你也别这样整天愁眉苦脸，唉声叹气的，反过来想想，我们应该感到庆幸才对，遭了这么大的难，能捡条命就该谢天谢地，只要留着青山在，就不怕没柴烧，你现在要打起精神好好养伤，等伤养好了，日子也就好过了。”

赵儒民觉得妻子说的全在理，可他一想到这不知什么时候才能好利索的伤就不由心里发慌，但再着急却又无可奈何，只能眼睁睁地看着两个女儿双双退学。那年，大女儿十六岁，小女儿十岁，而小东升只有六岁。

为了减轻母亲的负担，赚点钱补贴家用，大妞跟着亲戚去了南方打工，二妞自然担起了照看小东升的任务。虽然家里经济拮据，日子艰难，但小东升依然像个小王子一样，享受着一家人的疼爱，吃得好穿得好。每次大妞写信都奉劝父亲应该加强自己营养，让伤好得快一点，东升都那么大了，该断的零食就断了吧。赵儒民就不爱听，还老说：我这老骨头再加什么营养也是浪费，儿子才是将来掌握这个家命运的掌舵人，是扭转老赵家历史的所有希望。所以说爱的力量有时的确很强大，只要他爱，就心甘情愿地付出，即使再累，也感觉是快乐幸福的。

穷人家的孩子早当家，大妞用她幼小的肩膀为这个家扛起了半边天。每个月她都会准时给家里寄回她大部分的工资，尽管不能满足家里的一切开销，但对目前这个家庭现状也是雪中送炭。至少在保证了家里的开销和赵儒民吃的药接续不断的同时，小东升还继续可以享受小王子的待遇。赵儒民应该就是农村那些将儿子的幸福建立在牺牲女儿前途基础上的典型代表，更可悲的是他从来没有意识到这种牺牲的不公。

赵儒民终于可以下地干活了，小东升也到了该上学的年龄，赵儒民自然毫不含糊，一定要如期把儿子送进学校。他认为，儿子作为老赵家的唯一希望，当然比两个女儿要多读书，而且还要让儿子念完初中念高中，再去大城市念大学，那时他老赵家就可以扬眉吐气了，他赵儒民也就该跟着儿子享福了。他一想心里都乐滋滋的，如果真到了那一天他不知会乐成啥样。

村里的孩子都背的是用各色小布块缝制的书包，这已经很风光了，还有好多孩子背的书包是用化肥袋子改做成的，而小东升的书包则是全村孩子啧啧赞叹的亮点。他的书包是赵儒民去县医院检查病情时，在县城里用自己宁可吃廉价药而节省出的钱买回来的彩色帆布书包，那是只有城里孩子才有的，农村孩子连见都没见过，小东升则是农村孩子中唯一背着这种稀有珍贵的书包去上学的学生。

赵儒民对儿子的爱，让我们不由对这个可怜的庄稼汉充满了同情。他爱儿子当然没有错，可他的爱已经有点偏执，同样是孩子，对两个女儿的态度和儿子天壤之别先不说，仅给予儿子的已经超越了一个普通家庭对一个孩子正常的爱。如果他那时能意识到这是一种愚爱溺爱的话，也许小东升的前途和命运会是另一种结果。赵儒民自然认为自己爱孩子是没错的，而幼稚无辜的小东升则成了这愚爱溺爱的受害者。

小东升上学了，自然不需要有人再专门带了，二妞也就解脱了，跟着姐姐加入到了外出打工的行列。两个女儿打工赚钱，家里的经济稍有宽裕，日子也过得轻松了一点。日子轻松顺心，时间也就感觉走得快了，不知不觉小东升长成了大东升，他已经告别小学要上初中了。赵儒民觉得进入中学是儿子的人生上了一个新的台阶，进入一个新的领域，当然不能让他在新同学面前逊色。他们在家里哪怕吃穿差一点都无所谓，儿子要去镇上念书了，自然吃的穿的要体面一些。他毫不犹豫地花掉了两个女儿几个月寄给家里的工资，为东升买回了一辆崭新的自行车。他看着儿子兴高采烈地骑着自行车的样子，自己比儿子还高兴，感觉儿子就是全校最帅气最无可挑剔的小伙子。家里距学校五六里路，中午放学赶不上回家吃饭，大部分学生都是早上带两个馒头，中午凑合一顿。而赵儒民则每天给东升五块钱的伙食费，让他在食堂爱吃啥买啥。每天的五块钱，在当时的同学中，应该算得上富二代的消费标准，那种优越和奢侈让多少同学羡慕和嫉妒。如果赵儒民当时能让儿子懂得，那每天的五块钱是父母省吃俭用，是他的两个姐姐几个小时的辛苦加班费换来的，让他利用父母的心血和姐姐的汗水努力读书，好好做人的话，东升也许真不会辜负这一家如此爱他的亲人。可赵儒民只知道一味地为儿子提供优越的生活条件，不曾想过为儿子灌输一些勤俭节约、做人做事的道理，以至于东升从小就不知道什么叫来之不易，他只知道饭来张口衣来伸手，想要什么就有什么，没想要的父亲也会轻而易举地给自己，所以对他而言，没有什么东西能让他有像其他同学一样对喜欢的东西那种可望而不可得的欲望。如果他将一家人对他的良苦用心和偏爱用到学习上，那赵儒民即使把心掏出来给了儿子那也值得。可恰恰就是这些优越条件成了他上网抽烟交友的罪魁祸首，也成了他叛逆的始作俑者。优越的条件和无限度的溺爱将他引入歧途。他开始逃学，抽烟进网吧，最初还是偷偷摸摸地怕家里人知道，直至学校找到家里要开除学籍时，他便明目张胆不回家，整日和一帮街痞混混称兄道弟，黑白昼夜陷入网吧沉迷网络游戏，那年东升十六岁。

十六岁，正是如花的年龄，可东升就从那一年开始，一步步地陷入到人生峡谷，而且是一去不返。也是从那一年开始，一家人就因为他而没有消停过。尽管父母对他百依百顺，让他随心所欲，可他就是讨厌回家。因此，他整天将自己沉迷于网吧，整天和那些狐朋狗友混在一起，就是逃避回家。他开始了在外面花天酒地的生活，而赵儒民两口子也开始了天天找儿子的漫长路途。只要他不回家，秋云就大街小巷、一个个网吧挨着去找，一天找不到她就一天不停歇，逢人就问有没有看见她儿子。有人同情她像祥林嫂一样患了心病，也有人说她被儿子折腾成了精神病。尽管如此，每次只要找到儿子，秋云可怜兮兮，东升无动于衷，而且还不耐烦地责怪母亲为什么要找他。记得有一次，她找了好几天，打听到儿子在一家网吧，她怕找上去惹儿子不高兴，又招来儿子的一番指责，便坐在门外等。等到天黑时，东升终于大摇大摆出来了，秋云一把抱住儿子的腿，因为她一天水米未进，已经没有力气站起来。看到她嘴唇干了一层血痂和泪眼汪汪的祈求，东升不耐烦地挥挥手说：“别在这丢人现眼，不就是回家吗？”秋云赶紧满脸堆笑地问儿子想吃啥，他头也不回地应了一句：“啥也不吃，要回就不要磨蹭，趁我现在还没改变主意。”他大步走在前面，秋云像生怕再把儿子丢了一样卑微地紧跟在后面。

那晚的月亮特别亮，冷森森的月光照耀的田野格外空旷，使秋云瘦小的身影显得更加孤单。走着走着，东升突然趴在一口枯井的井口大声呐喊：“你为什么要逼着我回家，为什么整天像个跟屁虫一样烦我，你再让我回家，我就从这里跳下去……”秋云一下子瘫软在地，她已经吓得连哭都不敢出声了，生怕自己真的激怒了儿子，要是他有个三长两短，那她也就活不成了，这个家也就完了。她尽量控制住情绪用妥协的声音对儿子说：“娃，你别吓妈，你不想回就不回去了，妈以后再也不找你了，只要你好好的……”

听了秋云的话，东升起身扬长而去。看着儿子头也不回的身影，秋云使劲地咬着嘴唇，不让自己哭出声来，直至东升的背影消失在苍茫的夜色中，她才放声大哭。从此，秋云真的没再找过儿子，可她整夜整夜不关门，眼巴巴地盯着门口，等待儿子回来。

就在赵儒民被儿子折腾得身心疲惫时，又一个致命的打击将这可怜的夫妻置于死地，二妞好好的却检查出得了白血病。这个陌生的病对赵儒民来说只是一个遥远的名词，可现在却真真实实地发生在了自己家。在他们还没有接受这一残酷的现实时，已经是医院发出病危通知的时刻，秋云跪在医生面前号啕大哭，用一个母亲最纯粹的方式苦苦哀求，让医生移植自己的骨髓甚至用生命救自己的女儿，可任凭她怎样哀求，都已经不能改变女儿生命垂危的残酷现实。

赵儒民第一次抱头痛哭，反思自己这么多年对女儿的愧疚，但命运没有给他半点赎罪的机会，注定要让他一生背负愧疚的情感枷锁。就在那样的危急时刻，还不知道东升身在何处。这次赵儒民和秋云真的是没有力气再一家一家网吧去找他了，等千方百计通过那些狐朋狗友将他找回来时，二妞已经不在了！看着赵儒民和秋云一下子老了许多，亲戚朋友都劝道："东升呀，你再不能出去逛你自己了，好好在家暖暖你爸妈的心。"他嘴上答应，可在家没待几天就一声不响地又离家出走。他已经彻底变了，不再是那个只迷恋网络游戏的无知少年，而变成了一只披着人皮没心没肺的狼。

东升开始沉迷于赌博，没日没夜地坐在麻将桌旁打发时日，赢钱了就和那些赌友花天酒地，挥霍完再继续，输了便借高利贷。每次的运气还都不错，借了高利贷他很快就会赢回来还上，可这一次越输越多，越想捞本越是陷得深。当一夜之间输掉了几十万块钱的高利贷时，往日那些酒肉兄弟瞬间就变了嘴脸，他平日里的风光也一下子烟消云散。他承诺三日之内一定会还上所有的钱，可那几日手气却是极差，上一场输一场。眼看三天时间到了，还上那笔钱是不可能的，第三天晚上他偷偷地跑了，想躲一阵是一阵。结果还没跑多远就被那些早已盯着他的人堵了个正着，当那些人问他："还钱还是给命？"他想着怎么也是一条命，他们肯定只是为了吓唬自己，就顺口应道："要钱没有，要命一条。"话还没落地，一根铁棍已经重重地落在了他的腿上。

"我们的规矩就是许怂不许逃，你好说几句，我们也许还可以宽限你一些时间，你却想一跑了之。"高利贷的老大手拿铁棍在他面前晃来晃去接着说："我们还有个规矩，凡是借了我们钱说谎拖欠的就让他一辈子说不了话，想逃跑赖账的就让他永远站不起来。"说完又是一铁棍落在了东升的大腿上，接着他把手里的铁棍递给旁边的其他人说："兄弟们，都挨个过把瘾，每人一下，看哪不顺眼就往那打。"东升一看这群亡命之徒是真要自己的命了，他按着那条已经断了的腿连哭带嚎地像只狗一样趴在地上连忙求饶说："大哥，看在咱弟兄以往的交情上，你这次就饶了我，我一定会把钱还上。"

"晚了，从你跑的那一刻起我们就已经不是弟兄了。"高利贷老大说完向其他人挥了一下手势，铁棍便如雨点般一下接一下落在了东升的腿上，胳膊上……等东升再睁开眼睛时已经躺在医院了，双腿被固定着，护士看他醒了忙叫来了医生。他的大脑一片空白，浑身感觉麻木，怎么也想不起到底发生了什么。

医生查看了一下支架上的腿问："你是哪里的？怎么伤这么重？家里人呢？"东升只盯着医生的脸，嘴怎么也动不了，他的眼前慢慢浮现出了那一张张狰狞的嘴脸和那根明晃晃的铁棍。东升想起来了，难道他们把自己打到半死又送到医院的？随着意识的清醒，他感觉浑身剧痛难忍，不由发出了喊叫声。医生一边吩咐护士再加一个止痛泵一边语气急切地说道："你的腿和胳膊都是粉碎性骨折，必须得及时手术，昨晚是有人打的120，我们是通过绿色通道将你收进来的，你尽快联系家里人，如果感染了，这两条腿都有可能保不住。"东升恍恍惚惚间听明白了医生的话，他现在唯一想到的就是大姐。他出门几年，没有给过家里半点音讯，现在成这样子了，哪有脸告诉父母。医生看着他严重的伤势，掏出自己的手机问道："你能记得家里的电话吗？我帮你联系。"东升在大脑里一遍遍地想着大姐的电话号码，平时很少打电话给她，所以他想得好费劲。他也不能肯定地给医生说出了他想出的电话号码。电话通了，那边传来的声音他一听是大姐的，突然像一个遗弃的孩子找到了亲人一样放声大哭，大姐在那边着急地喊着问他怎么了。医生见他情绪激动，就在电话里说了东升的伤势，并说明急需手术，让家人尽快来医院。

当赵儒民战战兢兢赶到几年未见的儿子身边时，看到的是他伤痕累累，全身多处骨折的惨状。大妞急切地问道：“你是怎么伤成这样的？”东升面对姐姐的追问无言答复。赵儒民看到儿子伤得这样重，一颗心像刀绞一样，他浑身瘫软在儿子的病床前，颤抖着那双粗糙的手又一次将儿子从头摸到脚，纵横的老泪一滴一滴地滴在东升的脸上、身上……他哽咽中带着愤怒地对大妞说：“人都伤成这样了，你还问个啥？不管怎样先把病看好了再说。”

“爸，我们第一时间赶到医院就是给他来看病的，但人不可能无辜伤成这样的，无论是肇事逃逸还是别的什么原因，我们都应该先报警，不能让他们逍遥法外。”一听到报警，东升的神经一下子紧绷，他知道他是斗不过那些人的，他们心狠手辣，手段残忍，如果报了警，他们一定会抖出以前他也一起参与的几起盗窃和诈骗案件，那样说不定他还得进监狱呢。所以他只能一口咬定隐瞒了事实，吞吞吐吐地说：“我自己喝醉酒摔的。”大妞一看弟弟明明是在撒谎，父亲却转身气狠狠地盯着女儿说：“你能不能别这样多事？这里的事我做主，没你说话的分。”说完他对医生哀求道：“医生，你赶紧给我儿子做手术吧，多少费用我们都会想办法。”大妞看着父亲失去理智的决定，又觉得他可怜巴巴地不忍心再坚持，只能随父亲意愿先给弟弟做手术。面对高达十万元的手术费，赵儒民卖了家里的所有牲畜和粮食，借遍了邻居亲戚，才凑够了手术费。手术还算顺利，保住了两条腿，至于后期恢复成什么样，那医生就不敢保证了。就这样赵儒民和秋云已经感激不尽，就如在手术前赵儒民鼻涕一把泪一把地哭着求医生：“我娃还是个嫩芽芽，还正活人呀，只要能保住他的腿，我们就是倾家荡产也要看好他。”医生也确实是被这个可怜的老父亲所感动，看着他穿着朴素寒酸，言行老实憨厚，就是一个地地道道的农民。所以他对赵儒民保证道：“老人家，你放心，我会竭尽全力地让手术成功，一定保住你儿子的腿。”医生的一番话如同安心丸一样让赵儒民和秋云踏实了好多。为了让东升的腿能康复得好一点，赵儒民和秋云轮流守在儿子的床边接屎接尿地伺候，他们每顿饭吃的都是开水泡馍，却给儿子变着花样买着吃。东升心安理得，赵儒民和秋云付出得无怨无悔。一对可怜的农民父母始终都没有明白，儿子的今天都是他们纵容和迁就的结果，更可悲的是他们一直都是一错再错，还以为天下所有父母都是这样疼爱自己的儿子的。

经过一个月的治疗，东升终于可以出院了，一家人高高兴兴把他接回家，特别是赵儒民和秋云，尽管债台高筑，但他们觉得，只要儿子这次能回心转意，那些债也是值得的，就当买回了儿子的一条心。东升回来躺在炕上生活不能自理，吃喝拉撒都需要父母照顾。一些前来看望的亲戚看着赵儒民夫妇对儿子无微不至的照顾无不感动地对躺在炕上的东升说："东升啊，等你的伤养好了，一定要好好孝敬你爸妈，你看他们为你煎熬成啥了？"东升欣然答应，还信誓旦旦地保证以后一定要让父母享福。赵儒民和秋云听了，高兴得眉开眼笑，只要儿子能够回心转意，他们付出再多也是乐意的。家里尽管已经是负债累累，但赵儒民哪怕是借钱也得保证东升足够的营养。几个月下来，东升养得白白胖胖，赵儒民和秋云却苍老了好多。他们总以为，仅凭儿子这次受的疼痛以及他们侍前奉后的照顾，他无论如何也会痛改前非的，以后会好好做人。赵儒民常常安慰秋云说："别再担忧，东升就是块石头，这次也会被咱暖热的，这次受伤是他的劫难，也是他人生的转折。"赵儒民每说这话时，语气铿锵有力，表情神采飞扬，好像一个全新的儿子已经站在眼前一样。

东升终于下炕了，拄着拐杖能慢慢挪动了，看着东升能从门里挪到门外，赵儒民和秋云的高兴不亚于东升小时候第一次蹒跚学步的惊喜。他们从小就习惯用物质奖励儿子，只要儿子有一点点成绩，就会得到更多好吃和好玩的东西。现在更不例外，赵儒民看到儿子能走路了，高兴地还没出大门腿就翘上自行车，秋云撵出门外对着丈夫的背影大声问道："你这是急着干啥去呀？"赵儒民有点气喘地应道："去集上买些排骨……"一溜风将赵儒民的声音清晰地带到了秋云身边，秋云透过眼睛里两团清汪汪的泪水，看着丈夫不再挺直的腰板和那沧桑的背影越来越小，最后消失在路的尽头。她心里不由一阵酸楚，又一次对丈夫心生同情和心疼。丈夫是一个老实厚道的庄稼人，整天只知道把日头从东边背到西边，勤勤恳恳，兢兢业业，从来都没有得罪过村里大小的人，可老天爷硬是和他过不去。村里和他同龄的人个个儿子能干活了，他才盼来了儿子的呱呱落地。总算有了儿子，他铆足劲准备为儿子创下一份殷实的家业时，儿子却总是与他的意愿背道而驰，在他被儿子折腾得精疲力竭时，一直被他冷落多余的二女儿又突然患了不治之症，在他没有丝毫思想准备下离他而去。就在他还没有挺过来时，儿子又受重伤，借了一河滩债不说，还不知道儿子的腿最终能好成个啥样。这么多的打击和磨难有几人能扛得住，可这都摊在丈夫一个人身上，这样一个多灾多难的人怎能让人不心生同情和怜悯。

就在赵儒民和秋云又一次对儿子充满了希望时，东升却又一次趁父母下地干活时架着双拐离家出走。这一走，彻底将这可怜的老两口打入了绝望的地狱。赵儒民一辈子最大的特点就是能忍，多大的累和苦他都是有泪往肚子里咽，可这次他真的到了忍耐的极限，第一次崩溃地跪在院子里放声大哭，他哭得哀痛欲绝，老泪横流。他好像走到了人生绝境一样无助，叫着儿子的名字哭问："我上辈子到底欠你多少，你此生这样来无休止地讨债，你这样折磨我何时才是个头啊？"男人和女人对待痛苦的不同之处就是男人哭过了就埋在心里，生活还得继续，可女人就不一样，秋云从此整天以泪洗面，每顿饭她端着碗就哭哭啼啼地念叨儿子在外有没有饭吃，会不会饿着？一到晚上又是半夜睡不到炕上，眼泪巴巴地自言自语，儿子在家上炕下炕都要她伺候，不知道他出门在外怎么办？她一想到儿子在家，干啥都离不开她，现在却离开了她，他吃饭穿衣、上厕所这些都谁管呀？心里就像着火了一样，怎么也等不到天亮。赵儒民看到秋云天天这样饭不能食，夜不能寐，不由担心她这样长期下去身体精神都会垮掉。

秋云的精神是扛住了，但一双眼睛却没有禁住太多眼泪的泛滥。果然不出赵儒民所料，几个月后的一天，秋云突然眼前一片漆黑，她惊慌失措地一阵手忙脚乱，跌跌撞撞跌倒在院子里，她分明听见几只母鸡在身边咕咕地叫着，不管她怎样用两个手使劲地揉擦眼睛，一次次将眼睛闭上，睁开，再闭上再睁开，依然什么也看不见。当“瞎了”两个字清晰地出现在她的大脑里时，她一下子浑身瘫软，她害怕自己真的瞎了，更害怕丈夫又该怎样面对和承受这又一生活打击。他本来就够不容易了，以后还要伺候个瞎子，她不敢想象他以后的每一天该怎么过，秋云不想成为丈夫的又一个累赘和负担。她突然想到了死，她觉得她这样活着还不如一死了之，至少不再拖累丈夫，也就不再牵挂儿子了，让她永远歇息吧，她是真的太累了……

当秋云摸着进了屋子，终于摸到了丈夫放农药的纸箱子，她拿出了一个瓶子拧开，一股刺鼻的农药味让她感觉自己离死亡已经很近了。当死轻易从嘴里说出来时好像很简单，一旦真的要付诸实施时真的好难。此时，秋云的一颗心被揪得撕心裂肺的疼，她是真的不愿意死，尽管活得好累。她怎能舍得就这样离开儿子和丈夫，如果她死了，儿子万一想家了，想爸妈回来了，谁给他做饭，给他烧炕，给他揉腿，给他泡脚……如果没有了她，丈夫从地里干活回来冰锅冷灶的，连口热水都没有。从此，他既要当男人又要当女人，精疲力竭地回到家顾不得歇口气，又得烧锅燎灶做饭，他半辈子连一顿饭都没做过，这往后的日子要天天做饭，他怎么可以？更重要的是家里出出进进就他一个人，连个说话的人都没有，这后半辈子该怎么过？秋云越想越难过，怎么也鼓不起勇气将手里的农药灌进嘴里，这灌进去即使她后悔了也挽救不了，她会死不瞑目的。

正在秋云一手端着农药瓶子哆哆嗦嗦地往嘴边送，一手左右抹着淌不完的眼泪时，赵儒民不知什么时候已经站在门口了，他一步跨进屋夺走了秋云手里的农药瓶子。他还不知道秋云的眼睛看不见了，只顾气呼呼地责怪与埋怨道："你想的倒轻松，想两腿一蹬不管不顾这个家了，可我怎么办？东升和大妞怎么办？"秋云不是因为丈夫的埋怨，一提到儿子又捅到了她的痛处。她"哇"的哭出了声，边哭边捶打着自己哭诉道："你的命咋就这么苦，这辈子遇到的全是祸害……"

赵儒民被秋云说的有点摸不着头脑，他将药瓶子放回原处，伸手拉着秋云说："我们命苦就按命苦的过吧，先熬着吧，过一天是一天，我就不信老天爷真瞎了眼睛，还能给我们使个啥绊子。"

秋云又是"哇"的一声哭得更厉害了，她这样无休止的哭就激怒了赵儒民，他本来脾气就暴躁，再加上经历了这么多事，他的心没有一时清闲，秋云这样没长没短的哭更让他心生烦躁，不由对着秋云怒吼道："你这好端端的又是喝药，又是号个没完没了，是不是看我还活着，都这样折磨我？"秋云一下子就被丈夫吼住了，她住了哭声却不敢告诉他自己的眼睛看不见了。她怕丈夫承受不了这一个接一个的打击，她实在不忍心，但她不告诉丈夫还能告诉谁呢？她怎么也忍不住不争气的眼泪，摸索着丈夫泪兮兮地说："我瞎了，成你的累赘和祸害了，还不如死了不连累你。"说完又开始哭哭啼啼。赵儒民这才意识到秋云呆滞的眼睛，他一把拉起秋云，紧张地盯着她的眼睛着急地说："你看我，我就在你眼前。"秋云也使劲地看就在眼前的丈夫，她多么希望这只是个意外，希望自己的眼睛突然复明，可还是什么也看不见。秋云绝望地摇着头，尽管她看不见丈夫的表情，但她还是低下了头，因为她实在不忍心丈夫比自己更绝望。

赵儒民紧紧地攥着秋云的手，勉强抬高声音说："我这就去借钱，给大妞打电话，明天咱就去医院。咱村赵三他妈去年眼睛不是也看不见了，去医院做手术治疗之后现在不是好好的嘛，打起精神别泄气，只要我有口气，就不会看着不管你。”

赵儒民的一番话如磐石般让秋云感到从未有过的踏实和感动，她立马就收住了眼泪，不知道是在安慰自己还是安慰丈夫：“我不靠你靠谁呀，只要给我把眼睛治好了，咱俩搭手过日子还钱，只要有人啥都会有。”

赵儒民将秋云扶坐在炕沿说：“这些道理你都知道嘛，还寻短，你寻了短，我这日子咋过？”秋云突然就底气十足了，竟然破涕为笑地说：“这不是你给我吃了定心丸嘛，不然我怎么能有这底气。”接着她又叹气道：“大妞跟着咱也没消停过，娃辛辛苦苦挣的钱全搭进这个家了，咱把大妞害到啥时候呀？”

“别想这么多，谁让她生在咱这个家，当咱的女儿呢，大妞懂事，不会有怨言的。”赵儒民嘴上这样说，心里也一阵酸楚，觉得对不起大妞，更对不起二妞。

赵儒民又东借西凑，和大妞带着秋云来到医院，经过检查是视网膜脱落。赵儒民对手术已经有了严重的恐惧症，他紧张地问医生：“视网膜脱落能治好吗？”医生说：“能，必须得及时手术，视网膜脱落就是抢时间，只要手术及时，静心修养，就能恢复。”听医生说完，赵儒民和秋云都放心了许多。手术后，经过一个星期的留院查看，恢复得很好，赵儒民和大妞高兴地带着秋云回家了。

两年后的冬天，东升突然回来了。这个惊喜确实来得太突然了，两年来，赵儒民对东升只字不提，秋云也就将对儿子思念牵挂的情感装在心里，其实，对对方的心思，他们两个都是心知肚明，知道彼此心里没有一刻不惦念儿子，只是深深地埋在心里，不愿给对方添堵而已。

东升回来了，赵儒民和秋云高兴地跑前跑后，又是割肉又是杀鸡，变着花样给儿子做好吃的，比过年还丰盛。村里人看见赵儒民走路脚上像蹬了风火轮一样，就问他：“老赵，啥事呀，这样高兴？”他便停下脚步递过一根烟乐呵呵地说：“娃回来了！”大家接过烟，都对这个特别辛苦的父亲充满同情地回应道：“娃回来了就好！”

这样的高兴让赵儒民和秋云没持续几天，接着便是更大的愁苦。东升的腿因没有保养好而严重感染化脓，老两口看着儿子惨不忍睹的一条腿，只有心疼没有责怪。第二天赵儒民又开始四处借钱，带儿子去疗伤，这一治疗就是两年多，先后三次手术，花去近三十万。对一个农民父亲而言，三十万几乎要了他们的命。一个家从此家徒四壁，负债累累。就这样还是没有暖热东升那颗比石头还硬的心，这个家，他想走就走，想回就回。为了还债，为给儿子做更好的治疗，赵儒民和秋云整天把他们埋在苹果树地里，六十多岁的人被家庭重负压得比七十多岁的人还显得苍老憔悴。

东升对赵儒民和秋云无尽的折磨自然遭到了所有亲戚邻居的愤恨，人人一提起东升都骂狼心狗肺不成器，硬是把一个家拖累垮了，把父母折磨得腰弯背驼，白发苍苍，整天像牛一样起早贪黑作务着六七亩果园，每年苹果卖的钱都还账了，可还是还不完。无论赵儒民和秋云在地里怎样刨，总是填不满东升花钱的无底洞，家里年年是入不敷出，捉襟见肘。两个人在家里省吃俭用，东升在外面花天酒地，好像父母是摇钱树一样，他花钱从来不眨眼。

就在赵儒民和秋云真的身心疲惫时，命运又一次和我们开了一个残忍的玩笑。由于东升整日在外面胡吃海喝，患有高血压，他从来对自己的身体都是麻木不仁，更谈不上爱惜，如果爱惜的话双腿也不至于感染化脓到骨头都露外面了。也许是他折腾够了，也许是老天爷看不过眼了，他忽然患上了急性脑出血。就在赵儒民和秋云跌跌绊绊把他再次送到医院时，他已经没有了一丝气息。他们怎么也想不到儿子这次开了这么大的一个玩笑，可怜的老两口被吓傻了，久久地抱着儿子不肯放手。秋云哭得不省人事，可当她再次醒来时表现出了惊人的镇定和坚强。也许她真的精疲力竭，为儿子流干了眼泪，大家都怕她这次是真的扛不过去，就将医生请到家里，怕她有个意外。可她硬说自己没事，还挣扎着起来冷静地说：“东升在家的时日有限，我以后再也不能为他做什么了，你们别担心，让我再给他穿一次衣服吧。”她颤抖着双手给儿子一件一件地穿好衣服，然后舒了一口气说：“就将他的坟墓放在屋子后面的果树地里吧，我每天看着就觉得他没有走远……”

安葬了东升，秋云在炕上躺了一个月，前来探望她的亲戚一边安慰她，一边担心她过不了这个坎。她却说没事，她只是很累了，让她躺着好好歇歇。一百天那日，她坐了起来，捋了捋自己全白了的头发，洗了把脸依然平静地对大妞说：“带我去你弟弟的坟前看看。”然后她就迈着颤颤巍巍的脚步，瘦小的身子在风中踉跄前行。她来到儿子的坟前，伫立了好久，突然扑倒在坟头号啕大哭，她的哭声撕心裂肺，肝肠寸断，连坟边的野草和树木都俯身低头哭泣，周围的一切都充满了忧伤。她将心里积压的所有悲伤用哭声发泄出来后，站起来擦干泪说：“别担心我，我没事，这是我的命，也是他的命，这样也好，他终于解脱了，可以歇歇了。可怜的他活了短短三十几年，十年靠拐杖行走，那样的痛苦只有他明白，他不想待家里拼命地往出逃，那也一定是他最痛苦的选择，哪有儿子看着自己的父母拼命操劳，他却躺在炕上无能为力而无动于衷，所以他逃避那叫眼不见心不烦，知儿莫如母，他的痛苦和无奈只有我最懂，所以让他好好休息吧！”

东升累了，赵儒民和秋云也累了……

哑巴女人

老王的坟旁又多了一座坟墓。

这座坟墓的主人是个哑巴，她曾是老王四十多岁捡回的媳妇。全村的男女老少都轮流为这堆黄土再添两锹土，以示对她的祭奠和尊敬。

煤矿生活自古以来在人们的印象中都是枯燥无味的。那些矿工每天都继续着两点一线的简单生活，下井工作，上井吃饭睡觉，长时间的单调生活慢慢地也就麻木了他们的神经。一坐进下井的绞车，就与阳光告别，进入了一个漆黑的世界，置身于地表几千米的煤层深处，然后开始了与黑暗的挑战与较量。一天下来当他们再次升井又重新看到了火红的太阳或者皎洁的月光时，便知道他们的生活不仅仅是漆黑和危险，还有光亮和生机。一天的疲劳顿然烟消云散，他们又开始活跃了，如一支凯旋的队伍轰隆隆涌进食堂，每人端一大碗菜汤、五六个蒸馍，围成一圈开始狼吞虎咽地填饱他们空了一天的腹腔，一会便个个腹鼓肚圆，打着饱嗝回到宿舍，丢掉衣服躺在床上却不很快睡觉，你一句他一句地编一些醋溜段子乐呵乐呵，这应该是他们每天睡觉前的催眠曲和兴奋剂，注入了这样的兴奋剂后他们睡得才会踏实而香甜。

突然有一天，矿门口的角落里一夜之间多了一个蓬头垢面，穿着破烂的女人，逢人总是将头深深地埋在胸前，瘦小的身体蜷缩在墙角，像只受伤的鸟儿一样对身边的人充满了恐惧与害怕。

从此，这个陌生的女人便成了矿工们茶余饭后的热门话题，他们无论上下班都要聚在她的身边逗逗她，看到她吓得缩成一团，恨不得从身后的墙角挤进去，她这样卑微的自我保护在他们眼里却是一种滑稽和笑料，有时直至吓得她呜呜地哭了，他们才满意地笑着离开。时间久了，只用粗鲁野蛮的语言逗逗她已经不能够满足矿工们的好奇心和开心欲，他们有人开始动手动脚，肆无忌惮地调戏她。这个捏一下她那比他们下井上来还要花黑的脸，那个摸一把她头上像只蓬乱的鸟窝一样的头发。在他们眼里，她就是一只供他们开心逗乐的猴子，从没有把她当作是一个正在遭受苦难的弱女人。

矿工们对她的调戏在所有人眼里都是见怪不怪，每个人都可以参与其中。唯有老王每一次都是看在眼里气在心里，有时实在看不过，真有一种想上前去阻止，甚至教训那些矿工的冲动，但一想到大家都是每天和自己安危与共同寝一室的工友，为了一个和自己毫不相干的乞丐而得罪他们，好像有点划不来。每想到这里，他就忍住了自己内心的怒火，干脆咬牙转身离去，看不见就不会生气。从此，他总是避开和他们同行，上井后他宁可忍受着早已是前心贴后背的饥饿，上班时也是比他们早走。与其说他这样做是为了求得一份心安，还不如说他是为了逃避一种良心和道德的谴责。

有一天晚班下井上来，老王照旧磨蹭着，估计大家都已经在食堂吃饭了，他才迈着疲惫沉重的脚步从矿区往食堂走去。快走到大门口，远远看见一个矿工在那个乞丐身上抓来抓去，趁着她左躲右闪的空隙竟然将手伸进她本来就破烂不堪的衣服内乱摸。那个女人的承受力和忍耐性也许到了极限，她像一只被围攻欺负的动物用自己哪怕最后的力气拼命地进行着抗争，并发出了呀呀啊啊的声音，那声音里充满了愤怒和无助。

老王顿时火冒三丈，一股强大的气愤促使他疾步走到了他们面前，那个女人对眼前突然出现的这个人不知是更加恐惧还是出于依赖，她“哇”地哭出了声，那哭声在呐喊和咆哮。老王从这个女人的眼神里看到了一种脆弱和求助，一个男人的本能和善意使他毫无顾忌一步冲上前，将那个矿工拉起来拖到一边。那个在老王面前丢了脸的矿工自然不肯罢休，气焰嚣张地上前撕扯着老王的衣领："你是吃饱撑的！多管闲事……"这时老王已经全然忘了自己是为了保护一个不相干的女人，而是咽不下被同事撕扯辱骂的这口气。那个矿工对老王的轻蔑和不屑自然激起了一个男人不甘示弱的本性，他怎么能容许别人这样指着他的鼻梁。这无疑是对老王火上浇油，一股强大的力量使老王将对方抡向自己的一只拳头使劲拧了一圈，随之发出了对方胳膊的咯吱声和他疼得嗷嗷直叫的声音。老王看到他龇牙咧嘴的表情，一拳把他推出了几米之外，死死地瞪着他说："对一个可怜的乞丐这样心存不轨，侮辱欺负一个女人，你还是个男人吗？"

对方分明已经领略了老王的厉害，按着一只胳膊声音弱了好多地反驳道："咱们还是同事呢，她是你啥人？"

老王轻蔑地瞅了他一眼说："我虽然也和她素不相识，但我为你们这样卑鄙无耻，畜生不如的同事感到羞耻。"

他们的争吵招来了围观的矿工，老王的语言自然是伤及与碰撞到了其他的矿工，惹得人群里发出一片对老王不满的声音。有人给那个矿工加油鼓劲，在人群里喊道："老王这样多管闲事地拿你开涮，分明就是找茬故意欺负你嘛，不给点教训，下次还说不定骑在你脖子上拉屎呢。"

也有人幸灾乐祸地看热闹不嫌事大，在一边起哄。

那个矿工一看老王孤家寡人一个，自己来了这么多帮手，又嚣张了几分。围观的人群和七嘴八舌的煽惑并没有让老王惧怕退缩，而更激起了他的怒火。老王心想，自打进煤矿的这半年，他对同事都是友好相待，在井下干活他总是干得最多，谁累了让他顶替一会他毫不怠慢。他这样积极作为只是觉得大家在一起都不容易，都面对着每天井下工作中处处潜在的危险，可以说是生死与共的患难兄弟，随时面对着生命的挑战。他的吃苦和担当得到了班长的肯定和多次表扬，所以同事们都误解他平日的帮助原来是利用大家而突显自己，都对老王不但不心存感激，反而更多了一种藏在内心的不满。这次老王的抱打不平无形中激发了大家积压已久的不满情绪。大家对老王不满，老王更是憋着一肚子的委屈，自己的好意和真诚被误解，他这次一定要不惜代价，哪怕头破血流，也要用另一种方式重新树立起一个敢作敢当见义勇为的男人形象。虽然老王也懂得，让一步海阔天空，忍一时风平浪静，但有些事不是忍让就能化干戈为玉帛，比如眼前，必须得靠武力来抚平和解决。

那个矿工趁老王不留神，一头撞在了老王的鼻子上，老王瞬间鼻血直流。老王抹了一把鼻血，一种无法容忍的耻辱让他像只发狂了的雄狮扑了过去，当对方还没反应过来时，已经躺在了老王的脚下。只见老王一脚踩在对方的背上，轻蔑地问："你怎么不起来呢？刚才的威风劲哪去了？"那个矿工如一只被驯服的猎物一样，被老王死死地踩在脚下不得动弹。周围的人看到老王身手敏捷，没费吹灰之力就把对方撂倒了，都灰溜溜地不再起哄。只不过有人却悄悄地跑去将老王打人的事告到了保卫科，保卫科的人赶到现场，看到老王的脸上身上到处都是血，还以为老王受了伤，殊不知那是老王故意将鼻血抹得到处都是以渲染声势。

保卫科将他们带到了矿务室，矿领导问明了情况后，首先对他们的打架行为进行严厉的批评，其次对那个矿工的行为也教育了一番，最后也私下对老王见义勇为，保护弱势群体的爱心和精神给予了肯定与表扬。老王虽然受了伤，但他感觉值得，他不敢保证其他矿工从此以后对那个可怜的哑巴女人的调戏一定会收敛，但至少他们再也不敢在他面前那样放肆，更让他感到激动不已的是自己今天不但在同事面前树起了威严，还得到了领导的赞赏，这些对他都是百益而无害的。想到这里，他雄赳赳气昂昂地向自己的宿舍走去。

一直蹲在黑暗处哭泣的哑巴见老王走出了矿区大门，她突然有一种小时候受了别人欺负看到母亲的那种踏实和安全，满腹的委屈和伤痛瞬间都化作源源不断的泪水一齐涌出了眼眶。当老王走近时，她一步冲到老王面前，咿咿呀呀地放声大哭，太多的感激她无法说出嘴，只能不停地给老王点头作揖。自从流浪乞讨街头，走到哪里，都会招来身后一群孩子的追打，她只有像个小丑一样拼命地逃跑。有时无论她巴巴地看着路边的大人，多么渴望他们能呵斥阻止那些孩子无休止的追打，但那些人都视她如一只没有尊严的流浪狗无动于衷，有的人甚至也笑呵呵地看着热闹，丝毫没有把她当一个人去看待。每当此时，她不是因为那些孩子七手八脚扔过来的瓦片砖块打疼了自己号啕大哭，而是感到自己活得太寒碜。同样作为人，别人来到这个世界上都为了活得风光，而她就只能做别人生活中的笑料，为此她常常想到了死，但却又想不出个死法，每一种死法都让她毛骨悚然。她想，也许这就是人们常说的好死不如赖活着，就这样活着吧。就在刚才自己目睹的一幕，一个和自己毫无半点瓜葛的男人竟然为了保护自己而挺身而出，不顾寡不敌众和个人安危，使她感激涕零，不知该怎样去表达。她不但感激老王，突然对生活少了许多失望，多了一丝热爱，原来生活中并非只有冰冷，还有温情和暖意。

哑巴突如其来的举动吓了老王一跳，这么多天看到最多的就是她安静地蜷缩在那墙角，从未听见她发出过这样大的声音。老王对眼前的这个哑巴女人更多了一些同情，觉得老天爷也太不公平，为什么将生活的遗弃和身体的缺陷集于一个弱女人的身上？既然剥夺了她和人沟通交流的说话权利，就不该再让她流落天涯，受尽欺凌。既然让她遭受这般乞讨苦难，就该给她诉说求助和自我保护的能力。他此刻的内心也是一阵酸涩与刺痛，那股酸涩直撞他的鼻根，他不知道该怎样去安慰眼前这个受伤的女人，何况她还是一个被人忽视践踏的乞丐，遭人戏弄笑话的哑巴。老王摸索了一下自己的衣兜，掏出几块零钱塞到哑巴的手里说："以后多长点心眼，如果有人再对你使坏，就往人多处跑，就大声喊，千万别窝在黑暗处不敢出声。"

哑巴咿咿呀呀地又是摇头又是点头，让老王有点糊涂，哑巴看到老王不明白自己的意思，就将手里的钱又往老王手里边塞边摇头，然后指着大门口的路灯使劲点头。老王看懂了哑巴指手画脚的表达，原来她一点都不傻，她平时一直那样傻傻地发呆，大家都以为她是个傻子。老王为此而感到欣慰，她只是不会说话而已，有着正常人的思维和情感，分得清好坏，不至于被坏人糟蹋却浑然不知。

哑巴的命运是可悲的，她不知道她的家具体在哪里，只知道她从小就被别人歧视，在同龄人的嘲笑中长大。她有一个弟弟和一个妹妹，他们不懂事时还跟着她一起玩，等长大了都莫名其妙地疏远她这个姐姐，看她的眼神里也充满了嫌弃和厌恶，慢慢地就将她孤立了起来。父母也是一样的，好吃好穿的都偏向弟弟妹妹，刚开始母亲偏心时还背着她，后来也就不顾忌她了。每当母亲赶集回来后，她都会看见弟弟妹妹口袋里鼓鼓囊囊的装着糖果瓜子，也不知道吃啥好吃的了，嘴唇油汪汪的。每当此时，哑巴就故意装作没看见，或者躲在一边。单纯的哑巴只知道父母偏爱弟弟妹妹，却不知为什么，只是越来越深深地感觉到自己在这个家里好像是个可有可无的角色。

哑巴从一个不懂人情世故的小丫头长成了一个大姑娘，她终于明白了，就是因为她不会说话，弟弟妹妹嫌她是个哑巴而觉得丢人，父母也认为她是家里的累赘，逢人就拜托给她找个婆家赶快把她嫁出去。就因为自己的缺陷，总没找到一个合适的。哑巴虽然不会说话，但她有思想，婚姻这么大的事，她不愿意马虎将就。有一天，母亲告诉哑巴："你王婶给你瞅了个婆家，对方是个做小生意的，听说还是个万元户，只是年龄大了些。"说到这里她停顿了一下，看着哑巴也正以询问的眼神看着自己，她有点吞吞吐吐地接着说："他媳妇生了三个女儿做了结扎手术，但他还想要个儿子，就和媳妇离婚了，他不嫌弃你不会说话，只要能给他生个儿子就行。"

哑巴听完母亲的话，惊愕地睁大眼睛生气地比画着：“他都三个女儿了，还嫌弃我？要说嫌弃不同意的应该是我。”

母亲看到女儿生气而涨红的脸，语气缓和地说：“哪个正常人家愿意娶一个哑巴，好歹有这么个茬口，你就嫁了吧，不管怎样总算是有个属于你的去处了，这女人就是注定要出嫁的，娘家不是女人待的地方，待的时间久了连亲情都没有了，你也不小了，这个道理应该明白，你思量思量，我给人家回个话，早点把你的事办了。”

母亲的话像一块石头一样压在了哑巴的胸口，她没有理由去埋怨母亲，更没有勇气答应下这门亲事。看着母亲期待的眼神，刻满光阴和忧心忡忡的脸，她默默地走出门外，一个人又来到了山沟里的那块草坡上，这块草坡是她几乎每天都去的地方。从小到大，她总是牵着羊来到这里，羊是她唯一的伴。她坐着，羊就在不远处低头啃青草，她坐累了，躺在软绵绵的草地上，看着蓝的天白的云，羊就咩咩地叫了，她知道那是羊在叫她，她就坐起来，羊果然就不叫了，又低下头专心地吃草。每当她心里的千言万语到达嘴边却变成了咿咿呀呀的声音时，她就觉得她连羊都不如，看着羊对自己咩咩咩地叫唤时，她又特别同情羊和自己一样，没有人会懂得羊在说什么，更不会有人懂得一个哑巴哇啦哇啦地想要表达什么。只有和羊在一起，她才没有自卑和孤独。每当她咿咿呀呀时，羊就目不转睛地看着，认真地听着，耳朵还不停地抖动，她知道羊听懂了她的话。慢慢地，她就习惯了和羊对话，只有听见羊的咩咩声，她才感觉是踏实的，觉得生活中还有温情可期。有一次，她突然想和羊捉迷藏，就将自己藏了起来，不一会，羊抬头没有看见自己果然发出了咩咩声，接着便是一声接一声，那叫声里充满了焦急。接着，羊就叫着在草坡上跑。她知道羊在找自己，就忍不住回应了一声，羊看见她，那叫声里突然就没有了那会的焦急，蹦跳着跑了过来。哑巴抱着羊的脖子却哭了，她第一次感觉到了自己存在的意义和价值。在所有人眼里，她都可有可无，唯有在羊的眼里，她看到了被依赖的温柔。

她又牵着羊来到了这里，看着羊好像揣着和自己一样的心思也打不起精神，没有像往日那样一来到草坡就迫不及待低头吃草，而是满眼忧虑地盯着自己。哑巴慢慢地坐了下来，羊还是不肯走远，依然站在自己的身边，让她感到亲切踏实。母亲的话让她的心里像乱麻一样，糊里糊涂地把自己嫁出去还是自己选择，她毫无头绪。就这样嫁了吧，她怎么也不甘心，老天爷剥夺了她说话的权利，总该给她一次选择自己终身幸福的自由吧。她不就是不会说话嘛，啥她做得不好？做饭她样样拿得出手，针线活常常让那些活了半辈子的女人都自愧不如，地里的农活她照样不输给像父亲一样的男人，就凭这些她足够找个喜欢自己，自己也中意的男人做丈夫，只要他们一条心，不信日子过不红火。不嫁吧，母亲的语气那样的不容商量，本来她在这个家里就是弟弟妹妹的绊脚石，是父母心里最大的负担，这次如果回绝了这门亲事，那她以后在家里的地位更是无足轻重。最主要的是让她嫁的这个人，虽然还没见面，她打心里一万个不愿意。就因为女人生不了儿子就不顾往日的温存之情而离婚，这样违背做人道德和良知的男人怎么值得她托付一生，更不敢指望她一个哑巴在他那里会得到善待，指不定等她生了儿子后会得到和他前妻一样的结果。想到这里，哑巴突然就决断了，一定不能嫁给这样一个不厚道的男人，更不能把自己当成生孩子工具而牺牲她一辈子。她宁可嫁个和自己一样不会说话，甚至是个残疾人，只有相互对等才会彼此平等。她不想这辈子总生活在一种歧视和嘲讽中，她觉得她也应该得到尊重。

当她为自己的婚姻做出了决定时，心里一下子就亮堂了，不那么乱了。她回头看着羊也开始慢条斯理地吃草了，她知道羊听进去了她的心里话，因为羊少了刚开始的低沉和忧郁，多了此刻的平静和悠然。

当她将自己的决定比画给母亲时，母亲虽然没有说什么，但眼神里突然就多了一种冰冷，即使大热天，也冷得哑巴在这个家里无处立足。

以前弟弟妹妹在母亲面前还能掩饰一点对自己的排斥，自从母亲目中无她这个女儿后，弟弟妹妹就毫无顾忌地对她指手画脚，无论怎样使唤她时都好像理所应当。弟弟妹妹连他们自己的袜子都不说一声地扔到哑巴面前，她每洗完一家人的衣服后，妹妹都要鸡蛋里面挑骨头，把自己的衣服挑出来让哑巴重新再洗一遍，还斜眉瞪眼地指责一通，父母看见了也是视若无睹。不使唤她时，一家人对她更多的就是冷眉冷眼，常常让她感觉在家里无处可去，站也不是，坐也不是。

慢慢的，一家人好像忘了她在这个家里的存在一样，从此再也没人为哑巴介绍对象，她所渴望情投意合的婚姻也是遥遥无期。母亲再也没有提过，也没有催促把她嫁出去，开始给弟弟妹妹张罗婚事。虽然这样的冷落是她意料之中的事，但当她无意间听到了父母的对话后，真的不敢相信，也无法接受。

黑夜里，母亲的话像一把利剑深深地刺痛了哑巴的心。她听见母亲唉声叹气地说："给儿子介绍了这么多媳妇，人家都嫌弃他有个哑巴姐姐，怕咱去世后哑巴成为他们的负担。"

父亲也叹了口气说："这么大一个活人，能把她怎么样？只能走一步看一步了。"

她听见了母亲在无声地哭泣，心里也好难过，为自己是父母的心头之患。母亲又说："怪只能怪咱命苦，抱养个孩子却是个哑巴。"

"不管怎么样，你进门多少年了都不解怀，刚抱回她，你就莫名其妙地怀上了，还生了一个儿子一个女儿，这也许就是人常说的引怀吧，是她给咱引来了后面的两个孩子，所以也不能对她太过分。"

"是啊，知道她不会说话后，我们也有儿有女了，我就不想要她了，可咱妈咽气时还给我叮咛，不能亏待这个哑巴孩子，说她是咱们的福气。"

"也就是，不能让村里人背地里指我们的脊梁骨。"

"唉，说归说，可事实就在面前，儿子就因这说不下媳妇，愁得我整晚整晚睡不着，实在想不出一个好的法子呀。”

“其实三个孩子她最懂事，家里的家务她也为你分担得最多，地里的农活也替我没少干，平时忍气吞声的，顺其自然吧。”

“可儿子的婚事迫在眉睫，村里和他同岁的都结婚抱孩子了，如果因为这而耽搁了儿子结婚，那可是儿子一辈子的大事，你我都耽搁不起。”

“你以为我分不来这轻重，我也实在是没有个万全之策，睡觉愁，吃饭愁，走路都在愁……”

接下来便是父亲吧嗒吧嗒的抽烟声，母亲的哭泣声夹杂着一声接一声的叹气声……

哑巴呆呆地站在原地怎么也反应不过来，她不知道父母的对话是她亲耳所听，还是她梦里的幻觉。直至屋顶划过的猫头鹰叫声惊醒了她，她才惶然清醒，回到了自己的屋子。哑巴靠着炕沿蹲在地上，一股真正的孤独让她圈进自己的臂弯无所适从。这些年在这个家里的点点滴滴都铺天盖地涌上心头。难怪母亲对自己不冷不热的情绪里更多的是一种无可奈何，弟弟妹妹的嫌弃里也尽是对她的排斥。他们这样对待一个和这个家没有半点血缘的哑巴，也好像在情理之中，母亲没有感受对一个孩子十月怀胎的辛苦和幸福，更没有经受一朝分娩的疼痛和喜悦，怎么会对她这个孩子心怀那种母子连心的刻骨铭心的感情？人常说，打断的骨头连着筋，那是对兄弟姐妹间那血浓于水的手足之情的最纯粹最真实的总结，而弟弟妹妹怎么会对一个和他们没有半点血缘关系的哑巴姐姐心存爱意呢？这些都是人性的坦露，至于生活中上演的那一幕幕待收养的孩子如亲生的温暖剧情则是对人性的升华，更是人情的体现。他们爱她是情分，不爱她是本真，仅凭父母当初收养她的这份情，而且还把她养这么大，她也没有理由去抱怨他们。虽然母亲没有孕育她，却养育了她，养育之恩未必寡于生育之情。

当抱养这个词真切地符合在自己的身上时，发生在她身上的一切都好像那样的合情合理。她这样想着眼泪还是浸湿了衣襟，为自己是个真正的孤儿，为自己颠沛的命运，亲生父母生了她却抛弃了她，现在的父母抱养了她却不爱她，就这样她好像山坡上的野草一样，没有人呵护和疼爱，只有无视和践踏。她可悲的不是在这个家里不重要，而是成了家里每一个人心里一根多余的刺，谁都想着尽快拔掉她。就因为她，弟弟的婚事遭到了影响和威胁，父母愁得寝食不安。如果她不知道这些就罢了，而现在自己的生存已经严重影响到了这个家的命运时，她怎么能无动于衷？她知道自己是个人见人嫌的哑巴，这是命运赋予她不可改变的噩梦，但她有着强大的自尊心，不能因为身体上的残缺而苟且偷生，更不愿意成为这个家里最大的负担和累赘。一个人的生存，如果失去了她生存的意义和价值，让身边的人苦不堪言，那她的生存还有必要吗？她眼里发出了一种光，一种坚定的光，她要活在这个世界上，而且要有志气和尊严地活着，那就是她要开始走自己的路，离开这个家。当她坚决地冒出这样的想法时，连自己都被吓了一跳，为自己的胆量和勇气。她知道一旦走出这个家门就不可能再回来，等待自己的又会是怎样的一种生活境况？她无从得知。但她一点都不胆怯铺展在自己面前的这条布满荆棘的路，她相信这条路即使让她举步艰难，伤痕累累，她也不会后悔。因为她的离去，可以让弟弟如愿成家，可以让父母愁眉舒展，这就足够了，也算是她对父母养育之恩的最好报答吧。

就这样，哑巴装了自己几件衣服，趁着一家人熟睡的时候，偷偷抹着眼泪，踏着夜色悄然离开了这个熟悉而又陌生的家。熟悉的是这里的每一个角落都留有她的身影和脚印，陌生的是这么多年她从未走进他们的心里，真正成为这个家不可缺少的一分子。走出院子，她透过泪水，穿过黑夜，最后一次看着，尽管什么也看不见，只有屋子的轮廓，但她还是想再多看一眼。她突然想，明天这个家会怎么样？父亲会不会大张旗鼓地去找她，母亲会不会哭哭啼啼祈祷她回家，弟弟妹妹会不会后悔他们以往对她的刻薄和刁难？想到这里，她猛然擦干眼泪，转身快步走向了黑夜的尽头，她不敢也不愿再多想，她怕自己反悔了，毕竟一家人朝夕相处了这么多年，就这样突然离开，不舍之情在所难免。

哑巴漫无目的地走着，她的脚步不能停下。她想凭自己的双手换取衣食，她这样想了就这样做了，她只要走到一户人家，就问要不要干农活的，不要任何报酬，只给两顿饭就行。可无论她怎样比画，怎么着急地哇啦哇啦叫，没人能听懂她要干什么？有人不耐烦地干脆将她赶走，也有善良的老婆婆会塞给她一个馒头打发她，她知道他们把她当成乞讨要饭的了。走了一村又一村，进了一家又一家，没有出现她所想象的那般用自己的劳动解决温饱的好运，却没少遭人家白眼，甚至被轰出门外。

很多天过去了，她白天依然是挨家挨户地尝试着，晚上只能找个隐蔽的麦草堆，提心吊胆地度过漫长的一夜。每当她遭人白眼甚至追打，饿得饥肠辘辘，晚上无处安身时，她才知道她把这条路想得太简单了，但她还是不后悔自己的选择。一张清秀的脸布满了污垢，头发也是凌乱不堪，这已经成了一个标准乞丐的形象了。她不再奢望有人愿意要自己无偿劳动了，听天由命吧。

她就这样走着走着，来到了一个煤矿，开始并没打算在这里长期停留，只是对这里的环境充满了好奇。长这么大，第一次看见这么多人，有人干干净净，有人黑不溜秋，有人衣帽整齐，有人破衣烂衫，这些都成了她眼里最新奇的风景。慢慢地她不想离开这里了，想在这里暂时安身。因为煤矿门口和她小时候跟着母亲去过的街道集市差不多，卖什么的都有，五颜六色的彩条塑料布搭建起了一个接一个的简易帐篷，门口挂个牌子，里面有食堂，有商店，旁边还有修鞋补衣服的，从早到晚都有人出出进进，来来往往，在哑巴的眼里算得上热闹繁华。对她最大的诱惑和好处就是那些食堂的好心老板会将一些残渣剩饭赏赐给她，晚上她还可以在那些炉子旁取暖过夜。在这里虽然依然是风餐露宿，但很少饿肚子，也不至于像以前在空荡荡的村子里，怎么也找不到一个晚上栖身的地方。她已经很满足自己目前的处境了，尽管她常常在半夜望着漆黑的四周，看着空旷的天空，会想起父母，想起那个家，想起自己的羊，想他们此时也会不会在想她。她想，人非草木，孰能无情，好歹在那个家里一起朝夕相处了二十多年，现在突然没有了她，他们怎么能不想呢？尽管对他们来说她的存在很多余，但她相信从此母亲要一个人承担起所有的家务活时会想起她，父亲无人再给他帮忙干农活时会想起她，弟弟妹妹的衣服再无人给洗干净烫平整时也会想起她。还有她的羊，再没有人每天牵着它吃草溜达，没有人倾听它的咩咩叫了，它应该是最想她了……但想归想，她还是不后悔自己的离家出走。她想，她即使不走这一步，他们也不会赶走自己，她就不用受这般流落天涯的乞讨之苦。她又想到，因为没有了她，终于有姑娘愿意嫁给弟弟了，一家人忙碌地为弟弟筹办婚事，笼罩在父母脸上的愁容被高兴所代替了，她觉得她的这步棋还是走对了。

任何好日子里都会掺进一些苦恼，就在她贪恋这里的剩饭与火炉时，矿工们的调戏与侮辱也同时困扰着她，使她开始矛盾与纠结，要不要离开这里。其实她真不想再那样没有尽头地乞讨流浪了，有时跑一天也讨不到半个馒头，连口水都喝不上，常常一天下来饥肠寡肚，口干舌燥，精疲力竭，还要为晚上的安身之处而犯愁，更让她气愤难忍的，就是屁股后面那群孩子没完没了地追前赶后。在这里至少还算安逸，不用再为半个馒头从东家串到西家，这些食堂里的残汤剩饭她是尽饱吃的，特别是晚上靠在那些火炉旁能睡个舒适觉。就在她前思后想左右权衡时，今天在她眼前发生的一幕，让她完全否定了自己离开的想法，她决定要留在这里。老王大打出手后，她相信那些矿工一定会有所收敛的，至少暂时会安宁几天。也许老王只是看不惯其他矿工欺负一个哑巴乞丐，也许他就是那样一个争强好胜的性格，但不管怎样，他总归是保护了自己，为自己树起了一道无形的安全屏障。

从此，哑巴的心里多了一份渴望和期待，她每天蹲在那里等着老王如期上班，按时下班，那种等待里含着一种幸福，一种心有所属的幸福。这种幸福忽而让她兴奋，因为从此她便有所牵挂，忽而又让她难过，觉得自己自不量力，自己一个无家可归的乞丐，还是个哑巴，有挂念一个人的资格吗？也许他早已将那天为她抱打不平的事忘到了九霄云外。他可以忘得烟消云散，但哑巴一辈子也不会忘，他成了她心中的一座丰碑。所以她就想，默默地挂念一个人是她自己的事，任何人都管不了。

从此，她无怨无悔悄悄地关注挂念着老王。看着老王迈着矫健的步伐走进矿区大门，她就知道老王又要到那黑咕隆咚的井下去了，便开始为老王提心吊胆，一分一秒地盼着老王平安上来。当她眼巴巴地终于看到了老王出现在大门口时，一颗悬在半空的心瞬间就踏实多了。有时当看到别人都三三两两地下班而迟迟等不到老王时，她就心慌意乱，胡思乱想，怕老王出什么意外。什么时候看见他，什么时候她才能安心。当老王从自己身边经过时，她就赶紧低下头故作平静，她实在没有勇气正面看他一眼。直至有一次，当她确定老王走过她的身边后，她急忙转身去看他时，老王也回头正在看自己，当她天天都盼望的情景真的变成眼前的现实，两个人四目相对时，却吓得她急忙收回了自己的目光。从那一天开始，哑巴又多了一种心理感受，那就是每次只要远远看见老王，她的心就蹦蹦跳得自己都能听见，这是她从来没有过的感受。虽然她不知道这心跳是因为什么，但她很享受，这种心跳每次都让她热泪盈眶。

当老王第一次在那个哑巴的眼里看到了一种无助和乞求时，心就被刺痛了，对这个手无缚鸡之力的弱女人流落街头的命运充满了同情。当他知道她是个哑巴时，那种同情又一次触碰到了他内心最脆弱的地方，好像他有责任去保护她，让她从此不再担惊受怕，甚至愿意做她的保护伞。每次上班看着她埋头蜷缩的样子时，他的脚步突然就会沉重好多，他担心他下井的时间会不会有人欺负她，所以他每天在井下都会希望早点上去，一出门只要看见她平静地像只小猫一样蜷缩在墙角时，他就感到一种安然。

等着老王上班，盼着老王上井，成了哑巴一天的全部内容。当她感觉到老王眼里的关心和热情时，她就准备大胆些，大胆地表达出自己的思想和感情，大胆地用眼神去传递自己的担忧和放心。慢慢的，只要老王一出现在自己的视线里，她就不眨眼地看着他从远到近，然后含羞而又大胆地看着他从自己身边而过。当老王也看向她时，她会以一个温柔的笑容去回应他，他也会冲她一笑。那一笑足够她回味一整天，回味着咀嚼着，常常忘记了困顿和饥饿。

再后来，他们开始用眼神对话。他能看懂她眼神里的叮嘱和挂念，她也能懂得他眼里的道别和报安。这种心照不宣的默契让他们感觉很近，尽管没有过一句对话。时间久了，这种无声胜有声的眼神交流让他们成了精神上的朋友知己，老王每天上井出来后，哑巴就会满脸欣喜地跑到他面前嘿嘿笑，然后再目送他回宿舍。老王当然感激这份牵挂，尽管她不会用语言表达，但那份真诚已足够，他相信这应该是他的世界里最难能可贵的一幕。

有一天，井下生产出了故障，推迟了两个小时下班。当老王拖着疲惫的脚步远远看见哑巴不停地徘徊在矿区门外，还不停地向这边焦急地张望时，老王心里热烘烘地涌上一股暖流，他知道哑巴那是在等自己平安归来，一种被人惦记的幸福让他不由加快了脚步，他恨不得一步走到哑巴眼前，向她报声平安，让她放心，平日里每次等到他时哑巴都会像个孩子一样手舞足蹈，流露出无法掩饰的开心，每次都让老王心里暖暖的。正当老王沉浸在那幸福的回味中时，哑巴不顾旁人咿咿呀呀地朝着老王大哭。老王心里一紧，以为哑巴又受到了欺负，急忙走近问："怎么了？是谁又欺负你了吗？"哑巴摇着头越是哭得厉害。

老王更加着急地问："那你哭什么呢？"

经过哑巴一番边哭边比画，老王终于明白了，原来哑巴看到别人都上井了，这么长时间等不到自己，就着急地哭了。第一次有人这样掏心窝子地牵挂自己，老王也不由眼眶一热。

老王是个孤儿，在他六岁时，父亲伐树时不幸被几抱子粗的树身子压死了，第二年母亲就改嫁了。母亲哭哭啼啼地想带上他，可对方以他是儿子养大还要给他花钱娶媳妇为弹嫌而坚决不要，母亲千难万难后还是狠心地趁他睡着时离开了家，离开了他。等他醒来后发现母亲连同她所有的衣服都不见了时，他光着脚丫满村子哭喊着找母亲。村里的人看着他可怜，都骂着狠心只顾自己的母亲，谁只要看见他就收留他几天。他也慢慢地不再想母亲，淳朴善良的村里人都把他当自己的孩子一样，所以他成了整个村子里的孩子。

14 岁那年，村里来了一帮耍杂技的，刚开始他只是为了看热闹，给他们帮忙跑腿，一天完了还能跟着去街道里下馆子，他更是乐此不疲地跑得更欢。一天，那帮人里面的老大就问他："看着你是个灵醒娃，愿不愿意跟着我们挣钱？"老王受宠若惊地不敢相信自己的耳朵，惊愕地傻看着那人的脸。那人一下子就看到了他的心里，就接着煽惑道："你也看到了，跟着我们，挣钱轻松，走南闯北，吃香的喝辣的多快活。"

老王即刻答应，愿意跟他们去挣钱，去闯闯外面的世界。那人试探着问道："那你家里人愿意吗？"当他得知老王是个孤儿时，当晚就带他离开了村子。

就这样，老王稀里糊涂地跟着那帮人进入了一个全新的世界，一年之中在城市和农村之间来回穿梭，他只晓得他们是耍杂技的，却不知道那是一个盗窃团伙。就在他还蒙在鼓里时，他们被公安机关连窝端了，虽然他没有直接参与过偷盗，但作为其中一员，他自然是百口难辩，再说他们是一伙的，谁也逃脱不了连带责任。老王都被关进了监狱，还不知道自己到底做了什么。他可真是稀里糊涂地陷入了贼窝，更是稀里糊涂地进了监狱，这一进去就坐了十年。一个人一生中有几个十年，这十年可是老王的青春年华。一个懵懂的未成年人就这样在监狱里糟蹋了宝贵的十年时间，等他出狱时已经成了近三十岁的大龄青年。

他出狱后更是无家可归，那个他日夜思念的村子是回不去了。十年来，他咬牙承受着所有的牢狱之苦，他为自己当年的年幼无知，轻信盲从，辜负了乡亲们的养育之恩而付出沉重的代价。他不悔恨那帮人将自己推下了悬崖，不可惜这样挥霍了自己的青春，他只悔恨愧对村子里每一个待自己如亲人的乡亲。他那样决然地离开村子，肯定伤了他们的心，所以他现在是没脸再见他们了。其实他也想过，即使他回去了，村子里的人一定会原谅和宽容他，就像当年收留和容纳他一样，可他还是战胜不了自己的愧疚。更重要的是，他现在依然一无所有，连表达自己一点心意的能力和底气都没有，他从离开村里的那一刻起就永远地欠下了这份情，现在他要将这份情当作一笔债去努力偿还。

当一个人心中有了理想时，他就有了努力的方向和动力。老王讨厌城市的灯红酒绿和勾心斗角，他只想去一个陌生的地方，重新开始自己的人生旅程。于是，他选择了偏远的煤矿，这里四面环山，路遥沟深，一个人也不认识。特别是一到井下，所有的生命都是公平的，每一个人都像一块肉饼被夹在煤层中间，看得最多的就是对方和煤一样黑的脸。所以这里没有贵贱之分，高低之别，有的只是同甘共苦的兄弟情。

他喜欢这个地方，喜欢这份工作，所以下井的第一天，他全然没有半点恐惧，感觉井下漆黑的环境和辛苦的工作就是为自己冥冥之中的天意安排，也是对他糟蹋的那十年的惩罚，他甘愿接受这份惩罚，哪怕再苦再累。

他很快适应了这份工作，和其他矿工一样下井升井，吃饭睡觉，日复一日。这样两点一线，简单枯燥的工作环境，矿工们个个像被关进笼子的鸟一样，他们眼神游离，心情焦躁，就盼着一个月的两天假。一放假，整个煤矿一下子就不再像往日那样死气沉沉，到处充满了兴奋和活跃。只有老王心静如水，他无家可归，也就不奢望什么。两天的时间很快结束了，大家又都情愿不情愿地一个个飞了回来。

每一个宿舍最热闹的就是他们回家前的一个晚上和回矿后的第一个晚上。张三看见李四手忙脚乱地收拾东西，就调侃道："你慌啥呢？是不是心早飞回老婆的被窝了……"不知谁插了一句："听说李四有一次心急火燎地一进门，准备先美美地咬一口老婆的白脸蛋，结果几个不争气的孩子就是哄不出去，硬是把满嘴的口水咽了下去……"接着就是一阵高过一阵的笑声和起哄声。

收假后，他们不顾一路跋涉的疲劳，也不怕第二天还要下井，又是半个晚上兴奋地不睡觉。张三一进门就坏笑着拍拍李四的肩头问："这次回去那几个不长眼的孩子有没有坏你的好事？"

李四也故意呵呵地回应道："当然没有，不是孩子们聪明了，而是老婆提前安排得好……"接下来又是一阵哄笑声。

大家你一言他一语地开着玩笑，当然每一个玩笑的主题都离不开各自的老婆。老王也听得心里痒痒，就暗下决心，一定好好干，争取几年后回村里盖三间瓦房，再风风光光地娶个媳妇，也和他们一样，放假也有家可回。

晚上，外面呼呼的北风从窗缝里钻进了老王的被窝，他不由裹紧了自己的被子。就在他翻身的瞬间，哑巴蜷缩在墙角的身影，温柔的笑脸，牵挂他的眼神，还有那因担心他而着急的哭声，一齐涌进了他的脑海。这么冷的天，她那单薄破烂的衣服怎么能抵御得了这大冬天的寒冷。他越想越睡不着，便穿上衣服，顺手拿了自己的棉大衣，来到了大门外。

老王的出现，的确让哑巴感到意外与惊喜，她怎么也不会想到在这个时候老王会出现。但她不知道老王是专门来看自己的还是路过而已，所以就尽量掩饰自己内心的激动，故作平静地看着老王。老王借着微弱的月光，看见哑巴瑟瑟发抖的身体和那蓬头垢面的形象，心里生发出一种难言的痛楚，还多了一点心疼。他突然不知道该说什么，他觉得此刻的任何语言都没有手里的棉大衣对她来得实在，便默不作声地将那件棉大衣递到哑巴面前。

哑巴自然是没有想到老王会送棉衣给自己，她颤巍巍地站起来，不知所措地看着老王。“把这件棉衣穿上避避寒。”老王镇定而简单的一句话，字字清晰地敲击着哑巴的心，她怯怯地走近了老王，眼泪早已模糊了她的眼睛。她抬头目不转睛地盯着眼前这个善良而又高大的男人，一种从没有过的依赖强烈地促使着她，使她的体内有了一股强大的力量与勇气。她已经不想那么多了，哪怕下一秒老王拒自己于千里之外，这一刻她都要豁出一切去表达出自己的情感和想法。就在老王将棉衣披在哑巴身上的那一瞬间，她不顾老王会不会嫌弃自己，用布满污垢的双手，紧紧抱住了老王。那个宽厚结实而又温暖的胸膛让她忘记了自己的身份和处境，她好想让时间永远定格在那一刻，哪怕让她的生命走到尽头，她也是死而无憾。她愿意用她所有的生命长度换取这一刻的幸福。

老王分明看到了哑巴的激动和感动，他不知道自己仅仅只是对一个乞丐的同情，还是对一个弱女人的心疼。虽然他看不见哑巴眼里那火辣辣的热情，但他知道她在定定地看着自己。他想快点将棉衣给她披上，让她少受一会冷冻。在他没有半点思想准备时，哑巴突如其来地扑在自己的怀里，他除了感到突然外更多的是震惊。他怎么也不会想到一个哑巴，一个乞丐会有这般勇气和胆量。他想挣脱掉这双手，但又有点不忍心，就那样傻傻地任那双细而有力的胳膊紧紧地抱着。

老王不得不重新审视他对靠在自己怀里的这个女人的感情。自己宁可得罪往日称兄道弟的工友而贸然去保护她，每天人在井下却担心着她的安危，不顾这深夜寒冷为她送棉衣，这些难道只是他对一个乞丐的可怜和同情？没有掺杂一种男人对女人的喜欢与爱恋？他肯定地回答自己，他是喜欢她。他从来没有嫌弃过她那肮脏的外表，他喜欢她那破烂衣衫下的纯朴心灵，喜欢她眼底露出的善良。想到这里，老王伸出了自己的双臂，将这个瘦小的身体完全揽在了怀里。

哑巴就那样贴在老王的胸前，一颗心七上八下。老王无动于衷的反应更让她心里没底，要么他决然挣脱掉自己的双手，从此毫不相干；要么以同样的方式接受自己，从而真正拉近他们的距离。可老王这样呆若木鸡地僵立在原地，让哑巴不知道自己接下来该怎么办，就这样抱着等他推开自己，还是该松开自己的手。就在她左思右想时，那双她渴望的双臂有力地落在了她的背上。瞬间，一种从没有过的幸福让她眩晕，她不知道怎样才能真切地表达出自己内心的幸福，只想大声哭出来。

哑巴因抽搐而颤抖的身体让老王更多了一丝怜惜，他抚摸着她像毡片一样的头发，突然冒出一个想法，他要拯救这个女人，给她一个正常人应该有的生活。也许他们本来就同病相怜，只是他比她多了一个强健的体魄。她却如一片任风雨飘零的落叶，经过了颠沛流离而飘落于此地，也许是命中注定。老王郑重地捧起哑巴的脸，一字一句地说："从现在开始，让我来照顾你，我要娶你做我的女人！"哑巴简直不敢相信自己的耳朵，她傻傻地看着老王的脸。老王轻轻地捏着哑巴的鼻子故意问道："你愿意嫁给我吗？"哑巴这才如梦初醒，用满是破洞的衣袖擦着脸上的泪水，破涕为笑地不停点头。

老王带哑巴洗了澡，给她换上了自己的衣服，虽然又宽又大，却遮不住一个少女的风韵。一头长短不齐的头发自然地披在肩上，红红的脸蛋上嵌着一双大眼睛，让老王怎么看都喜欢。他很快在煤矿附近租了一间房子，置办了家当，和哑巴住了进去，一个二人世界就这样建立了。

虽然他们没有举行仪式，更没有一场热热闹闹的婚礼，但俩人像一对新婚夫妇一样，卿卿我我，亲密无间。哑巴能干又勤快，把一个简陋的家收拾得井井有条，每天都变着花样给老王做好饭，然后就去矿门口等老王上井。惹得所有的矿工羡慕嫉妒，在矿友们的打趣中老王显出一丝得意。虽然老王觉得他们的日子清贫而简单，但他内心每天都是暖烘烘的，每当他远远看见自己的女人守在矿门外等他，每当他回家吃着热腾腾的饭菜时，一种感激油然而生，他感激命运赐予自己的这个女人，感激生活终于让他感受到了家的滋味。

几个月后，老王带着哑巴去县城买回了一辆摩托车。老王给哑巴许诺，等攒够了钱就领她回村里去，挨家挨户地感谢那些曾经收留自己的乡亲们，特别是他的三爷爷，他在三爷爷家里住的时间最长，老人家也最疼爱他。然后再盖一座属于他们的房子，生一群孩子，这辈子也就知足了。老王的心愿哑巴深深地记在了心里，她希望那一天早点到来，她要名正言顺地跟着老王回村，他们一起搭建家园，一起生育孩子，一起去感谢回报那些乡亲们为自己养育了这样一个重情重义的好丈夫。

从此只要老王的摩托车一溜烟从矿门口飞驰而过时，矿友们总会啧啧赞叹，羡慕老王拣到了一个贤惠善良的媳妇，更羡慕他捡回了一份实实在在的幸福。

哑巴突然吃啥吐啥，几天时间浑身无力起不了床，这可吓坏了老王，他请了一天假带哑巴去看医生。当医生告诉哑巴怀孕了时，老王激动得热泪盈眶，他恨不得抱起哑巴大声向全世界呐喊炫耀，他们要有孩子了。老王强忍着内心汹涌澎湃的激动，小心翼翼地搀扶着哑巴。他左右看了看，要不是周围这么多人，他就想抱着或背上她，那样他心里才会舒坦。然后他带着哑巴买了一堆营养品，哑巴心疼花钱，总是噘着嘴嘟嘟囔囔。老王就喜欢哑巴撒娇的样子，每当她像个小猫一样依偎在老王的怀里撒娇时，老王就觉得自己是世界上最高大最幸福的男人。他提着一大袋子营养品对哑巴说："在这个世界上你是我唯一的最亲近最重要的人，现在你还要给我生孩子了，我拼命挣钱不就是为了你，为了以后的孩子吗？"

哑巴从小到大，总以为自己只配被人歧视和忽略，怎么也不会想到对一个人这样重要，还被他这样宠着疼着。她想一个女人一辈子最大的幸福莫过于此吧。

自从哑巴怀孕后，老王啥也不让她干，每天下井前都要为哑巴冲一杯奶粉，而且还要亲眼看着她喝完，他才可以放心地走。每次哑巴喝着香甜清香的奶粉都会伴着眼泪咸咸的味道，老王就会着急地问："是不好喝，还是喝下去肚子不舒服？"哑巴一饮而尽后依在老王的怀里感动流泪，老王就明白她那是幸福的眼泪。

命运总是喜欢捉弄那些善待生活的人，就在老王和哑巴沉浸在他们美好的爱情中，期待他们的孩子早日到来，充满着他们对未来的憧憬与向往时。老王出事了，他被冒顶的煤块压在了下面。哑巴眼巴巴地等上来的不再是老王笑着走向自己，不再是自己挽着老王的胳膊迈向他们的家，而是老王永远地闭上了眼睛，连给哑巴说最后一句话的机会都没有……

哑巴怎么也没想到生活会和他们开了这么大的玩笑，他们的幸福人生才刚刚开始，他们还有那么多的事没有做……任凭哑巴抱着老王哭得撕心裂肺，肝肠寸断，依然无法感动老天，唤来奇迹。老王还是带着一万个不舍离开了每天守候他的女人，结束了他短暂而幸福的人生历程。

在哑巴的决定下，老王被拉回去埋在了村里。虽然老王当年不辞而别，这么多年也毫无音讯，但没有人责怪他，更多的依然是怀念和不舍。老王的三爷爷还活着，他跌跌撞撞地来到老王的坟头，泣不成声地说："娃呀，爷天天盼着你回来，可你却咋这样回来了……"

安葬了老王，煤矿将赔偿金送到了哑巴的手里。哑巴怀揣那些沉甸甸的人民币，就如同揣着一块滚烫的烙铁，心痛得无法呼吸。现在唯一让哑巴还有一点寄托的就是自己肚子里的孩子，那是她和老王爱情的结晶，是老王留在这个世界上唯一的血脉，所以她必须坚强地活着，让他们的爱得以延续。她想，作为老王的妻子，她有责任替丈夫完成他没来得及完成的事情，替他了却未了的心愿。

哑巴以老王妻子的身份回到了村里，既然老王的命是乡亲们救的，那么今天他的赔偿金大家都应该有份。所以她将为每一家分出来的钱挨家挨户地送去，并跪谢他们当年对丈夫的养育之恩。她的举动着实征服了所有人的心，使大家不由对这个女人刮目相看，尊敬三分。

在全村人的帮助下，哑巴在老王的坟地旁盖起了一座房子，有了自己的家，成了村里正式一员。在新房子里，她迎来了一个新的生命，老王的儿子出生了。她为儿子取名王永怀，意在永远怀念她的丈夫。

儿子过百岁那天，哑巴抱着孩子来到老王的坟头，她想对老王说："你想盖的房子我替你盖起来了，你欠乡亲们的恩情我也替你还愿了，我们的儿子我也会像爱你一样去爱他，抚养教育他长大成人，你就安心吧，这辈子我就在这里一直守着你，你在那边等着我，百年后我们继续走这辈子没走完的路……"

哑巴的一生尽管充满了坎坷，但也算得上成功。作为一个女人，她拥有了一个男人全部的爱，尽管短暂但足够她用一生去回味。更值得骄傲的是她为老王生了一个优秀的儿子，儿子后来考上了名牌大学，在北京就业成家。每次儿子回来都想接她和他们一起住时，她都会指着老王的坟头示意："我哪都不去，我要留下来陪你爸。"

哑巴病逝后，儿子遵循母亲的叮咛，将她埋在了父亲身边，希望他们能在另一个世界相约相见，继续他们的爱情故事……

遇见

一

黄土高原的冬天似乎更漫长一些。二三月间，虽然按节气已经到了春天，但空气里依然浸透着一丝寒冷，丝毫感觉不到春天的温暖气息。

李德民双手蜷缩在棉袄袖筒里，猫着腰走在冷清的街道上。肩上挎着一个黄色的布袋子，里面装着几斤盐和一把水果糖。

远远地看见北塬镇卫生所的墙外围了一群人，李德民心想肯定又是在玩什么杂耍之类的，他也不由地加快了脚步，去凑凑热闹。可走近人群并没有听到以往看杂耍时观众所发出的吆喝声，离开人群的人个个都是摇头叹气，一脸的严肃与沉重。李德民顿然心生疑虑，便也挤进人群。一个用红布包裹着的婴儿放在一个尺把大的纸箱子里，旁边还放着一袋奶粉和一个奶瓶。

“竟然这样作践孩子，还不如不生呢！”

“这父母好狠心啊，这么冷的天，这么大点孩子哪能经得住这样冻。”

看到围观的人三三两两地议论着离开，再看看纸箱里的婴儿那张冻成了紫色的小脸，李德民的腿像灌满了铅一样沉重得迈不开步子，一颗心像被凉水浇着似的打战。出于一个人的善良本性与一个父亲的本能，他对这个弃婴充满了怜惜与疼爱，心里没加半点犹豫准备将这个孩子抱回家。尽管他已经有了两个孩子，足够他养活，多一个孩子就意味着多一份负担，但无论怎样，他也不能见死不救啊！如果他也狠狠心咬咬牙视而不管，这个孩子也许就会被饿死冻死，一想到这里，更加坚定了他的决心。

李德民赶紧脱下自己的棉袄，平铺在地上，然后小心翼翼地将孩子从纸箱里抱出来，包裹在棉袄里面准备抱回家。这时，身边的人群里又发出了一阵窃窃私语。

“这孩子被父母抛弃，说不定有啥病哩。”

“差不多，如果没啥病，他的父母能这样狠心吗？”

这些议论已经对李德民的决定不能构成半点影响，无论这个孩子是否健康，但他也是条命啊！在生命面前，我们每个人都是平等的，每个人都有争取活着的权力，只是他才来到这个世界上，还没有能力争取属于自己的权力罢了。但我们作为有能力的人，面对一个活生生的生命，怎能无动于衷呢？

不管他是男孩还是女孩，是否健康，在李德民抱起的那一瞬间，就决定和这个孩子同苦难共命运。他迈着坚定的脚步紧紧地抱着怀里的这个小生命，将那些疑虑的眼光与议论抛在了身后。他边走边想，这个孩子如果是个男孩，他从此就有三个儿子了，如果是个女孩，那就更好，两个儿子，一个女儿，比活神仙还富有啊！他心里乐滋滋地，不由小跑起来，准备回去给媳妇一个惊喜，因为她整天嚷嚷着希望有个女儿，老天如果给他们赐了一个女儿，她一定很高兴。

二

一个头上包着红色毛巾，腰间系着白色围裙的女人，怀里抱着一个两三岁正在哭闹的男孩，一边向着大路尽头张望一边在哄孩子：“杨杨乖，等爸爸赶集给你买糖回来，等哥哥回来和你玩……”她就是李德民的媳妇孙秀英。

孙秀英从小就失去了父母，在叔叔家长大。她长到十八岁嫁给了李德民。结婚后的五年里，她生了两个可爱的儿子，大儿子李林已经七岁了。一看见村子里念书的孩子就哭闹着也要念书，每当此时她心里难免就涌上一股心酸，作为一个母亲，她不能为孩子创造一个幸福的生活，难道连这么一点可怜的要求都不能满足孩子吗？她翻箱倒柜地找出一块自己结婚用过的盖头布，连夜在灯下为儿子缝了一个书包。当她第二天将一个装着铅笔本子的新书包郑重递到儿子面前时，儿子高兴地蹦蹦跳跳，而且在她脸上狠狠地亲了一口。二儿子李杨已经两岁了，尽管日子过得寒酸而艰辛，但她心里是踏实满足的。因为她有一个勤快老实的丈夫，两个可爱的儿子。

李德民脱了棉袄只穿着一件单薄的衬衫，浑身冻起一层层的鸡皮疙瘩，往日那硬邦邦的棉袄今天才觉得是那样的暖和舒服。他使劲地迈开两条瘦长的腿急急地向家里赶去。远远地就看见媳妇和儿子，心里顿时暖暖的。无论自己出门多长时间，每次回家都能第一时间看见这个守候自己的女人，一切的疲惫与困倦都会因为这份温情而烟消云散。这就是自己的妻子，一个贤惠善良的女人，他们都是穷人家的孩子，从小都是吃苦挨饿长大的，所以对彼此都多了一份理解与心疼。虽然谈不上什么志同道合，但同样的苦难经历让他们的心近了好多。自从秀英嫁到这个家，就替他分担了许多，帮着他忙完地里的农活，回家还要照顾公公婆婆，现在又多了两个孩子。德民承认自从有了秀英，家里的事他基本就再没操多少心。他发自内心地感激这个女人，这个给了他温情与激情的女人让他对生活充满了热情。尽管穷，但他有信心让自己的老婆孩子过上好日子。

秀英正在逗孩子玩，一抬头见李德民突然站在自己面前，这么冷的天只穿一件衬衫，却将棉袄紧紧地揽在怀里，就急忙起身，一边去拉扯丈夫怀里的棉袄，一边埋怨道：“你傻呀，好端端地不穿棉袄，冻坏了身子怎么办？”德民一手揽着怀里的棉袄，一手拉着妻子说：“快进屋，有重要的东西给你看。”

秀英看着丈夫一脸的高兴和认真，知道肯定有特别重要的事。要不然什么东西能重要到让丈夫脱掉棉袄只穿个衬衫，又有什么事情重要的能让丈夫忽视了每次回家第一件事就是在儿子脸蛋上亲一口呢？

李德民进屋后赶紧将棉袄放在炕上，拉过被子盖在上面，然后慢慢地揭开棉袄。一个婴儿呈现在了秀英面前，她顿时傻眼了，惊讶地张大嘴却说不出话来。德民看到孩子的脸上有了一点红晕，便将在集市上遇到这个弃婴的经过一五一十地给秀英说了一遍。秀英这才反应过来，赶紧将孩子移到炕中间的热处，将丈夫的棉袄抽出让他快点穿上。孩子也许是暖和了，知道饿了，也许是在向这对夫妻证明自己的存在与到来，便发出了微弱的哭声。秀英将孩子抱起，揽在自己的怀里，撩起衣襟，准备喂她吃奶。可她本来奶水就很少，而且刚已经被儿子吃光了。她揉着干瘪的乳房着急地说：“孩子肯定是饿了，可这会又没奶，这可怎么办呀？”

德民经秀英一问，才记起装在布袋里的奶粉和奶壶，就急忙拿出来。秀英喜出望外地问丈夫：“你哪来的奶粉啊？”

德民回答：“我抱孩子时，孩子身边就放着这两样东西。”

“唉，看来这个母亲也许是不得已，孩子的生命可是连着母亲的心啊！”秀英好像是自言自语，又好像是在给丈夫说。秀英接过丈夫和好的奶，将奶壶嘴放进孩子的嘴里，她本能地吮吸着，秀英怜爱地抚摸着孩子，她为丈夫这一善举而高兴满意。人都说男人心粗肠硬，可她觉得丈夫是一个重情重义感情细腻的庄稼汉。

她瞅着丈夫问道：“是男孩还是女孩？”

德民为自己的疏忽不好意思地挠着头应道：“我都没顾得看，不知道是男孩还是女孩。”

“刚还在心里夸你是个细腻的人，你粗心的都没看是男孩女孩就抱回来了呀？”

“我只顾着救命，管他男孩女孩呢！”

秀英说着解开红布，高兴地大声喊道：“德民，是个女孩，我们有女儿了……”

“好！好！太好了……”

三

李林第一天进学校，对一切都是那样的好奇。坐到教室里跟着老师的口型念着“a，o，e……”，他心里充满了兴奋，等到放学回家，给爸爸妈妈表演一遍自己在学校学到的新鲜东西。爸爸妈妈一定会表扬他的，给他奖励一个糖吃，因为他每次做对了什么事，妈妈都会奖他一个糖的，所以他总是抢着帮妈妈做事，妈妈高兴他也有糖吃。

好不容易等到放学，他一路跑着，一进门却看见妈妈抱着一个孩子，分明不是弟弟，因为弟弟正在一边玩。没等儿子问，秀英就一把将儿子拉到跟前，认真对儿子说：“林林，那是你的弟弟，这是你的妹妹，妹妹的爸爸妈妈没了，她没人管，你爸爸看见她可怜就抱了回来，你出去了不许给别人说妹妹是捡来的，她和你一样是妈妈生的知道吗？”小李林似懂非懂地对妈妈点点头，他尽管不明白妈妈说的那么多道理，但有一点他是明白的，那就是他从此有了妹妹，也有一点他必须牢记，就是不能告诉别人妹妹不是妈妈生的。

晚上，灯下的三个孩子都发出匀称的呼吸声，秀英偎依在丈夫的怀里，两个人看着三个可爱的孩子，德民不由地在每个孩子的小脸蛋上轻轻地亲了一下，扭头却看见秀英正含情脉脉地看着他。每次当他们俩这样疼爱着孩子时，两个人的心就被孩子紧紧地牵在了一起，因为那是他们爱的结晶，是他们俩共同创造出的神奇与生命。德民每次都会伸出两条有力的胳膊将自己心爱的女人紧紧地揽在怀里，每次她也都会用一个女人所有的温柔情怀温暖滋润着这个强大的男人。秀英躺在丈夫的怀里，伸出一只手抚摸着女儿轻声感叹道：“时间过得好快啊，感觉好像就是昨天才发生的事，这孩子都来咱家快两年了。也许是老天在可怜她，两年了，她连个头疼脑热都没有，长得既结实又漂亮，也该给她起个名字了。”

德民接着妻子的话也发出同样的感慨：“是啊，当初我抱她时，那么多人都怀疑她不是一个健康的孩子，当时我心里也捏着一把汗，真担心她缺胳膊少腿的，没想到她啥毛病都没有，而且长得这么机灵，难怪人说进了谁家的门就像了谁家的人，她越长越像你，一看都是亲母女俩。”

秀英摸着丈夫的头发说：“就是苦了你，让你多了一份负担。”

德民轻轻地拍着妻子的背说：“我不苦，养一个孩子是养，两个孩子也是养，只要孩子们都健健康康的，一家人快快乐乐的，我再苦也是高兴的。”

“李林，李杨，李雪，你觉得他们三个名字怎么样啊？”秀英问丈夫。

“李雪，雪儿，很好听，你做任何事总是让我这样的满意与舒畅。”德民给了秀英一个深情的亲吻表示对妻子的赞扬与肯定。

雪儿在家里是最小的，爸爸妈妈宠爱有加，哥哥弟弟双重呵护，她的童年是幸福的，就这样一天天快乐地长大。虽然生活并不富裕，但一家人却是其乐融融。

雪儿的身世除过她本人和二哥蒙在鼓里，全村人都知道她是爸爸捡回来的。随着时间的流逝，大家似乎遗忘了这件事，都自然地将这个女儿融入了李德民一家。

李林继承了爸爸的所有特点，忠厚老实，不善言语，什么事都能装在心里。从小到大，他从没有在弟弟妹妹面前透露过半点关于李雪的事。初中毕业后，他主动帮爸爸承担起了这个家庭的重担。在县城一家工厂做了一名装卸工，虽然那活又重又累，但他像爸爸一样有着一股牛劲，那就是做任何事都坚持不懈。

第一个月发了 45 块钱的工资，当第一次拿着属于自己的，而且可以由自己去支配的一笔巨款，他一颗年轻火热的心充满了兴奋，一夜无眠，一遍遍地想着怎样去支配自己劳动所换来的成果。

第二天，他拿着那些钱去商店给爸爸买了一件白衬衫，给妈妈买了一件绵绸短袖，给弟弟买了一双球鞋，当然没忘给妹妹买了一个漂亮的书包加一个英语字典。当他兴冲冲地将这些礼物交到每一个人手里，看到他们满脸的激动，特别是看到笑着的妈妈眼里含满了泪花时，他突然有一种强大的成就感，他觉得自己不再是个孩子了，而成了一个可以担当责任的男人。

雪儿将哥哥买的新书包背在肩上，神气地走来走去。然后跑到大哥跟前调皮地说："大哥，闭上眼睛，我也送你一样东西。""送什么东西这样神秘？"李林说着闭上了眼睛。雪儿蹦着在大哥脸上亲了一下说："谢谢你，哥，我一定会好好学习，给你们争气。"雪儿并没有发现大哥脸红了，还依然在滔滔不绝地给大哥讲着她在学校的数学竞赛中得了全年级第一名。十几年来，李林已经彻底淡忘了妹妹是怎样来到这个家里的，可在雪儿亲自己的那一刻，一个血缘的字眼让他突然清晰地意识到了他们之间的关系，那种往日的自然亲情被脸上的灼热所替代。

倒是李扬和李雪相处得特别和谐与亲切，他高她一级，都在十里以外的镇上念初中。李扬蹬着自行车，李雪坐在后面亲热地抱着二哥的腰，还不停地唱着歌，一路轻松而愉快。也许他们年龄相仿，也许是李扬善解人意，善于交流，总之他们在一起总有说不完的话题。从外国文学到中国文字，从历史到地理，再到自己的内心世界，他们无话不谈。有一次他们边聊天边做作业，李雪看着二哥，突然认真地说：“二哥，我以后找男朋友，就要找你这样的。”李扬在妹妹的头上用手指轻轻地弹了一下：“傻妞，你这脑瓜里都装些啥啊，不好好学习，现在就想着找男朋友啊，小心我告诉爸妈，不揍扁你。”李雪白了二哥一眼，噘着嘴说：“人家这不随口说说嘛，再说这也不是在赞扬你吗？”李扬走到妹妹的身边亲切地拍着李雪的头说：“没事，逗你呢，你以后真如果能找到二哥这样的男朋友疼爱你，那我们才高兴呢！”

四

酸甜苦辣本是生活的滋味，喜怒哀乐也是生活的内容，缺少任何一种滋味与内容，似乎就失去了生活的本来面目。这个普通的家庭虽然一路贫苦却也是一帆风顺。当这一家人已经习惯了这种安宁与平静时，一块大石头在这面宁静的水面上激起了巨大的浪花。李林在一次装卸中，被一台机器塌在了下边，腿被压残了，脸也受伤了，李林在医院里躺了整整两个月。两个月里，爸爸的叹息与哀愁，妈妈经常偷偷地抹眼泪，让他隐隐约约感觉到了自己也许后半生再也不能自食其力了。其实事情比他猜想的严重多了，在爸爸一再请求与坚持下，他的腿经过了三次手术，虽然没有截肢保住了一条看似完整的腿，但医生却给下了一张终生判决书，就是那条腿只能是个样子，这辈子都不能走路了。更不敢让他知道的是一张青春的脸上经过植皮手术而留下的道道疤痕与局部变形。两个月，爸爸妈妈不敢让李林照镜子，害怕他接受不了自己的这张脸。就在出院的那天，一家人来医院接李林回家。李雪坐在床边，看着那个英俊潇洒的大哥变了一个人，她难过得紧紧地攥着大哥的手，虽然大哥闭着眼睛没说一句话，但她却看到大哥的眼泪顺着眼角一滴一滴地流在了枕头上，她痛苦地伏在大哥的胸前，控制着自己的眼泪说：“大哥，别难过，我们永远都会陪在你身边，即使你没有了世界，但还有我啊！”

在一家人的悲痛中，李林出院回到了家。妈妈怕李林看到自己被毁的脸，将家里所有的镜子都收了起来。懂事的李雪每天放学都会陪在大哥身边，一边写作业一边给大哥讲张海迪、史铁生的故事。功夫不负有心人，在李雪的努力开导与陪伴下，李林的情绪慢慢有所好转，也开始架起拐杖在李雪的搀扶下走出家门。春天，李雪搀着大哥去呼吸新鲜空气，去果园看花朵闻花香；冬天，李雪带着大哥去看雪。

看着李雪对儿子无微不至地照顾和细心周到的开导，李德民突然想起了雪儿在医院说的话："哥，即使你没有了世界，可你还有我啊！”单纯的李雪怎么也不会想到自己的一句话竟然点醒了爸爸的灵感。德民尽管觉得自己的想法自私而荒唐，但当他看到儿子不能自理的腿和那张丑陋不堪的脸，一切的自私都不算什么。

晚上，他久久地坐着，一锅接一锅地抽着烟。秀英看着丈夫沉重的脸，知道他心里肯定有事，就试探着问道："德民，有什么事你就说出来，别憋在心里。”

"唉，我难以启齿啊！”德民痛苦地哀叹道。

"说出来，也许我还能帮你拿主意呢！”

"林林好好的一个人，成了这样，这一辈子就完了，现在我们都在，能照顾他，如果哪一天我们不在了，谁照顾他呀？你我死能瞑目吗？”德民说着用手掌来回抹着鼻涕搅眼泪。

两个人不说话都默默地流着泪。过了一会儿，德民接着说："我这两天想，林林这辈子娶媳妇是不可能了，谁愿意将自己的闺女嫁给一个残废人呀？雪儿反正和咱家没有血缘关系，再说只有雪儿愿意照顾林林，我想和雪儿说明白了，让他嫁给林林。”

秀英一骨碌爬起来，不敢相信自己耳朵似的问道："你在说什么啊？你不是在说胡话吧？”

“我已经想了好几天了，只有这样，我们把林林安顿好了，你我死得才能甘心，我知道这样会害了雪儿，但为了林林，我只能狠心地这样做。”李德民痛苦地抽搐着脸。

“我们这样做，村里人不指着我们的脊梁骨骂啊？”

“你觉得我们儿子的后半生重要，还是别人的议论与指责重要，我当年就是冒着那么多人的非议将雪儿抱回了家，今天我什么都不怕了，只要我们的儿子能过上正常人的生活，我这个做父亲的就不会这样痛苦了，他年纪小小的被弄成这样，还不是因为我的无能而害了孩子的一生，为了弥补我的愧疚，任何牺牲与代价都是不屑一顾的。”德民坚定地一字一句说。

“你想想，看怎样对雪儿说，此事我已经决定了。”德民说完溜下炕向院子走去。他感到胸闷地难受，就来到了离家不远处的河边。他坐在一块青石上，掬起了一捧河水抹了一把脸，三月的河水还是透骨的冰凉，使他不由打了一个寒战。白色的月光照在水里，就像撒了一把珍珠一样闪闪发光。这条河是这个村子唯一体现生机的地方。夏天，河里总是最热闹的，白天有洗衣服的、饮牲畜的、孩子们打闹戏水。晚上，女人们三五成群地偷着去河里洗澡。偶尔会有光棍男人去偷看，女人的叫骂声便打破整个村子的沉睡与寂静。

一个星期六的下午，这一天对李德民来说，是最矛盾最纠结最痛苦的一天。他从早上一直在河边坐到下午，他在等李雪放学回家，无论结果怎样，他决心试一试。远远地看见李扬的自行车，德民的心在一点一点地紧缩，他不知道该怎样向自己养育了十七年，视为自己骨肉的雪儿说出她的身世和自己的想法。

李杨走到爸爸跟前跳下车子，雪儿紧张地盯着爸爸凝重的脸着急地问：“爸，你站在这里有事吗？”

李德民犹豫了片刻，没有抬头说道：“杨杨你先回去，我和雪儿说说话。”

两个孩子迷惑地看着彼此，爸爸严肃与难看的表情告诉他们，一定有很重要的事。李雪扭头说：“二哥，你先回去吧，我陪爸爸说说话。”

可怜而又单纯的孩子，她怎么也想不到，就是这次谈话让她明白了自己的来历，改变了她在这个家的身份，毁灭了她的一生与前程呀！

看着爸爸始终耷拉着的头，李雪主动问：“爸爸，你想给我说什么呀？只要我能做到，我一定会尽力做好的。”

听女儿这么说，李德民抬起头顺势反问道：“雪儿，你说的是真的吗？如果你能做到，你一定能做好吗？”

雪儿郑重地向爸爸点着头。

“雪儿，你觉得爸爸妈妈，还有两个哥哥都爱你吗？”

“爸爸，你怎么会这样问呢？你们当然是最疼爱我的呀！在同学面前，你们的宠爱是我的骄傲！”

“雪儿，如果你不是你妈妈生的，而是我捡回来的，你还会爱我们吗？”

“爸爸，你说什么呢，我和妈妈长得这么像！”

“回答爸爸，我说的是如果……”

“爸爸，无论怎么样，我都是爱你们的，用我的生命在爱，妈妈是世界上最善良的女人，你是世界上最疼爱我的人，还有大哥和二哥他们总是让着我，宠着我……”

“那好，爸爸就告诉你一个故事。十七年前，爸爸去赶集，在一个角落，在一群围观的人中间将快冻僵的你抱回了家。从此，你妈妈给你二哥断了奶，用那极少的奶水和炒面将你喂养，因为你的懂事可爱，成了一家人的宝贝，爱你我们胜过你的两个哥哥……”

“爸爸，你为什么要编这样的故事来骗我，我明明就是你们生的……”李雪激动得满脸通红，摇着头哭着辩解着。

“雪儿，其实我从没想过让你知道这些，可当你大哥成了残废，看到你对他的照顾，我突然觉得这辈子也许只有你愿意陪伴他，照顾他，所以才将本打算埋藏一辈子的秘密告诉你……”

“我不相信，我不相信，你哄我，你骗我，我要去问妈妈……”

李雪跌跌绊绊地哭着跑回家，当看到妈妈红肿的眼睛和那涌出眼眶的泪水，李雪什么都明白了，她没有问妈妈的勇气，就转身又哭着跑出了家门，跑到河边，她不顾河水的冰凉，一屁股跌坐在河边，大脑一片空白，轻声地哭泣着。身边的河水似乎因为添加了雪儿的泪水而疾驰奔流。哭了一阵子，雪儿静了下来，十几年来在这个家的点点滴滴一齐涌上心头。想起妈妈总背着两个哥哥为自己偷偷地藏着零食，想起小时候爸爸总将自己架在脖子上，如果她真是爸爸捡回来的，那她更应该感激他们给了她一个家，让她感受到家的温暖，感受到了被爱的幸福。如果不是爸爸将自己抱回家，也许她早都被冻死饿死了，他们的救命与养育之恩更让她对他们充满了爱。当她看到大哥生不如死的痛苦时，她多么希望自己能够去为大哥分担，因为她感激这善良淳朴的一家人，可如果要她用自己的一生去报答这份恩情，这样的代价是否太沉重了？

她突然感觉身后有一个身影，随之一双手紧紧地将自己抱住了，她知道是妈妈。一腔的痛苦与委屈让她又一次哭出了声：“妈，为什么要让我来到这个世界上，你们为什么要救活我……”

“雪儿，妈对不起你，我会阻止你爸爸，你继续念书，长大了妈妈给你找个好人家看着把你嫁了，妈不能为了你哥而害了你，我会用我的生命保护你……”秀英抱着女儿哭说着。

家里又恢复了以往的安静，爸爸妈妈依然每天在地里劳动，大哥依然待在自己的小屋里，她和二哥也依然上学放学。只是李雪的心里再也平静不了，尽管没有听见爸爸妈妈的吵闹声，但他们的脸一个比一个沉，妈妈以照顾大哥为由搬进了大哥的屋子，留下爸爸一个人孤零零的，这个家再也听不到往日的欢声笑语了。

一天晚上，雪儿睡不着，想出去透透气，刚走到院子，就听到了西屋传出了爸爸和妈妈的吵闹声，她不由走近侧耳细听，只听见妈妈说："你以后别再提这事，林林有我照顾，我们已经毁了林林的幸福，再不能也搭上雪儿的幸福啊！"

"我问你死了谁照顾林林？"

"我死的时候带上林林，不连累你……"

"啪……"一个响亮的耳光落在了秀英的脸上，这是李德民活了大半辈子，第一次动手打和他相濡以沫同甘共苦的女人。李德民看到自己的女人捂着脸哭着跑出屋子的背影，他心里感到针刺般地疼痛与无助，一屁股瘫坐在地上呜呜地哭了起来。

看到这一幕，雪儿惊呆了，爸爸什么时候变得如此暴躁。在她的记忆中，爸爸妈妈从没有吵过架，是那么恩爱，可爸爸竟然动手打了妈妈。

从此一个原本温馨的家越来越冷清了，爸爸的脾气也越来越暴躁了。仅仅一个月的时间，爸爸妈妈都憔悴与消瘦了许多，这些雪儿看在眼里，难受在心里。她知道，这些和自己有很大的关系。虽然妈妈维护了她，维护了她选择自己人生的权力，但她一点都不开心，反而觉得失去了活着的价值，因为她在爸爸眼里再也看不到那种温暖的父爱。

雪儿依旧坐在二哥的自行车后面，只是她不再亲热地抱着二哥的腰，也很少说话。二哥总是追问她怎么了，也总是追问那天爸爸对她说了什么，她总是用沉默回答着二哥。这天，她突然问："二哥，你说人是为谁而活？"

李杨诧异地看着近日沉默寡言的雪儿："你怎么问这么深奥的问题啊？"

"你别问这么多，快回答我。"李雪一脸认真地看着二哥。

"人应该是为需要自己的人而活吧！"

“那如果只为自己而活呢？”

“只为自己活着，内心一定是空虚的，因为他永远都无法体现活着的价值，甚至觉得活着是一种多余！”

“二哥，谢谢你，我明白了，人应该为需要自己的人活着。”

李扬看着李雪的认真劲，更加疑惑这个小丫头葫芦里到底在卖什么药？

李德民坐在一片高粱地边，看着河对面冷冷清清的家，他心里真不是滋味，为什么好好的日子就让他过得如此糟糕。一向温柔体贴的秀英总是一脸冷漠，他知道他那一巴掌打下去，打断了他们十几年的恩爱。正在他痛苦地沉思的时候，雪儿默默地坐在了他的身边，他突然感觉和女儿之间陌生了许多，一时竟然无话可说。

“爸爸，我想明白了，我愿意照顾大哥，照顾他一辈子，这是我自己心甘情愿的决定。”李雪看着远方一字一句地说。

李德民简直不敢相信自己的耳朵，扭过头认真地看着女儿，说：“你不用委屈自己，你妈说得对，你们仨都是孩子，一个人痛苦总比两个人痛苦要强得多。”

“爸爸，我已经决定了，我不但可以照顾大哥，以后还可以照顾你和妈妈，我最不愿的就是离开咱这个家，离开你们。”

当李德民将雪儿的这一决定在家里宣布时，首先极力反对的就是李林：“你们好荒唐啊，我废了就废了，干吗还要雪儿来陪葬？”

“爸，妈，你们如果觉得雪儿该用这样的方式来报答你们恩情的话，那么说明你当时把她抱回来就是有目的的，正因为你带着这样自私的目的，所以注定大哥会遭此劫难……”还没等李扬说完，脸上便飞过一记重重的耳光。

“你这不是在诅咒你大哥吗？你大哥还不是为了这个家！”李德民愤怒地责怪李扬。

“你们就别再吵闹了，二哥，照顾大哥是我自己选择的，就像你说的，人应该为需要自己的人活着，大哥现在需要我。”李雪镇定地说道。

李扬听到雪儿说的话，他给了自己一个狠狠的耳光：“我太混账，一句话却害了雪儿一辈子……”

五

李扬怎么也没想到和自己朝夕相处，心心相通的妹妹原来是捡的，更让他无法接受的是这个妹妹明天竟然要和大哥结婚，一夜之间要做他的大嫂，他想着想着突然发出了不可思议的笑声。他捡起一块石头使劲地往河水里扔去，溅起的水花瞬间被河水冲走，没有留下任何痕迹。难道我们也犹如这小小的石头，在生活的激流中根本就微不足道，再大的痛苦也会被时间的流水冲走。大哥是不幸的，雪儿更是不幸的，两个不幸的人注定了整个家的苦难。

看着微微拉下的夜幕，整个村子被黑夜吞没，只留下隐约的轮廓。随着月亮的慢慢升起，村子又出现在一片白色的银光里。明天就是八月十五了，或许因为是团圆节，所以月亮特别亮，为在远方的人照亮回家的路。命运可真会戏弄人啊，明天团圆节大哥和雪儿结婚，是在用这种方式让他们一家人永远团圆在一起吗？其实这样的结果不是他们每一个人真心所愿啊！

在李德民和秀英的操办下，李林和李雪的婚事如期而至。

李雪帮妈妈安顿完了，就一个人悄悄地溜了出来，想去河边坐坐。她突然感觉自己好孤独，明天她就要和大哥结婚了，从此她就变成了大哥的媳妇，她感觉好像在做梦一样缥缈无助。突然一个熟悉的身影闪现在她的视线里，那是二哥。十几年来，无论他们俩谁遇到不高兴的事都会不约而同来到这条河边，然后对着河水诉说着自己的心事与苦恼。她没有作声，坐在了二哥身边，两个人谁也没有说话，就那么默默地坐着。

“命运弄人啊，明天你突然变成我嫂子了，这是一件多么别扭与尴尬的事！”李扬打破了两个人的沉默。

“是啊，我做梦都没有想到命运和我绕了这么大一个圈，却注定要我和你们永远生活在一起。”

“你干吗这样傻啊？你没有必要这样选择，你有掌握自己命运的权力，爸爸妈妈给了你第二次生命，但他们不可能把控了你的命运啊，你可以反抗，可以挣脱……”

“我能理解爸爸妈妈的心情，他们也是出自对大哥的负责，他们把我捡回来像疼爱自己的孩子一样将我抚养大，我能报答的也许只有按他们的心愿去做，才能换取他们的安心，无论怎么讲，我也有责任帮爸爸妈妈照顾大哥……”

“我知道你心里委屈，只是你不愿流露出来而已，你在学校成绩那么好，是老师同学公认的大学生苗子，可你为什么要这样主动放弃，你的前途是那样美好，你不觉得可惜吗？”

“这是我自己决定的，我不后悔，也没有怨言，也许这是我欠爸爸妈妈的，只有我偿还了，无论用什么做代价，这样我才会踏实！”

几天时间，那个天真可爱的妹妹不见了，取而代之的却是一下子变得成熟了许多的李雪。

他伸出胳膊在雪儿那瘦小的肩膀上轻轻地拍了拍说：“还有我呢，我永远都会像以前那样在你身边保护你……”

生活的确是个大课堂，仅仅几天时间让他们都变成了大人。

这段时间最痛苦的人就是李林了，他甚至想到了死，因为他活着，让这么多的人跟着他受煎熬。爸爸妈妈为他熬白了头发，他从小疼爱的妹妹放弃了自己的学业，把一生将要荒废在他一个残疾人的身上。他活着为什么这样辛苦，要让他的精神与灵魂受到这么大的折磨。他一再反对这桩荒唐的婚事，可他的反对无济于事，从此他明白他在这个家里再也没有做主发言的资格了。明天雪儿就要成为自己的妻子了，他承认他是喜欢雪儿的。如果他是一个健全的男人，他一定会努力给她幸福，一个男人正常的感情在残酷的事实面前显得那样卑微与脆弱，他连自己都自立不了，还有什么资格去谈男女感情。可命运却硬是这样将他和雪儿牵连在一起，他知道这样会害了雪儿一生。她从小就是一个特别懂事的孩子，什么事都能替爸爸妈妈想到，这次更是不例外，他为了满足爸爸妈妈的心愿，将自己的感受埋在心里。李林越想越觉得有一种强烈的负罪感，爸妈都没念过书，思想愚昧，可他怎么也能如此糊涂，如此和爸妈去犯同一个错误？他绝对不能搭上妹妹的幸福，想到这里，他突然觉得轻松了许多，因为他为自己找到了出路。可这出路却有点晚，天已经亮了，村子里帮忙的人都陆陆续续来了，看来今天他是无法实施自己的计划了，只能等到晚上了。

李雪如行尸走肉一般完成了自己的婚礼，好不容易送走了客人，沸腾了一天的院子又恢复了往日的安静，她精疲力竭地走进了自己的新房，靠在沙发上想眯一会，可这一眯却睡着了。一觉醒来才发现李林不在房间，一看表使她不由紧张起来，因为已经是半夜两点了。再看看拐杖不见了，这大半夜他会去哪儿呢？她不想惊扰家里人，准备自己先找找看。就在她准备出门的一瞬间，床头柜上的一个信封映入了她的眼帘，她急忙跑过去一把抓起信封撕开，一张纸条掉在了地上，一种不祥的预感让她的双手发抖。

纸条上果然写着：“雪儿，我永远是你最依赖的大哥，你也永远是我最疼爱的妹妹。原谅大哥，走得晚了，我爱你，就要让你幸福，所以我只能选择离开，让你去追求属于你自己的爱情和婚姻，原谅爸爸妈妈，他们爱你胜过爱自己，你们多保重！李林。”

大哥走了，李雪丝毫没有被解脱的释然，反而感到心里空落落的。

两行泪像断了线的珠子一样滴落在纸条上。她哭着将纸条拿给爸爸妈妈看，妈妈一听说就哭得死去活来，两手捶打着自己，“林林啊，你去哪了呀？你出去了谁照顾你啊？……”

李德民拉住秀英的手说：“你打我吧，这都是老天爷对我的报应，只希望林林出去平平安安的。”

这个家更陷入了一片灰暗中，秀英一躺下几个月再也起不来了，李雪自然担起了照顾妈妈的担子，谁也再没提起她上学的事情。虽然结婚的晚上李林就离家出走，但在别人眼里她总归是结了婚的，从一个女孩子就这样变成了一个女人。当她每天早早起来做好饭安顿爸爸吃完了去上地，再给妈妈穿衣、洗脸时，她深深地感觉到自己此生是逃不出这个家的，注定一辈子要成为这个家里的一员。

李扬放学回去，每看到雪儿像个家庭妇女一样里里外外打理着这个家时，他恨哥哥，恨他既然要走为什么不早早地走，偏偏办完了婚礼他却走了。他的逃避并没有为雪儿挽回什么，反而改变了她的身份，从女儿变成了媳妇。而且妈妈一病不起，全要靠雪儿照顾。一年多时间，没想到一个好好的家竟然发生了这么多变故。他再也没有心思上学，逃离似的弃学从军了。

李扬离开家的那天早上，天空飘着零零星星的雪花，妈妈下不了炕，爸爸依然下地干活去了，连一句话也没有。李扬丝毫感觉不到这个家还存留着一点温度。晚上的灯下，雪儿一声不响地帮李扬收拾着行李，她心里又觉得塌了一片天一样空落落的。第二天早上雪儿冒着严寒把李扬送到了镇上，这多少弥补了李扬内心的伤感与失落。不知为什么，他们之间不再像以前那样无话不谈，而好像多了一层隔膜一样。虽然雪儿的话语不多，但他却能从她的眼神里感受到一份善意和亲切。生活中常常有一种没有语言的语言，这种语言的力量让人倍感温暖。

当李扬从雪儿的手里接过沉甸甸的行李时，他分明看到了她眼里含着泪花，他的心被重重地刺痛了。

“到了部队好好的锻炼，记得常给家里写信。”雪儿像个母亲一样叮咛着。李扬只是一个劲地点头，他其实有好多话想说，但喉咙像卡了什么东西一样，一句话也说不出。

随着车子的启动，雪儿的身影在李扬的视线里变得越来越小。泪水一下子模糊了他的双眼，他伸出手不停地挥动，直至那个身影消失了，他才收回泪眼。打开行李袋，里面有熟鸡蛋，有葱花饼，叠得整齐的衣服里夹着两双绣花鞋垫。这本该是妈妈为儿子准备的，可妈妈现在卧病在床，没想到雪儿想得这样周到，做得这样细致。李扬手里攥着热乎乎的鸡蛋，心里的那种温情足够温暖他一辈子。他在心里默许：“雪儿，对不起，我不是把我做儿子的责任都推给你，我是想让我的亲人生活得更好，等我回来，我一定会帮大哥照顾你，疼爱你，和你一起赡养爸爸妈妈……”

六

一个经历了生活摧残与爱情创伤的青年，如果因为没有被这摧残与创伤而击倒，那就会更坚强地在生活中站立起来。李林正是因为有了这样的经历，才坚强成熟了许多。在这之前，他曾经不止一次想用死亡来解脱自己。当他架着拐杖走出家门，来到这个完全陌生的地方后，下决心就是讨饭吃也要坚强的活着，为自己活着，为关爱自己的亲人好好的活着。

春的气息已经把石家庄这个城市点缀得更加美丽，因此李林的心情也好像脱缰的烈马一样轻快舒畅。他再一次肯定了自己离家出走的选择是正确的，如果他一辈子生活在李雪的照顾里，那他一定是痛苦的，连累着李雪的感情债会压得他窒息。他的走解脱了李雪，也是解脱了他自己。

李林下了车，在离车站最近的旅社先安下身，再决定自己的下一步打算。他的思路是清晰的，心情是平静的，因此虽然只身于一个陌生的地方，但他一点都不感到慌张。他的身体残缺决定了他的择业范围，他以前给一个修鞋的老大爷经常帮忙，那些修修补补的活他觉得并不难，所以当他决定自食其力时就已经想好了，找一个离家远一点谁也不认识的地方摆个修鞋摊。虽然这算不上什么生活理想，但至少是他目前最简单的生存打算。

他仅仅用了三天时间，就置办齐了所有的修鞋工具，还给自己租了一间小屋子。看着有了属于自己的空间与营生，他从来没有觉得如此踏实。因为他的自我生存，解决了父母的后顾之忧，不会成为父母和李雪的累赘。

短短几天的经历，让他明白了生活不能等待别人去安排，而是要靠自己去努力争取。不管结果是喜是悲，但可以慰藉的是，不枉在这个世界上活过一回。这样的认识给他注入了一股强大的内在力量，使他心平气和地修鞋挣钱养活自己，既不自卑也不抱怨命运。

可他哪里知道，事情并不是他想的那么简单，他的出走让妈妈一病不起，爸爸脾气暴躁，李雪沉默寡言，李扬退学当兵。家里的状况是很糟糕的，大部分担子都落在了李雪瘦弱的肩膀上，她已经是一个结过婚的女人，已经从李家的闺女变成了媳妇，尽管丈夫在洞房花烛夜之前就离开了，但在别人眼里她不仅拜过堂还进了洞房。

七

李扬第一次出这么远的门，又是坐火车，又是倒汽车。汽车在蜿蜒的山路上爬行，黄军帽下的一张脸神色严峻，两只眼睛流露着一种坚毅。

他把旁边的玻璃摇下来，让冬天的寒风吹进车内，他闭上眼睛，任凭冰冷的风吹过脸庞，钻进衣领。李雪那单薄的身影又浮现于眼前，使他不由得心疼起来，他既同情大哥，又同情李雪，但他又该抱怨谁呢?

在一路的不舍和颠簸中，汽车到达了目的地——河北省藁城市某部队。

时光虽然在无声流逝着，但不经意间的某一天，当一个人突然间跨过孩子和大人之间这条明显的界限时，连自己都大吃一惊。李扬一米八的个头，一身军装更显他的魁梧，站在队伍里特别显眼。他是带着一颗青春火热的心，带着一个男子汉的责任步入部队的，所以第一关新兵军训，他以最突出的表现与最优异的成绩被留到了师部。

部队每次举办活动比赛时，他的名字都毫不意外地出现在榜首。由于他的勤奋好学，团结友善，赢得了官兵的赞许，得到了战友的喜欢，第二年就当上了班长。他的一举一动让他的团长看在眼里，喜欢在心里。凭他带兵多年的经验，他敢肯定这个浑身散发着青春活力的年轻人一定是个前途不可估量的潜力股。老团长常常以和李扬下棋为由约他到家里，团长的老婆是一个农村女人，一点城里人的架子都没有，李扬一去家里，她就张罗着做饭，非得留李扬在家吃了饭再走。而且每次去了，老团长都要在自己的独生女儿白飞面前大加夸赞李扬一番。

白飞比李扬小一岁，她在军校读大三，再剩一学期就要回部队工作了，这让李扬发自内心地羡慕。她性格活泼开朗，每次去了李扬都感到拘束，倒是这个开朗大方的姑娘主动给他沏茶倒水。今天团长兴致很高，要李扬陪自己喝一杯，一杯酒下肚，李扬感觉心里一阵火辣辣地灼烧，白飞从厨房端来一小杯醋递到李扬面前，“你是第一次喝酒吧？喝点醋，胃就不那么难受了。”

就在李扬接过醋杯时，白飞又调皮地说：“你此刻真可谓是人面桃花啊！”这让李扬更加尴尬。

团长风趣地开玩笑：“我们家飞飞什么时候学得这么懂事啊，还知道喝酒难受就喝醋啊？”

飞飞撒娇地反问道：“爸爸，我什么时候不懂事惹过你生气呀？”

“当然没有，爸爸这不是高兴嘛，开个玩笑逗你呢！”这个玩笑让李扬的脸更红更烫。

团长起身从外套口袋里掏出两张电影票放到桌子上说：“这是别人给我的两张电影票，你们年轻人去看吧。”

飞飞跑过去拿起一看，高兴地跳着说：“太好了，《坦克尼克号》，播放率很高的。”

还没等李扬反应过来，她已经在一边帮李扬拿外套一边催促道：“快走吧，七点半就开演了，现在都快七点了。”

这已经不容许李扬去推辞或者拒绝，他就被白飞拽着出门了。第一次单独和一个女孩子相处，这使他更加紧张与拘束。

三年的军营生活马上就要结束了，这是李扬最盼望的时刻。三年他都不知道家里是什么光景，他写回去五六封信才能收到李雪的一封回信，而且每次都说家里一切都好，让他放心。他心里其实知道那是李雪的一种担当，怎么可能一切都好？三年终于到头了，他可以回家帮李雪撑起那个家，他有资格向自己喜欢的女人表达自己的感情，也有能力去呵护她了。每次想到家，想到李雪，他都会在心里对着远方家的方向，对着天空的白云捎话回去：“雪儿，等我回来就名正言顺地娶你，补偿你一个完整的婚礼……”

眼看李扬就要复员离开部队了，白飞心里突然像丢了什么贵重东西一样空落落的。其实他们一家人都早已当李扬是自家人了，可这个木头人难道一点都没感觉到自己对他的感情？想到这里，她感到一阵紧张。不行，她一定得向这个木头坦白。这个高傲的公主要向自己的白马王子去求爱，在别人眼里怎么可能？也许再高傲的人只有在自己心爱的人面前才愿意抛开所有的自尊与面子。

当门卫叫李扬去接电话时，他一下懵了，谁会打电话给他？

“喂，你好！”

“这么严肃，猜猜我是谁？”

“你好！”

白飞失望的在电话这边嘀咕着：“哼，都不会浪漫一下。”

他不知道她怎么会打电话？是团长……他带着疑虑在电话里问：“你好，你打电话有事吗？”

白飞在电话里咯咯笑着问：“那我没事给你打电话是不是要检讨啊？”

李扬不知该说什么，拿着话筒呆愣着。

白飞等不到回话，就直接说：“明天下午你有空吗？”

李扬不知道该怎样去回答，其实三年了，团长一家人对自己的亲近和照顾已经远远超越了领导对下属的欣赏，白飞对自己的感情已经掺杂了一种暧昧。一个人的心里有许多角色，但每个角色的位置只能容下一个人。他心里情感的那个位置已经被李雪占据得满满的，再也容不下任何人了。所以当他看出了团长和女儿对自己的偏爱时，总是以各种理由推脱与拒绝。白飞的电话已经让他猜出了七八分，也许也该给人家说清楚了，每一个人的感情都是无辜和值得尊重的。我们可以掌握自己的感情，但掌握不了别人的感情，每个人都有爱的权力，而且爱一个人不是错，所以他应该友善地给白飞一个答复。于时他就在电话里说：“马上就要复员了，明天正好是星期天，我也该去家里给团长和阿姨道个别了。”

“那我呢……”白飞在电话那边轻声问。

“当然还有你呀！”李扬说。

“那好，明天我们都在，随时欢迎你的到来。”

“好，那再见。”

“明天见，拜拜！”

三年前，大家来自五湖四海，三年后，大家又要各奔东西。难免有一丝留恋与伤感，这就是军人常说的“最珍贵的感情莫过于战友情”。所以大家都建议去石家庄逛逛，来河北三年了，连省会石家庄都没去过那不是白来了。经商议决定后，就行动了。

石家庄确实很大，也繁华得多。“雪林鞋子美容店”一个战友好奇地看着一个门店上的门头说：“这大城市的人就是会做生意，修鞋就修鞋嘛，还叫得那么好听——美容。”有人建议进去看看。刚一脚跨进门，李扬被眼前正在修鞋的这个人惊得血液直冲头顶，他做梦都不会想到在这里会见到大哥，他张大的嘴却怎么也发不出声音，眼睛发愣地盯着大哥。这时大哥抬起头招呼道：“各位好，哪位要修鞋啊？”没错，是大哥，那声音再熟悉不过了。这时，大哥也看到在门口发愣的弟弟，大哥更是惊讶。

“扬……扬……”李林声音强烈地颤抖着。

“哥……”自从大哥一声不响地离开家这些年，太多的牵挂与想念都凝聚成此刻的眼泪，像打开闸门的潮水一样一涌而出。

他一步跨到大哥面前，两个人不约而同地紧紧相拥，大哥的眼泪大滴大滴地落在李扬的手背上，谁也说不出话，就想这样抱着对方。

大家都被这突如其来的一幕弄得莫名其妙。

李林抚摸着弟弟的头，哽咽着说：“我以为我这辈子都不会再见到我的亲人了，这就是老天爷对我最大的同情与眷顾。”

“哥，你知道吗？我们有多挂念你，自从你走后，妈妈就再也没起来，爸爸的头发全白了，天天念叨着你，我们都操心你的腿，还有雪儿……”提到雪儿，李扬哭得说不下去。

“别说了……”李林松开弟弟，用那粗糙的手在脸上抹了一把，然后又帮弟弟抹去脸上的泪，让弟弟招呼大家坐下。大家也都自觉地要走，走时还叮咛李扬回去时再来联系。

李林迫不及待地拉着弟弟坐下，问他怎么会在这里。李扬前前后后从家里说到他的部队，再问到大哥的这个修鞋店。李林给弟弟说了他开这个店的经过，最开始他摆修鞋摊，每个月要交地摊费，还要交房租，更给他带来巨大困难的是每天早上摆出去，晚上搬回来。他的腿本来就是负担，再加上那么一大堆东西，最后他给自己加工了一个滑板，将那些东西放在上面，滑板两边拉根绳子，每次他就像沙滩上的纤夫一样拉着自己的工具像蚂蚁一样挪动在马路上。尽管出租屋离修鞋摊不到两百米，但他每次都觉得好长好长，让他走得好艰难……

后来他就想，每个月的地摊费和出租屋费加起来可以租间门面房呀，他就不用来回跑了，就这样他的修鞋店开张了，他还收留了和自己一样的残疾人。一个是哑巴，但手特别灵巧，一些高难度的细活都是他做。另一个人虽然一条腿高位截肢，但坐着丝毫不影响手里的活。也许是善良的人在有意照顾他们，所以刚开业生意就特别好，常常需要加班到半夜才能做完当天积压的活。李扬摸着大哥粗糙的手，看着他本来就伤痕累累的脸更加沧桑，心头的痛让他佩服大哥的毅力与坚强，创业的艰难与辛苦……

“哥，过两天我就复员了，咱们一起回家吧，回去我们继续开这么一个店，一家人在一起，你就不会这么辛苦。”

“我不能回去。这样雪儿就有权力去选择自己的生活。如果我回去了，她又怎样来面对我，你回去了只告诉爸妈我很好，让他们放心。我会更好地活下去，因为我的亲人都在看着我。但不要告诉雪儿，让我就这样在她心里永远消失吧。你回去以后，带上爸妈来这里看看，他们就放心了。”李林语气镇定，但却无法控制自己的泪水。几年了，他就是再苦也没流过泪，只有久别的亲人才触痛了他内心的脆弱。

“这是我这几年修鞋赚的 10 万块钱，你拿回去给家里盖座新房子，这也是爸妈多年的心愿，你就帮我实现他们的愿望吧！”李林拿出一张存折放到李扬面前。

李扬惊愕地睁大眼睛说："哥，既然你决定留下，我也不勉强，尊重你的想法，只要我知道你好好活着，只要我知道你在这里，想你了就会来看你，这已经很好了。至于这些钱，你还是留着自己用吧，以防有什么急用，家里有我，我会努力让爸妈和雪儿过上好日子。"

提起雪儿，弟兄两个都感到愧疚，至少这几年雪儿在替他们承担着这个家，替他们照顾着父母，尽着一个做儿子的责任。

"叮咚……"门铃响了，白飞第一个抢着去开门，因为从昨天开始她就心神不定，一分一秒地看着时间，总觉得每一分钟都是那样漫长，终于等到自己的心上人了。打开门看到高大英俊的李扬，她多想给他一个热情的拥抱，可看到李扬冷漠的脸，她放下了自己软绵绵的胳膊，伸手做了一个邀请的动作并说："你来了，快请进吧！"

团长的老婆依然做了一桌菜，还照旧放了两个酒杯。李扬陪团长喝了两杯，只不过现在好多了，喝下去心里已经感觉不到火烧般的灼烫了。饭桌上，团长问道："马上就要复员了，有什么想法与打算啊？"

"我准备回家乡。"李扬的回答干脆而简短。

"你有没有想过留部队？"

"没想过，我必须回去，因为家里有我多病的妈妈，年迈的爸爸，还有我的未婚妻……"没等李扬说完，白飞就惊讶地大声问道："你有未婚妻？怎么从来没听说过，你不是开玩笑吧？"

团长和老婆也都诧异地停下手里的筷子，盯着李扬看。也在等着他进一步的回答。

"是，我有未婚妻，她从小就失去了父母，是我爸爸把她领回了家，妈妈将她抚养大。她十六岁就没上学，回家照顾卧病在床的妈妈，帮我们照料整个家，所以我才能放心地来部队实现我的梦想。她是一个善良贤惠的好女孩，我不能忘恩负义，更不能将我一个做儿子的责任让她一个弱女子替我去承担。我不在的这几年，她已经付出太多了，所以我必须回去，这是我做人的原则与底线。”李扬掩饰了大哥和李雪结婚的事，直接将李雪说成自己的未婚妻。

白飞早已泪眼婆娑，团长出乎意料地一边点着头一边若有所思地说：“你又一次让我刮目相看，男人就该有做人的责任与做事的原则，我赞同你，回去好好孝敬父母，别让自己心爱的人受太多的委屈，我祝福你们！”

“爸爸……”白飞使劲地跺着脚，气愤地看着爸爸怎么会变卦，明明说好要将李扬留在部队的。

一向对女儿百依百顺的爸爸这次没有理会女儿的生气，端起酒杯示意李扬再喝一杯，李扬毫不犹豫地端起杯子说：“团长，感谢您这几年对我的栽培与教育，感谢阿姨把我总当自己人看待，让我在异地他乡感受到了家的温暖，还有飞飞，你聪明可爱，我一直把你当妹妹一样，我不会忘记你们的，以后我会来看望你们的。”

团长仰起脖子一饮而尽说：“你很优秀，我们发自内心喜欢你，希望以后还能见到你。”

飞飞再也控制不了自己的伤心，竟然大失面子地哭着跑回了房间。

团长放下手中的酒杯，让老婆拿来纸和笔，写了一张纸条递给李扬说：“你们县武装部的部长是我的战友，和我关系很好，你拿着这个纸条去找他，相信他会照顾你的。”

走出团长的家门，他突然真正理解了哥哥当年离开家的感受，当一个人摆脱了一份真诚的感情束缚时，那的确是一种精神上的释然。

八

山还是那山，水也还是那水，李扬终于踏上了自己的故土。前面就是家乡的那条母亲河了。抬眼望着河对面那座低矮陈旧的像一个饱经沧桑的老人低头无声呻吟的老屋，他眼里忍不住涌满了泪水。

雪儿看着清澈的河水里自己清晰的倒影出神，一丝伤感涌上心头，自己青春的年华日复一日被这河水冲走，渐渐地只留下一颗麻木的心。所有人都似乎已经忘却了她曾经是这个村里的女子，是李德民夫妇的女儿，而都习惯把她当成了村里的一个有夫之妇，看作李德民的儿媳妇。

想想自己被爸爸捡了回来，做了他们的女儿，但命运却再次改变了她的身份，将她永远留在了这个家里。生活似乎走了一个令人难以置信的圆，但又往往不会以圆的形式去结束，而像这河水一样勇往直前。

水里突然多了一个影子，使她惊异地抬头向身后看去，这不看不打紧，一看让她简直不敢相信自己的眼睛。穿着军装，背着行李的李扬站在自己的面前，生活的磨炼已经将她变成了一个沉稳成熟的家庭主妇，尽管她心里一阵惊喜，但脸上带着一丝笑意给人感觉很是平静地问了一声："回来也不提前在信里说一声，好让爸妈提早高兴。"

她的平静与沉着出乎李杨一路的想象，因为在她的眼里，李杨没有看到自己渴望看到的惊喜与激动。同时他感到一股心酸，三年严峻的生活已经在一张年轻的脸上刻下了细细的皱纹，浑身上下丝毫找不到青春的活力与热情，而流露出一种未老先衰的迟缓与木讷。他知道这几年她撑得有多辛苦，他多想将面前的她紧紧拥在怀里，告诉她：我一定会弥补你，一定要让你幸福……但他激情澎湃的内心却没有伸出双手的勇气，压抑着太多想念积攒成的冲动，强忍着对自己心爱女人的心疼与怜爱的泪水，端起放着衣服的脸盆说："就是特别想你们，所以想给你们一个大大的惊喜，走吧，回家吧！"

"还是没有大哥的消息……"雪儿向身边这个高大的弟弟汇报着一家人最大的牵挂。

"嗯……"李扬不知道该不该告诉雪儿他见过大哥，就含糊地应了一声没有说话。

“你也别难过，我相信老天爷一定会给大哥机会的，大哥那么老实的一个好人，怎么会……”她心里难受得说不下去，因为她也没有半点把握知道大哥到底怎么样了，她只是在尽力安慰李杨。

李扬走在前面不敢回头，因为他再也忍不住自己的泪水，多么善良的人啊！她对大哥给她造成的后果没有丝毫的恨意，还是这样真心地挂念着大哥，他再一次在心里承诺：我心爱的好女人，我一定会用我的生命爱护你，让你不再受半点委屈……

李扬回来后，这个死气沉沉了几年的家里终于有了喜气与希望。

李扬顺利在县武装部工作了，这个家终于可以扬眉吐气了。

村里建起了一座漂亮宽敞的二层小洋楼，秀英在雪儿的搀扶下站在阳台上看着对面波光粼粼的河面，脸上露出久违的笑容说：“雪儿，扶妈去河边，妈想用那清凉的河水洗洗脸，泡泡手。”

“妈，只要你想去，雪儿就背你去。”李雪高兴地说。

“妈能走动了，躺了这几年，骨头都生锈了，也害苦了你呀！”秀英摸着雪儿的手说。

“妈，照顾你是我的责任，我没觉得苦。”

“孩子，正因为你这样默默地承担，妈心里更觉得这个家欠你太多了，恐怕我这一辈子都没机会还了。”

“妈，我是你们的孩子，有什么还不还的。”

李林读着弟弟的信，眼泪一滴一滴地打在信纸上，那每一个字被泪水浸湿而变大模糊，他发自内心地替雪儿高兴，因为弟弟在信里说，下个月他就要和雪儿结婚了。这正是他的愿望！

李德民家里又是一派喜气热闹的场面，今天是李扬和李雪的结婚之日。正在他们俩给大家高兴地敬酒时，门外停下的一辆黑色轿车吸引了所有人的眼光。就在李德民夫妇俩又是紧张又是猜疑时，穿着笔挺西装的李林出现在大家的面前，所有人瞪大了眼睛，沸腾的院子一下子静悄悄的，唯有李扬满面笑容地快步走到大哥面前，双手拉着大哥径直走到首席前，兴高采烈地向大家说："大家还认识吧，我哥李林回来了，他现在在石家庄经营着五家鞋子美容店，已经是个大老板了……"还没等李扬说完，大家就前呼后拥上前围着李林问前问后，日夜想念的儿子突然出现在面前，李德民和秀英愣在那里不知所措。最惊异的莫过于雪儿了，她端在手里的酒杯在李林出现的一刹那掉在了地上，她突然感到大脑一片空白，为什么这么多年他一点消息都没有，偏偏会在今天出现？

正在李雪不知所措时，李林来到她面前说："雪儿，大哥祝福你们，这是大哥给你的新婚礼物。"说着掏出一个沉甸甸的红包放在李雪的手里。看李雪还没反应过来，李扬就接着说："其实我复员前就在河北见过大哥了，只是大哥不让告诉你，而且让我替他完成他没完成的事，那就是照顾好你一辈子。"

泪水蒙住了李雪的眼睛，德民和秀英更是高兴得老泪纵横。司仪不失时机地架起相机喊道："都站着干嘛呀？来为你们拍张难得一聚的全家福！"

大家都一齐拍手叫好！

"咔嚓……"一张幸福的全家福就在这一瞬间定格了。

风雪后的黎明

一

肆无忌惮的北风在铺天盖地的雪地里掀起层层白浪，远处的山梁沟壑，近处的房屋树木瞬间都罩上了朦胧的白纱。家家户户的烟囱里冒出的浓浓青烟给这冰天雪地带来了一丝暖意与生机。这样的冰天雪地，人们没什么特别要紧的事都不愿出门，乐意坐在暖和的炕头，喝着苞谷糁就着酸菜，吸溜着烟锅听着女人麻绳穿过鞋底的哧哧声，那是何等的美哉悠哉。

红岩小学里传出的一声沉闷的叹息让这寂静的校园更显清冷，给这寒冷的空气里凝聚了一层更加寒冷的气息。隐隐约约从远方传来一声公鸡的啼鸣，给这灰蒙蒙阴沉沉的天地间增添了一丝阴郁。

此时的薛敬明蹲在火炉旁，一边用书扇着火苗，一边看着蜷缩在炕角的两个孩子，心中又涌上一股难言的苦涩。自从妻子离去的这大半年里，他更加深刻地体会到了既当爹又当娘的无奈和一种彻骨痛心的孤独无助，每当这个时候，他都会哀叹人活着真难啊！

以前每个周末，当他从学校踏进自己那个虽不算富裕却其乐融融的家门，身处于被妻子打理得井井有条干净清爽的院子里，坐在热炕头给孩子们讲着故事，看着妻子站在案边前后晃着身子擀着白面片，听着葱花炒鸡蛋的刺啦声，满屋弥漫的香味混和着暖暖的幸福将他重重地包围。每当此时，他都会感到生活是那样的美好。一股强烈的责任感促使他在心里暗暗地许诺，一定要给自己至亲至爱的家人创造更加美好的生活。

每次提到妻子，他会感到一阵深深的愧疚。他只是一个穷教师，一个月的微薄工资仅仅只能维持一家人的简单生活，可妻子从无怨言。家里几乎所有的农活与家务她都一身包揽，每个星期天下午把一个装得满满的黄色挎包挂在丈夫的自行车上，将丈夫送出门外。每当他回头看到身后一直凝望着自己的那个越来越瘦小的身影时，一种发自内心的感动让他鼻根发酸。

他骑着自行车，经过几十里的跋涉，赶到学校已经繁星点点。早到的老师听到他开门的响声，都不约而同赶过来要吃他的锅盔夹辣子。妻子烙的锅盔可是有名的，每当看到老师们都抢着分吃自己的锅盔时，薛敬明心里都会涌起一股骄傲。同时眼前不由浮现出妻子蹲在灶前烟熏火燎地给自己烙锅盔的情景，而且家里的白面她从来舍不得吃，都攒着给这个教师丈夫烙了锅盔，让他带到学校吃。

妻子是贤惠且能干的，这是村里人对她公认的评价。就在薛敬明沉浸在对妻子的感激与满意以及妻子给予他的温情中时，从天而降的噩耗将这个风平浪静的家推向万丈深渊。妻子在去买化肥的途中所坐的农用车刹车失灵，翻下了悬崖。当他赶到医院时，妻子已经永远地闭上了她的眼睛。前天妻子还送他到家门口的，他怎么能相信这么突然这么残忍的现实，他宁可相信妻子在和自己开玩笑。他将浑身已经冰冷的妻子拥进自己的怀里，无论他怎样使出浑身的劲摇撼、撕心裂肺地哭喊，妻子依然无动于衷，他才觉得天真的塌了，因为他已经确定妻子再也不会睁开眼睛了。他眼前突然一片黑暗，只感到胸前像压着一块大石头一样，让他几乎窒息，一阵天旋地转的眩晕使他倒下了……

薛敬明睁开疲惫的眼睛时，看到一家人都围在自己的身边，年迈的母亲哭得像个泪人一样，父亲蹲在地上双手抱着头，三岁的儿子还不懂生死离别是怎么回事，一个人坐在炕角玩，让人看见更加心酸，七岁的女儿也陪着一家人抹着眼泪。母亲看见敬明醒了，整个身子扑过来紧紧攥着儿子的手，她怕她的哭声影响到了儿子的情绪，硬是控制着要哭出来的声音，哽咽着说："娃呀，谁也想不到天会杀的我们活不成，秀娥是个难得的好媳妇，我们谁也舍不起，可她扔下我们走了。你是这个家的顶梁柱，如果你再倒下，我们一家老小就真的活不成了。你的苦妈明白，但你得挺住，起来担当你该担当的责任。秀娥是个苦命人，来我们家连一件像样的衣服都没穿过，她这样走了，我们更是亏欠她呀，你是她男人，所以你必须起来看着把她安顿好……"说到这里，母亲终于忍不住放声哭了起来。父亲双手抹了一把脸上的泪，站起来摇晃着走到炕边，无力地说："你妈说得对，既然灾难发生了，就按发生了来，天塌了还得要你顶着，男人嘛，多大的苦都得往肚子里咽。我十岁那年，你奶奶就丢下我和你二叔走了，就在那年冬天，你爷爷在给人家打井时压死在了井下，当村里人刨出来时整个人都冻成了冰块，那才真的是天塌了，我还不是把你二叔拉扯大了……"

他用颤抖而又粗糙的大手左右抹着纵横的老泪顿了顿又说道："我已经打发你二叔和敬海去抬棺材了，咱就这穷家当，加之秀娥毕竟不是老丧，所以棺材是杨木的，寿衣五件，咱村有规矩不是老丧不能埋在原上，都得埋在柳树沟，阴阳先生已经看过了，明天下葬，你看有什么不妥的？"两个可怜的老人一番苦口婆心的开导，使薛敬明不得不撑起瘫软的身体坐了起来，他突然觉得他不能这样躺着让年迈的父亲替他操办与承担。他感激地看着父亲说："爸，就照你说的办吧。"

左邻右舍帮忙挖了一个墓坑，简单地埋葬了薛敬明的妻子秀娥。他站在隆起的墓堆前深深地鞠了三个躬，悲痛欲绝地说："等咱儿子长大了，光景好了，一定给你重新修墓立碑过大事，现在就委屈你了……"

二

这个昨天还充满着温暖与活力的院子，此刻，却死一般地沉静。他迈进屋子，看到镜框里妻子的照片，那张笑脸和蔼可亲，一想到从此他们阴阳相隔，他将照片抱在怀里，痛苦而泣。他感觉自己像被掏空了五脏六腑一样，为这无可挽救的悲剧终于哭出了声。他一时无法从这灾难的打击中反应过来，他做梦也不会想到，命运会发生如此残酷的转折。

他一直抱着那张照片坐到了天黑，母亲无声地来到儿子身边，满脸泪迹，沉重地叹了一口气，亲切地为儿子拭去脸上的泪滴，她知道此刻的任何安慰对儿子都是苍白的。沉默了一会儿，她还是忍不住地说："事情已经到了这一步，你不敢太煎熬，熬出个啥病，我们就更没活路了。"他们母子俩就这样痛不欲生地坐到了深夜。

薛敬明掏出一支烟，用哆嗦的手拿出火柴勉强点着了。在烟头一灭一亮中，他突然看到父亲佝偻着身躯走到他面前。父亲沉默地站着，吧嗒吧嗒地抽着旱烟，开口说："去多少吃点吧，我把饭做好了。"

泪水再一次从薛敬明的眼里涌出来，在他憔悴不堪的脸颊上流淌着。他知道，可怜的父母现在也伤碎了心。他勉强站起来，扶着母亲，三个人离开了这间充满着悲痛的屋子。

他接过父亲颤巍巍地端到他面前冒着热气的面条却无心下咽，母亲用围裙擦拭着眼泪对他说："不管怎样，都要吃饭哩……"昏黄的灯光静静地映照着他们痛苦的面孔。屋外，月光皎洁，大地如银似水，夜色是这样的美好，屋内却是一片死气沉沉。

三

妻子离去到现在已经半年了，薛敬明仍然沉浸在丧妻的痛苦中不能自拔。这半年中，他依然闷头骑着自行车像头老黄牛一样来回吃力地奔波在学校与家之间。

有时候，他从学校回来不想直接回家，一个人坐在黑暗的山头，一支接一支地抽着烟，望着柳树沟里那孤零零的黄土坟头。他甚至孩子般地幻想，幻想着妻子像往常那样，背着一捆干柴满头大汗面带笑容，望着自己从柳树沟的小路爬上来……直到等他等得心焦的母亲寻到这里来，他才默默无语地推着自行车跟着母亲回家去。

半年来薛敬明真正地体验到了什么叫孤苦伶仃。但在这半年里，唯一让他可以少为父母操心的是弟弟敬海娶了媳妇，好歹父母有人照顾。因此在他一个人长时间的思考中，他决定下个学期带两个孩子去学校，既然父母有弟弟的照顾，他也就放心了，也不想再回到那个让他触景生情的村子与院落。

又是一个深沉的夜晚。他坐在母亲的炕头，沉默了好久说道："爸，妈，我想给你们说件事，下个学期我打算把两个孩子带学校去……"还没等他说完，母亲打断他急切地反对道："不行，明明才刚过四岁，他们都这么小，你还要给人家娃娃上课，谁管他们呀？"说着就哭了起来。

"妈，我一个人在学校也心慌，他们去了我也就没时间胡思乱想了，以前我总放心不下你们二老，现在敬海成家了，有他们在你身边，我也就放心了，再说，时间长了，我怕敬海媳妇因为孩子而怠慢你们。"

"她会有什么意见，两个孩子又不要她管，孩子没妈了，我带着他们合情合理。"

"妈，我知道您舍不得我把他们带走，但我是决定了。"

薛敬明的父亲在炕沿咣咣地敲了两下烟锅，叹了口气说："你想的对着哩，孩子你带上比任何人都放心，你们父子在一起从精神上也是个依靠，生分结长远，敬海媳妇再贤惠，毕竟不是她的孩子，日子长了，有些矛盾是避免不了的。"

薛敬明母亲一听老头子竟然和儿子站一边，要把孙子送走，她左右抹着眼泪，哽咽着责怪老头子：“两个可怜的孩子，让敬明带，你能放心吗？”

“要想长远些……”父亲声音强烈地颤抖着说完，溜下炕走出了屋子。

过完年，还有十几天开学，母亲天天抹着一双泪眼，一会将孩子的衣服翻了一炕又一件一件地叠好，一会翻箱倒柜地给孩子装吃食。

四

黄土高原的冬天似乎被雪所占据，等不到第一场雪融化，便迎来了铺天盖地的第二场，第三场……

正月十六一大早，母亲就做了煎汤面，一家人默默地吃完了饭，薛敬明带着孩子，弟弟敬海带着行李，在父母亲泪眼汪汪地凝望中冒着雪花离开了家，来到了他所在的红岩小学。

两个孩子长这么大，他还真没单独带过，至于以后的日子怎样去带他们，他心里真没底。所以对他来说，更为艰难的日子才刚刚开始。每天黏在爷爷奶奶尽情的娇惯与溺爱中，突然换了一个完全陌生的环境，明明不停地哭喊着要奶奶，他似乎越来越明白，奶奶再也不会抱着哄自己了，便哭得天昏地暗。无论薛敬明说了多少好话哄儿子，都无济于事。此时的他满头热汗直流，实在想不出更好的办法使儿子停止哭声平静下来。他看见可怜的孩子哭得涕泪交加，自己也心如刀割一般疼痛难忍。四岁，正是一个孩子最需要母爱的年龄，他能忍受失去妻子的痛苦，却无法忍受儿子失去妈妈的痛苦。都说穷人家的孩子早当家，自从离开妈妈，英子在大人忙时便担负起了照看弟弟的任务。此刻，他看见爸爸无可奈何的样子，懂事地学着奶奶的样子一边哼着歌谣，一边拍着弟弟摇晃着幼小的身子。也许是明明哭累了，也许是瞌睡了，随着哭声渐渐地停止，他看见儿子终于睡着了。薛敬明瞬间觉得整个世界都安静了，他拖着沉重的脚步移到炕边，忧伤地看着满脸泪迹的两个孩子，用宽大的手掌轻轻地抚摸着他们的头，难受地咽着唾沫，像一个老太太一样喃喃地絮叨着：“苦命的孩子，你们为什么要生到这个苦命的家里来呀？”他感到头疼得像要裂开一样。看着外面雪花飞舞的天空一片灰暗，他才意识到天快黑了，孩子还没见饭哩。第一次为自己的不称职而内疚自责，便开始手忙脚乱地做饭。

明明像猫合眼一样，只睡了一小会就醒来，又开始哭，一口饭也不吃，哭得薛敬明手足无措，心烦意乱。

隔壁的景老师闻声赶过来，将孩子接过去抱着说：“薛老师，你和女儿赶紧吃饭吧，我把你儿子抱我那边去哄哄，说不定能和我儿子玩在一起呢。”说完就抱着孩子出了门。薛敬明只觉得头嗡嗡作响，连一句谢谢都忘了说。

景慧抱着明明来到自己的屋子，给他拿出了玩具和零食，让两个年龄相仿的孩子一起玩，明明果然不哭了。

两个同病相怜的人自然多了一些理解。景慧的丈夫因为喝多了酒和同事发生口角而失手打死了人，因为是失手被判无期，注定要在监狱度过一生。所以说景慧更是不幸的，说有丈夫吧，但和没有一样，她和六岁的儿子相依为命。说没有吧，他却活生生地存在于人世。每当不知情的人问起她的丈夫时，她总是无言以对，一笑了之。现在她似乎已经习惯了这种平静的生活，每当看到儿子坐在学前班的教室里吸着鼻涕却认真地念着拼音时，她心里也会涌上一股幸福的感觉，因为她觉得自己还有儿子。

五

无论怎样，生活的节奏永远不会中断。他们两个不幸的人，每天依然满身粉笔末，站在三尺宽的讲台上，将知识与快乐带给这群可爱的孩子。

只要她没课时，都会替薛敬明带着明明，有时等放学时，她已经帮这父子仨做好了饭，等英子父女俩回来，就把明明交给他们，她再回去给她和儿子做饭。有时做多了，薛敬明就留着她和孩子一起吃。明明对景慧的依赖远远超过对爸爸的感情，因为景慧给儿子买什么玩具时自然不会忘了也给明明捎一个，儿子的零食明明甚至吃的还要多一些。所以明明经常黏在景慧的屋子不回去，晚上更多的时候和景慧的儿子一起睡。

有一次明明感冒发烧，薛敬明带着儿子在医院打吊瓶，明明哭着要景老师，也许在他幼稚的思想里还不懂得老师是什么概念，在他小小的心里只知道他很喜欢那个老师。任凭儿子怎样地哭，怎样地抓他的脸，撕他的头发，薛敬明都默默忍受着。在忍受痛苦方面，生活已经把他磨炼得超乎想象的坚强。甚至说，生活已经使他对痛苦有些麻木了。

四岁的明明全身心地依赖景慧老师，这个善良的老师除了同情与怜悯也更多地喜欢这个小不点。明明发烧她自然着急挂念，每天放学安顿好自己的儿子和英子，就会火急火燎地跑去医院。每次只要景慧一出现，明明就欢喜不已，黏在景慧的怀里撒娇，生怕景慧离开。这时旁边也给孩子看病的一个女人对景慧说："人常说孩子能离开当官的爹，却离不开讨饭的娘，你就留下照顾娃娃，让你掌柜的回去，免得你一走娃娃就哭闹。"一句善意的叮咛却让薛敬明和景慧两人都陷入了尴尬与难堪。正当薛敬明张口想要解释他们的关系时，景慧却笑着对那个女的说："是啊，可家里还有一个烂摊子，他一个男人笨手笨脚地啥也不会干，只能让他照顾孩子了。"

说完景慧满脸通红地看了一眼薛敬明，这时，薛敬明也在感激地看着眼前这个善良的女人。

六

时间对我们来说也许不知不觉就过去了，可对在苦难中煎熬的人们总是那么慢，英子已经上三年级了，明明整天像个跟屁虫一样跟在景慧身边。正当这个不幸的男人脸上好不容易有了一丝笑影，却一下子被谣言的黑霜打落了。

这天正当景慧急急地端着刚蒸出的包子，准备给薛敬明和两个孩子送去时，走到门外却刹住了脚步，她清楚地听到里面英子的声音："爸爸，你以后别和景老师走那么近好不好，你知不知道其他老师和同学们在背后怎样议论你们的，让我在老师同学面前都抬不起头，每当我看见同学们窃窃私语时就感觉他们一定是在议论我。"

"你一个孩子，只管念好你的书，大人的事你别管。"

"什么大人的事，明明就是你的事，你的事当然关系到我，我已经长大了。"

"那你说句良心话，景老师是不是个好人，这几年你和弟弟多亏她照顾。"

"爸爸，你别自私得只为你们大人想，根本就不知道你的自私给我带来了多大的影响，如果你们还走这样近，我就去找她，让她离我们远一点。"英子噘着嘴好像越说越来气了。

"你既然长大了，就应该知道感恩。"

"我才不感恩，她表面是为了照顾我们，其实更主要的是为了接近你。"

"啪……"薛敬明再也忍不住了，一巴掌打在了英子的脸上。

"你竟然为了一个外人打我，你不配做我爸爸，呜……呜……"

薛敬明从头到脚一阵发抖，刚拉开门却看见景慧正泪眼汪汪的在门外发愣。他一下子呆住了，颤抖着乌黑的嘴唇僵在原地。

景慧如泼了一盆凉水一样浑身打战，她端着手里的包子回到了自己的屋子，在眼眶里打转的眼泪终于崩溃而出。

这些年，薛敬明整天除过给孩子们上课就是围着自己的孩子转，哪有多余的心思去在意别人的看法与说法，昨晚经英子一说，他才开始留意来自其他老师与学生们的眼光，果然有人在拿他们说东道西。薛敬明痛苦地咬牙切齿，他恨自己不该连累了一个好心帮助自己的人。他一个已经对生活麻木的人自然对那些闲言碎语无所谓，可景老师一个带着孩子的女人怎能承受得了那可怕的流言蜚语。

他躺在黑暗里，努力地想着怎样让景老师摆脱这种处境。

第二天早上，他去了临近几户人家，回来直接找到景慧，很简短地说："景老师，英子不懂事，你别放在心里，你都是为了帮我照顾孩子才遭此闲言碎语，我找了一户人家决定把明明寄放过去，我早应该这样做的。"

"为什么要这样呢？"她像只被惊吓的小鸟，惴惴不安地看着他。从地上抱起明明，在他脸蛋上亲了亲。

"景老师，你做我妈妈吧，我有妈妈了，爸爸就会留下我的……"明明用小胖手摸着她的脸说。

这句话一下子又使两个人陷入了一种极其尴尬的境地，薛敬明沉重地低下头说："景老师，都是我把你害苦了，我不能再让你为我受这些委屈了。"

景慧镇定地说："不，别人愿意怎么说就让他们说去吧，人常说，行得端立得正，半夜不怕鬼敲门。"

"可我不忍心让你受这样的委屈……"

景慧紧紧地抱着明明，任凭泪水涌出眼眶。

薛敬明就把明明送去寄养了。第一天，孩子还不知道爸爸要带他去干什么，自然欢喜不已，蹦蹦跳跳地跟着爸爸出了校门。景慧站在自己的屋子透过窗玻璃看着走出校门的两个背影，她难过地咬着自己的嘴唇，两股眼泪顺着脸流进了嘴里。

等晚上薛敬明把明明接回来时，孩子哭得两只眼睛又红又肿，一进校门不顾爸爸的阻拦就哭着直冲进屋子扑进了景慧的怀里，像一个受了欺负的孩子见到妈妈一样委屈，哭的连话都说不出来。景慧只有紧紧地抱着怀里这个颤抖的小身体，一边心疼地抚摸着他的头，一边擦眼泪。

第二天，一声撕心裂肺的哭喊声将景慧从沉睡中惊醒，她一听是明明的声音，就知道是薛敬明又要把明明送走，她急忙穿衣出门。果然看见薛敬明抱着手抓脚蹬哭闹着的明明，景慧三两步跑到薛敬明面前，一把夺过孩子，气愤地说："你就别这样作践孩子折磨大人了，好吗？就为了两三句闲话你这样费劲地折腾孩子，他多可怜呀……"她哽咽着说不下去了，明明像抓住了救命稻草一样立刻停止了哭声，使劲地抱着景慧的脖子。景慧抱着明明自顾向自己屋里走去。此刻的薛敬明像只木偶一样僵在那里，泪水和汗水一起涌进他的嘴里，又咸又苦。

从此，薛敬明尽力回避着来自景慧的关心与帮助，经常在景慧不注意或者上课时，他会千方百计地将明明哄出校门，送到寄养的人家。每次当景慧知道后，既生气又难过，她突然觉得自己的存在给薛敬明带来了雪上加霜的痛苦。如果不是她，就没有那些流言蜚语，薛敬明也不会因此动手打自己疼爱的女儿英子，明明也就不会天天被送走时哭闹挣扎。他已经失去了妈妈，应该不离不弃地守在爸爸身边，可正是因为自己，明明连待在爸爸身边这么一点可怜的权利也被剥夺，想到这里，她纠结地心里一阵针刺般的疼。

七

要放暑假了，学生们兴高采烈地像潮水般涌出了校门。不大一会，整个校园陷入了寂静。薛敬明带着两个孩子准备回老家去。他回头看着只有三排简陋教室的校园，一个小土操场上孤立着一副破烂不堪的篮球架，还有景慧老师精心挖种的小菜园，多么温馨的一个地方啊！他还是忍不住多望了一眼景慧紧锁的屋门，心里又涌上一股酸涩的伤感。也许景慧不愿看见他拖儿带女悲泣的情景，所以先带着儿子走了。

就在这个暑假，景慧做出了一个揪心的决定，她找了校长道出了事情的缘由被调到了另一所学校。

开学的前两天，当薛敬明返校时，已经是人去屋空。就在他又一次感觉自己的世界被掏空时，一封信砸在了他空落落的心里。

薛老师：

原谅我的不辞而别，我相信你会明白并理解我选择离开的苦衷，你为了不让我受到那些舆论的影响而忍痛割爱地将明明送走。我能明白你的心每次其实在流血，孩子太可怜了，他已经没有了母爱，应该更多地得到父爱。每次看到他紧紧抓着你不愿离去的一幕时，我的心都像刀割般的痛，除了难过以外我突然懂得了可怜的明明每次抓着你的那种害怕，他不仅仅是害怕离开你，而是更害怕永远地失去你，这不应该是一个四岁的孩子应该承受的担忧与惧怕，这就是我下定决心离开的理由。

你是一个好人，一个老实憨厚的好男人，只是命运给了你太多的苦难，我对你已经不仅仅只是同情，更多了一些心疼。一心想替你分忧解难，没想到我的分担却为你带来了麻烦，使你和英子之间发生了矛盾，使你要背着被说长论短的压力，我理解你的苦，希望我的离开能为你换取一份平静。

照顾好你和孩子，我会永远想念你们……

景慧

一句句温暖贴心的肺腑之言，让薛敬明一颗麻木的心感觉到了一种女性的温柔，使这个强大的男人又一次热泪盈眶。

他手里拿着信纸，第一次从心里认真地回味一个除了妻子以外的女人。此刻，她不是那个让他敬而生畏的景慧老师，而是一个温柔善良的女人。在他人生最黑暗最痛苦的日子，她如沙漠中的一泓清泉，让他看到了生活的希望。她在的时候，他从没有认真地想过对她的感觉，当听到那些闲言碎语时，他连想都不敢想，因为他觉得自己配不上那个在自己心里高高在上的女人，今天她不在了，他才恨自己无能、窝囊，不像个男人。

景慧离开这里的好一段日子，薛敬明出出进进总感觉像丢了什么一样，明明更是无时不念叨着景老师。妈妈去世时，他还傻乎乎的不懂事，所以对景慧的依恋胜过对妈妈的思念。

很多年过去了，过去的日子都是好日子。那么多的磕磕绊绊都过去了，薛敬明终于熬过了黑暗的时日，看到了黎明的曙光。英子中专毕业后，顺利地成为县医院的一名护士，明明初中毕业，选择了入伍参军，成为一名军人。

薛敬明终于长长地出了一口气，走路感觉脚下一下子轻快了好多。他特别想将这些激动人心的好消息告诉景慧。这些年，他怀念她，感激她，怀念她带给自己人生中一段弥足珍贵的记忆，感激她在自己人生最寒冷的冬天给予他们父子的温暖。

英子从当年那个黄毛丫头出落成一个亭亭玉立的白衣天使，她每天穿着雪白的白大褂穿梭于每个病房，亲切地护理着每一个病人，接受着各种夸赞的语言与羡慕的目光，她很享受这种感觉。她和弟弟像两只长大的小鸟一样都离开了那个窝，剩下爸爸孤零零地一个人，守在那窝边等待着飞回来的孩子。

每次看到爸爸送她时不舍的眼神，盼她回去时的期待，已经不是那个高大的爸爸，而像个孩子一样。每当此刻她心里都难过地舍不得扔下爸爸孤零零的一个人。她现在真的长大了，越来越觉得正是因为自己当年的不懂事，自以为是地撵走了那个善良的景老师，每当她想起母亲时都会不由地想念那个景老师。

八

这天当英子去给一个新入住的病人扎针时，四目相对，都惊讶地不由张大了嘴巴。

“英子……”

“景老师……”

景慧拉着英子的手激动地说：“英子都长这么大了，在我记忆里，你还是那个小丫头片子，明明上啥学，你爸爸好吗？”

“景老师，没想到能在这见到你，明明当兵去了，我爸爸已经退休在家呢。”

“明明一定长得很高吧？你爸爸身体好吗？”

“是啊，明明身高一米八呢，我爸爸身体还好。”

“时间过得真快啊……你们都长大了，你爸爸也熬出头了……”景慧激动地哭了。

她们俩像久别重逢的亲人一样有说不完的话，当年英子排斥景慧的事好像都被她们遗忘了一样，谁也没有提及那些不愉快。英子从景慧的叙述中得知，她的丈夫在监狱里得了胃癌，在医院住了十几天就离开了人世。她的儿子不争气，上初中就逃学不回家，早早辍学踏入社会，整天游手好闲，现在没有丝毫音讯，好几年都没有回家了。为此景老师跟着操心劳累落下了一身病，难怪她看起来格外苍老与憔悴。

英子回到宿舍第一时间将见到景慧的消息告诉了爸爸。

薛敬明得知景慧的消息时，那种欣喜无法用语言来形容。他决定去县医院看望景慧，就像个孩子一样对着镜子将自己捯饬了一番，换上英子给他买的那件新大衣，便急匆匆地坐上了去县城的班车。他一路心情激动不已，十几年不见，不知景慧变成什么样子了？他闭上眼睛，景慧那忧伤的目光，淡淡的笑容，那一举一动都像放电影一样在他的脑海里闪过。想起她曾经给予他的温暖与帮助，还有她为了让他平静生活而离开的决定，她唯一留给他的那封信他能背得滚瓜烂熟，一想到这些，他的心就急剧地跳动。

就在他睁开眼睛的一瞬间，飞奔的汽车迅速向路旁翻滚下去，他知道一场灾难已经不可避免了……

一个小时以后，伤者都被送到了县医院。一场特大车祸顿时使整个医院上上下下乱成一团，伤势严重的薛敬明被手推车紧急推进了手术室……

当英子突然接到这一噩耗时，哆嗦得如同筛糠一般，她十万火急地赶到了手术室门外，着急地拉着外科主任的胳膊哭着说："我已经没有了妈妈，我不能再没有爸爸，你无论如何也要救活他！"

手术室的门重重地关闭之后，英子浑身瘫软的无法站立，她张大着嘴巴，惊恐地看着手术室的两扇门，焦急地等待着手术结束。

不一会，外科主任和主治医生从手术室里走了出来，英子紧张地观察着这两个人的脸色，她从他们的脸上已经看出事情非同一般。

英子如抓住救命稻草一样等待他们说出的消息，这时主任严肃地说："薛英，你爸爸的一条腿压断的时间太长，血管和神经已经无法吻合，唯一的办法就是必须马上施行截肢手术。"

"那就是说要把腿锯掉？"英子绝望地问。主任无奈地点点头。

这时，一位主治医生拿来了医院术前谈话记录，让家属签字。英子颤抖着写下了自己的名字。

手术室的门再一次关闭了。

英子晕倒在了地上，被抬进了急诊室……

英子躺在急诊室的床上，悲哀地想着爸爸的一生是多么不幸，他的后半生不用说将成为一个残疾人。他的前半生，活得是那么可怜，既当爹又当娘将他们姐弟俩拉扯大，将他们都抚养成人，还没等到享福却又一次遭受命运的残酷打击。

这时景慧跌跌绊绊地扑倒在英子身边，“敬明，敬明……”两人相拥着放声大哭。哭过一阵后，景慧对偎依在自己怀里的英子说：“还是把明明叫回来吧，这么大的事，迟早得让他知道。”

英子闭着眼睛无力地“嗯”了一声。

手术进行了漫长的八个小时，薛敬明被推出了手术室，英子和景慧看到薛敬明的一条断腿，相依扑倒在地上，失声痛哭起来……

第二天一大早，明明闯进了病房。

性格刚毅的明明被眼前的爸爸吓得目瞪口呆。等他反应过来时，便像一头受伤的斗牛一样猛叫了一声。他们姐弟俩相拥着跪倒在爸爸的床边，手摸着还在昏迷中的爸爸，把头埋进景慧的怀里号啕大哭……

手术后近十个小时，薛敬明慢慢地睁开了眼睛。刺眼的阳光从窗户照射进来，使那雪白的床单更加刺眼。他努力地挣扎着，不知道自己在什么地方。浑身的疼痛与双腿的麻木才使他的思维闪电般地苏醒过来，他迅速地记起了昨天发生的那幕悲剧。

守在他床边的三个人看见薛敬明醒过来了，都不约而同地起身凑到他眼前，两个孩子都泣不成声。此时的薛敬明强忍着双重痛苦，伸出手抓住了两个孩子的手，两行苦涩的泪水顺着他紧闭的眼角慢慢地滑落。他感到有人用手轻柔地拭去了他的泪水，微微睁开眼睛，却怔住了，景慧正两眼泪汪汪地看着他。

薛敬明再次闭上眼睛，让汹涌的泪水在脸上尽情流淌……这就是自己想要见的人，为什么命运开了这么大的一个玩笑，竟然让他以这样的方式与代价见到她。

当景慧知道薛敬明要来看自己时，一阵心跳与激动，她竟然想让他看到自己生病时的憔悴样子，因为她想从他眼里看到一种心疼与怜惜。可她怎么也没有想到等到的会是薛敬明出了车祸的噩耗，当她不敢相信地看到这一残酷的事实时，她第一反应就是一种强烈的负罪感，如果薛敬明不来看她，他也许会躲过此劫。就在这一刻，她做出了决定，无论怎样，她要照顾他，不然，她的良心一辈子都会不安。

景慧一边用手为他擦泪，一边强忍着眼泪轻声安慰他："不要难过，等伤好了，我们可以给你安个假肢。"

就这一句再平常简单不过的安慰话，在薛敬明听来就像天使的声音。

他紧闭双眼，默默无语，但他内心却狂潮般翻腾。他难以相信此刻坐在自己身边的就是被他在内心深处珍藏思念了几十年的那个人。

"你一定不要有太大的思想压力，我会尽心照顾你，一直照顾，我们在这样大的灾难面前应该感到幸运，幸运老天留给了你生命，让我有机会来照顾你弥补我们的缘分。"

一股温热的暖流弥漫他的整个心头，一种他苦苦等待寻觅了这么多年的东西出现在他的面前。但他又无法理解为什么命运在这个时候才把这份温暖给予了他，而这份温暖却让他要付出如此代价。

"我已经完了……"他微弱地说道。

"没有，只要活着就好，只要有生命，一切都会有！"她坚定地说。

"不，我不能连累你。"薛敬明闭着眼抽动着嘴唇，不出声地哭泣着。

"可你都是因为我，前半辈子我们都为了孩子而将彼此的感情埋在心里，其实我们都明白，所以后半辈子就让我们生活在一起，让我照顾你。"

景慧蹲在床边，用勺子小心翼翼地给薛敬明一点一点喂着稀饭，薛敬明张开嘴巴，把那一勺勺稀饭连同自己又苦又涩的泪水一齐咽了下去。

英子不但长大了，而且成熟了。她痛苦地觉得是自己当年的不懂事拆散了两个在苦难中彼此温暖的人，正当她想重新挽救一段缘分时却断送了父亲的一条腿，她不知怎么才能弥补自己的愧疚。

当两个孩子知道景慧决定要照顾父亲时，一阵欣喜伴着酸涩，欣喜的是他们经过感情折磨的两个人终于走到了一起，苦涩的是父亲的腿要让景慧受苦。

九

一个月后，薛敬明出院了。当他坐着轮椅被两个孩子推进家门的一瞬间，一种久违的家的温馨让他感到幸福的同时又感到一丝陌生，因为好多年他都不曾再感受过这种家的温暖气氛。

家具被重新摆置，墙壁也被重新刷过，总之一切都是焕然一新。景慧正系着围裙，看到他们急忙走过来扶着轮椅说："敬明，炕我已经烧了几天了，潮气散完了，你在炕上躺一会，坐了一路车，一定累了，歇一会饭就好了。"

他不由得含着泪水，抬头看着景慧，她正温柔亲切地对着他笑，便将一双瘦小的手放到他的手里。一种无比温暖的气息包裹着薛敬明疲惫不堪的身心，他感觉短缺的残腿像冰块融化了一样放松。

薛敬明紧紧地攥着景慧的双手，颤抖着嘴唇却说不出一个字，只有在心里一遍遍地默念：感谢你，景慧！感谢你，生活……

从此无论在朝阳初升的早晨，还是在余晖徐徐的夕阳下，总会看到她推着轮椅，一会低头伏在他的耳边窃窃私语，一会蹲在他的身边温柔地帮他捶着腿。他坐在轮椅里，一会抬头让她歇歇，一会伸手帮她拂过额前的发丝。凡是他们经过的小路上都留下了一阵甜甜的笑声。他们脸上所洋溢的幸福与说不完的话题招来了多少路人羡慕的眼光与发自内心的感叹。他们那银白的头发在阳光下更加耀眼。

生活啊生活，你有多少苦难，又有多少甘甜，当天空乌云散尽的时候，青草依然鲜绿无比，花朵依然蓬勃开放，所以我们应该相信经历了太多苦难的人们，经过黑暗一定会迎来黎明。

第六个孩子

阿侠坐在丈夫的三轮摩托车旁，用她唯一的一只手抚摸着自己的肚皮，满脸的忧虑与惆怅。她想，肚子里的这个孩子将何去何从？她无从掌握。是被继续抱养出去，还是留下，全看他的造化了。每当丈夫不顾她十月怀胎的辛苦和一朝分娩的痛苦，将生下来的女儿一个个拱手送人时，她除过哭泣不舍外，对丈夫不敢有半点的怨言。丈夫就是想要个儿子，可她一连生了五个女儿。她知道丈夫心里也不好受，因为每次他也好几天吃不下饭，总是偷偷地抹眼泪。

阿侠若有所思地帮丈夫检查摩托车，这是他们生活了十几年她每天必须帮丈夫做的事。因为丈夫阿龙小时候患小儿麻痹，落得双腿残疾，全靠一副拐杖支撑挪动，这辆旧三轮摩托车是他唯一的代步工具。一会儿，丈夫就要用这辆摩托车载着他们去医院生孩子。

每次去医院，阿侠的脑海里都会浮现出20前年发生的一幕。“吱——”一阵紧急刹车声打破了清晨的宁静，同时引来了街道两旁的人群。一辆大货车的车轮下躺着阿侠和她的母亲，母亲已经血肉模糊，没有了气息，阿侠则断了一条胳膊。

还不太懂事的小阿侠第一次躺在医院的病床上，一边忍受着身体上的疼痛，一边不停地哭着要母亲，可怜幼小的她怎么也不会想到母亲已经殁了，不可能再陪她照顾她了。父亲每天变着法子的善意谎言让小阿侠半信半疑，家里的什么事能比自己还重要。就在她开始不相信父亲再编出的理由时，父亲眼泪兮兮的又哄着小阿侠：

“乖，听爸爸的话，明天医生要给你做手术，只要你听话做完了手术，我就回去换妈妈来陪你，好吗？”小阿侠看见父亲认真的表情信以为真，小脑袋像小鸡啄米般地点着。

看着女儿天真的表情，阿侠的父亲心如刀割。妻子还躺在医院的太平间，女儿又要上手术台切掉一条胳膊，他一个大男人都承受不了，一个小小的孩子怎么能承受得了。

随着医生护士一阵忙碌之后，小阿侠躺在推车上，双眼迷茫地看着父亲，还不忘问：“等我出来，妈妈是不是就来了？”父亲紧紧攥着女儿的手，哽咽着向女儿点头。随着手术室咔嚓的关门声，他无助地坐在地上抱头痛哭，他心疼女儿从此便没有了一条胳膊，害怕女儿出来后他又该怎样向她交代。八个小时的手术时间，让他好像过了一个世纪一样漫长，小阿侠终于被推出了手术室，她虚弱地看了父亲一眼，又昏迷了过去。

他看着女儿苍白的小脸，慢慢地掀开被子，光秃秃的一个肩膀让他又一次悲痛欲绝。她还这么小，就没有了一条胳膊，以后的路她该怎么办？小阿侠醒过来睁开了眼睛，看到父亲血红的眼睛，还有一下子白了一半的头发，感觉她一觉醒来父亲就老了好多。她没有力气哭，也不忍心给父亲哭，声音微弱地问：“妈妈呢……”他大脑一片空白，实在不知道该怎么回答，将头埋在女儿单薄的胸前无助地哭出了声。此刻，他真不知道该怎么办。小阿侠想伸手擦掉父亲脸上的泪，可一边胳膊空荡荡的……她一下子长大了一样，用另一只手抚摸着父亲的头发，擦着他脸上的泪，好像什么都明白了。她没有问自己的胳膊，也不再哭着喊妈妈。眼前浮现出前几天她和母亲被车撞的一幕，她明白母亲再也不会来看她了，自己的胳膊也永远没有了。

在小阿侠异常的懂事和平静中，母亲也被简单安葬，那年小阿侠只有十三岁。出院以后，她和父亲开始了相依为命的日子。小阿侠每天跟着父亲下地干活，回家烧火做饭。小阿侠在父亲的陪伴与照顾中长成了一个大阿侠，她看到父亲每天起早贪黑地干活，回来还要做饭洗衣服干家务，她觉得自己已经长大了，应该替父亲分担了。她开始用一只手学着做一些简单的事，比如帮父亲扫扫院子，擦擦桌子，再慢慢地学着做饭洗衣服。一只手做事的难度我们是可以想象的，但身体的缺陷锻炼了她坚强的意志，她咬着牙，一遍做不好，做两遍、三遍……甚至更多，常常累得她满头大汗，满脸通红，但她从来不掉一滴眼泪。

功夫不负有心人，她的努力和刻苦终于让她学会了常人所能做的一切事情。看到女儿所承受的艰难，阿侠父亲尽管心疼，但从不阻拦，他希望女儿能锻炼出照顾自己的能力和本事。女儿终有一天会有属于自己的独立生活，他也终会有一天离开女儿，所以她必须得有自我生存的能力。那天，阿侠像往常一样做好饭，来到门外等父亲回来。她看到在不远处的路边，停放着一辆三轮摩托车，旁边坐着一个人，不停地四处张望。阿侠心想，他肯定是遇到了困难，才这样急切盼望着有人出现。她想上前去看看，说不定自己还能帮到他。阿侠的出现果然让摩托车主人甚是惊喜，他几乎用哀求的语气说："大妹子，麻烦你帮帮我好吗？"阿侠心想，自己一个残疾人能帮别人什么。还没等阿侠回应，他又急切地说："我的摩托车突然没油了，你能不能帮我去前面的加油站买一瓶汽油？"阿侠一听是跑腿的事，就爽快答应，二话没说接过他手里的钱和瓶子。

当她一路小跑回来把汽油瓶子递给他时，却看到他根本无法站立，再看看他身边的两根拐杖，一种同病相怜的感觉让她不由伸出自己的一只手，将他扶起来，并把拐杖撑在他的胳膊下。他也才发现眼前这个热心善良的姑娘一只袖子里面是空的。在那一瞬间，他们觉得无需过多的语言，彼此一个真诚的微笑就已经足够了。阿侠在他的眼里看到了从未有过的感激和尊重，在她的帮助下，摩托车很快发出了"突突突"的声音，他临走前转过头说："没想到我们是同样的苦命人，谢谢你！"还没等阿侠嘴里的话说出口，摩托车已经驶出了好远。他留给阿侠的印象特别好，黝黑的脸上有一双浓眉大眼，棱角分明的嘴巴一笑露出一排亮白整齐的牙齿，眉宇间透出一股刚毅和正直。阿侠愣在原地一遍遍地回味着刚才发生的一幕，那极有磁性的声音和那深沉的眼神让她不由心跳加速。她忙回过神，对自己说，那只不过是个过路人，连他名字都不知道，有什么可多想的。想到这里，她望了一眼大路空荡荡的尽头，转身向家走去。

阿龙开着摩托车回到自己的修理部，眼前总是闪过刚才那个姑娘的身影，她尽管少了一条胳膊，但她淳朴善良。尽管她始终没说一句话，但她眼神里透露出的清纯是他从未见过的，那个眼神让他心动。他感觉站在自己面前的阿侠就像一只弱小的鸟儿一样，不由得让人心生怜惜，渴望将她捧在手心里，揣在怀里，给她一份温暖和呵护。想到这里，阿龙感到一股力量充满全身，他攥紧双拳，给自己加油鼓劲，因为他已经知道该怎么做了。

这天，阿侠看到父亲端着饭碗若有所思，欲言又止，她心里一阵着急，父亲这样愁眉不展，肯定是遇到什么困惑了。没等到她问，父亲却开口了，他叹了一口气说："给你说个事，你先考虑考虑。"说到这里他停顿了下来，阿侠急切地问："什么事呀，你这样严肃？"父亲看着阿侠接着说："尽管我不舍得，更不放心，但你最终应该有自己的生活。"阿侠一下子紧张地问："爸，你为什么突然这样说，到底啥事啊？"父亲红着眼睛再一次认真地看着阿侠，好像女儿突然要离开自己一样伤感地说："昨天，有人来咱家提亲了……"阿侠惊愕地瞪大了眼睛。这个问题是她从来不曾想过的。在她心里，一直认为自己一个身体不健全的人，这辈子注定与婚姻无缘，所以她就打算死心塌地的和父亲一辈子相依为命。父亲突然冒出这个话题，她在惊异的同时也十分不解，什么样的人会主动上门向一个残疾人提亲。

父亲看到阿侠不相信的表情，进一步说："这个事让我痛苦矛盾，哪个父亲不希望自己的女儿能找个一辈子值得托付的男人，咱称心满意了，又担心人家看不起你，慢待你。提亲的这个小伙子，虽然很有诚心，但他和你一样，身体有缺陷，怎么能照顾你？"

一听身体有缺陷，阿侠的大脑里不由浮现出了那个陌生但亲切的身影和脸庞，心不由加快了跳动。父亲接着说："这个娃也是个可怜人，从小就是个孤儿，但他身残志不残，硬是学了门修理家电的手艺，还在街道里开了个家电维修部。他人勤快灵活热心，逢集时就在店里修，平时骑个摩托车转村上门，就是为了大家方便，所以这方圆百里都知道他，一提起都夸他是个好娃。"看阿侠没有反对，父亲又说："虽然他勤快，但终究是个双腿残疾的人，但以咱的实际情况，跟了他，你们两个只要齐心协力，把那个修理部开好，至少生活有保障，最重要的是，嫁给他，你们是平等的，他至少不会歧视轻蔑你。"

阿侠虽然一声不吭，但内心早已激荡澎湃，浪花四溅。父亲以商量的语气说："他的大概情况就是这样的，最主要的还是你拿主意吧。"阿侠不能让父亲觉察到自己心里的窃喜，就故作听话地说："爸，你看吧，只要觉得他人老实，能看得起我待我好就行。"父亲听女儿这样一说，瞬间豁然地说："好，你的态度我已经明白了，那我就给人家个准话，让他来正式提亲。"

阿侠正在扫院子，一只喜鹊叽叽喳喳地叫着落在了头顶的树梢上，她的心也随之欢快地跳着。今天，那个和她仅一面之交却注定要终身相伴的阿龙就要来亲自提亲了。无论别人对他评价怎么样，她相信自己的第一感觉，他绝对是一个靠得住的男人。再说，他是个没爹没娘的孤儿，正好会和她一起孝敬赡养父亲，要不然她怎么能忍心丢下父亲一个人，她越想越觉得这应该是上天对她最好的安排。一阵熟悉的摩托声在门外响起，阿侠更加心慌意乱，是躲在屋里等他进来，还是该出门去迎他。正在她拿着扫把站在院子不知道该进还是该出时，阿龙已经在父亲的陪同下来到了她面前。她不敢抬头正视，怕在父亲面前暴露了自己的秘密，就没说话跟着他们一起进了屋。

阿侠有意背向父亲，将水杯递到阿龙手里，他们心照不宣地相视而笑胜过千言万语。她看到阿龙穿了一身新衣服，头发也是新理过的，浑身上下尽显英俊和精神，这足以证明他对这次提亲的重视。阿侠转身靠在炕沿，低头偷偷地体会着内心从没有过的紧张，那种紧张是幸福的。这时，阿龙开口说话了："叔，我的情况你也大概了解了，今天，我上门正式提亲，就是要你和阿侠表个态，我也就放心了。"父亲看着阿侠说："侠，这是你的终身大事，你说吧。"阿侠满脸通红低头轻声说："爸，我听你的。"父亲看着阿龙说："那我就直说了，任何事咱说在先，阿侠虽然缺一条胳膊，但她智力正常，正常人能料理的家务她也做得井井有条，所以你既然登门提亲，就必须得正确面对她的缺点，不能心里有啥遗憾。"阿龙接过父亲的话说："叔，这个你一百个放心，我还不如阿侠，两个同病相怜的人在一起，肯定会彼此理解体谅，我虽然不敢保证给阿侠太多，但至少我会倾其所有，不让她受委屈，就那个修理部，我只负责赚钱，其余的都交给她打理，只要我们一条心，不愁过不好日子。"

阿龙的一番话如同给阿侠吃了颗定心丸，短短的几句话落地有声，足以看得出他的成熟干练，也足以打动一颗少女的心。父亲看到阿侠羞答答的样子，就知道她是满意的。他乐呵呵地说："你这样说，我也就没啥顾虑了，让这事有着，你们再互相了解了解。"阿龙接着说："叔，感谢你们对我的信任，我一定不会让你们失望。"阿侠越发觉得阿龙说话得体，成熟稳健，既然关系确定了她就该直言不讳，向前走了一步对阿龙说："我爸就我一个女儿，以后你得和我一样为他养老送终。"她说完这句话就后悔了，后悔自己是不是说得早了，现在还没到谈婚论嫁的时候，就给人家提这样的要求。父亲看出了女儿的难言之色，就打圆场说："你们就别管我，我一个人怎么都好说，只要你们以后过得好，我就高兴。"阿龙接过话题爽快地说："这个我早已想到了，我从小就没有父母，一直都羡慕人家，这一下子有了父亲，我感激都来不及呢，以后我就是你的儿子。"他说得掷地有声，阿侠父女俩听了深感欣慰。

他们的婚礼没有礼炮，没有彩车，在街坊邻居简单的祝福中，阿侠被迎娶进了门。他们的洞房花烛夜没有燃烧的激情，没有浪漫的缠绵，而是在两个人相依相偎，互相讲述着自己的辛酸故事中迎来了第二天的黎明与阳光。阿侠早早进了厨房，开始做早饭，她想，从今天开始她就要照顾她生命中两个最重要的男人，一个是和她相依为命熬过来的父亲，一个是将要和她相濡以沫共度将来的丈夫，这样的结果她再满意不过了。阿龙照样兢兢业业地经营着自己的修理部，感觉每天浑身都是劲。每当他出门前，阿侠都要帮他检查一遍摩托车，回家都会有一杯热水和问候相迎，还有老父亲每次都叮咛自己慢点开，这些都是他从未感受过的温暖和幸福。

这样一个三口之家的日子过得简简单单却其乐融融。一年后，阿侠的怀孕让家人乐开了花。阿龙做梦都没有想到，自己这样顺当地有了一个贤惠善良的妻子，一个慈祥憨厚的父亲，这下还要当爸爸了，他激动得热泪盈眶。阿侠温柔地靠在丈夫的怀里问："你希望我们的孩子是个儿子还是个女儿呀？"阿龙不假思索地答："我从小到处流浪，现在虽然站住了脚，但树再大却根不稳，所以我想要个儿子顶立门户。"阿侠也觉得丈夫说得对，农村人最看重的就是这个，何况他们两个残疾人，如果有两个儿子，他们也算扬眉吐气，挺起腰杆了。

一家人一心盼着生个儿子，可生下来偏偏是个女儿。阿龙抱着女儿安慰一脸不高兴的妻子："没事，第一个孩子不管是儿子还是女儿，都是好事，咱还可以再生个儿子嘛。"经丈夫这样一说，阿侠如释重负。生活就是这样，你抱的希望越大它就越让你失望。后来的几年，阿侠连续生了五个女儿，无奈之下，他们只好将后面的三个女儿抱养了出去，一是计划生育政策不允许，二是他们实在养活不了那么多。每次看到阿侠挺个大肚子还要照顾一家人的吃喝拉撒睡，看到别人抱走孩子阿侠忍在眼里的泪水，阿龙也想过，就两个女儿算了，可他仍然有点不甘心，就想要个儿子，算是对自身缺陷的一种弥补。

阿龙每次这样决定时，心里比谁都痛，深深的负罪感让他终日郁郁寡欢，他知道他这样做最对不起的就是阿侠。虽然她嘴上不说什么，但他知道她心里的滋味。她不是一个正常的女人，怀一个孩子要比别人辛苦得多。想想她刚生第一个孩子，一只手不会抱，不会给孩子喂奶，每喂一次奶，她都会累得满头是汗。

一会他们又要去医院了，阿龙看着妻子憔悴虚弱，忧心忡忡，他知道她心里的压力，一心想为他生个儿子，可总是事与愿违。阿龙突然鼻子发酸，觉得自己亏欠这个可怜的女人太多，光生孩子她都比别人付出得多。他突然有点恨自己，为什么这样固执，现在提倡男女平等，儿子女儿都一样是孩子呀。可他却一根筋，只为满足自己的愿望，忽略了妻子所承受的比常人多许多倍的不易和痛苦。想到这里，他释然了好多，感觉长期压在心里的石头终于搬掉了，一切听天由命吧，无论怎样他都坦然接受。

阿龙来到妻子身边，帮她拂起落在脸上的头发，轻轻地将她搀扶起来说："别想太多，这次无论是儿子还是女儿，都是我们最后一个孩子了，都要把他留下，以后不让你再生了。"阿侠惊愕地睁大眼睛看着丈夫的脸，突然哇的一声哭了，所有的艰辛和委屈一齐涌上心头，可她还是无怨无悔地想给丈夫生个儿子。

随着一声婴儿的啼哭，守候在产房外的丈夫，躺在产床上的妻子，两颗心还是不约而同地提到了嗓子眼。她看着医生欲言又止。"是个儿子。”医生的话如同一声巨雷，让阿侠不顾身体的虚弱坐了起来。尽管她相信老天爷一定会同情可怜他们的，不会让他们绝望，但还是不敢相信地从医生手里接过孩子，迫不及待地揭开裹在孩子身上的包布。当确信无疑真是个儿子时，她高兴地一边哭一边向门外喊道：“我终于给你生下儿子了，你有儿子了……”阿龙听见妻子的声音，哽咽地说不出话，他不知道此时该说什么才能表达自己的心情。他高兴的不知所措，想出去给妻子买一些营养品，竟忘了拐杖，重重地摔倒在了地上。他顾不得摔疼的双腿，爬起来架起拐杖趔趔趄趄地向前走一阵又返回来走一阵，他想给妻子儿子买袋奶粉，又想急切地看到儿子，拐杖着地的声音急促地在楼道里来回响起。

这第六个孩子还真是个带着福音的天使，他终于圆了一对残疾父母的愿望，也给这个不平凡的家庭带来了希望和快乐。

乌金情缘

北方的农历 11 月冬至前后可能是冬天最冷的时月，也是夜间最长白天最短的时候。庄稼人都这样形容："十月的天两顿饭，婆娘光围着锅台转。"

一呼百应，连绵不断的鸡鸣狗叫已经打破了村里的寂静，可外面的天还是漆黑一片，一轮月牙孤寂地悬挂在空中更显冷清。这个时候，人们不管有没有睡意，都依然赖在被窝里懒得起床。

今天老赵家却不同寻常，厨窑内咣当咣当的风箱声，刺啦刺啦的炒菜声，伴着铲子在铁锅里不停的翻搅声，这是庄稼人最熟悉最亲切最美妙的烟火之音。可这天籁之音里却弥漫着一丝离别的伤感和不舍。老赵蹲在灶前一点一点地往里面添着柴火，脸上那一道道沟壑在一簇簇火苗的照耀下显得更加深刻与清晰。

"你烧锅哩，想啥呢？没看见锅里的气都要冲破窑顶了。"老婆一边和面一边埋怨着。

老赵停手，从棉袄兜里掏出旱烟锅，在烟袋里挖了一锅烟末，从灶膛里拿出一根燃得正旺的柴火对着吸了几口，烟锅点着了，他放慢了节奏开始吧嗒吧嗒地抽着。此时的他，心里像打翻了调味瓶一样五味杂陈，说不清是什么滋味，辛酸和苦涩不由让他抹了一把突然发酸的眼睛。自己磕磕绊绊的半辈子，如电影般在脑海里一幕幕地闪过。他十四岁就在工地里给人打杂，活不比别人少干，却拿的工钱极少，谁都可以对他吆三喝四，指手画脚，就是因为他年龄小，而且是工地里最低下最卑微的杂务工。好歹他忍气吞声，手脚勤快，十六岁时，告别了那个没人愿意干的杂务工，当了一名小工。虽然小工也是苦力活，但却是专一的，干啥就干那一样，不像杂务工啥都干。小小的年纪，两只手就像树皮一样粗糙，由于早早地从事高强度的体力劳动，背也早早地驼了，远看像个小老头一样。到了谈婚论嫁的年龄，凭他仅能吃苦的本事已经不是对方选择对象的优先条件，而他的低矮单薄，弯腰驼背以及饱经风霜的脸却成了最大的缺点和障碍。人家姑娘一见面，二话不说就走人了，以至于他都三十岁了，婚事还没有着落。他对婚姻的恐惧感越来越强烈，每次见面对他来说，比上战场还胆怯。虽然他知道，那无非是在自己已经伤痕累累的心里再被人戳一针，他也麻木了。但为了父母的殷切期望，他只能行尸走肉地应付着走一趟。为了摆脱这种烦恼和痛苦，他结束了自己的小工生涯，毅然去了大山深处的百子沟煤矿做了一名矿工。这样，一年也回不了几次家，自然也就避免了三天两头被媒人拽着相亲的尴尬与失落。只要每个月把工资捎回去，多少对年迈的父母也是一种安慰。

也许是命中注定的缘分到了，也许是煤矿工人这个身份多少起了作用。那一年，经媒人介绍，对方竟然没有弹嫌什么，欣然嫁给了他，他也像别的男人一样有了媳妇，终于完成了一个男人的家庭使命。媳妇很争气，第二年就给他生了一个儿子，别人都调侃他是迟瓜晚熟，中年得子。听到这种善意的调侃，他很是乐意接受。儿子的出生，为他注入了新的动力，他加班加点，一天也不休息，只为拼命地赚钱。他越来越认为自己的大龄娶妻中年得子是命运对他的恩赐和偏爱，妻子贤惠持家，儿子听话懂事，这是他最值得骄傲的资本。

就在他春风得意的时候，他的腿在井下受伤了。在那巨大的煤块无情地滚向自己的一瞬间，他如同看见一头雄狮正张大血淋淋的嘴将自己吞没。随着轰隆的一声，他感到了腿部的疼痛蔓延至全身，撕心裂肺。他使出浑身的力气呐喊着，只为证明自己还活着。恍惚间，他听见了大家的呼叫声与营救声，一时混乱一片。那声音就在自己的不远处，可他无论怎样倾听都感觉那么遥远，好像在另一个世界。最后他被大家七手八脚地从煤块下拉扯了出来。

救护车一路鸣笛将他拉到了医院，经过医生护士的一阵忙碌，医生斩钉截铁地说："一条腿失血过多，神经严重破坏，必须截肢。"矿领导俯下身子，贴近他的耳朵轻声说："老赵，这么大的手术，叫家里人来吧，也就有人帮你拿主意签字。"老赵依然睁着眼睛坚决地摇着头，使出浑身的力气，微弱中却坚定地说："不要告诉家里人，我的事我决定，不能截肢，就这样保守治疗，治疗成什么程度我都认了，这个字我来签。"医生再三给他将不截肢的严重后果说了一遍又一遍，却始终没有动摇老赵的决定，最后就只能遵循他的意见保守治疗。也许是他的坚持和倔强感化了上帝，也许是他命中注定本不该断一条腿，奇迹就那样发生了。经过三个月的治疗，虽然那条腿像棵弯弯树一样拐了几拐，还是一节粗一节细，走路需要拐杖支撑，但好歹还是一条腿。他死里逃生保住了自己的腿，却没保住煤矿工人这个饭碗。煤矿鉴于他是因工作受的伤，在保证他生活的同时给了他一个顶替名额，但顶替对象必须是子女。这个消息对残废的老赵，瘫痪的家庭来说无疑是个好消息。但老赵一想儿子才十六岁，而且身体那么单薄，怎么能承受得了井下那繁重且危险的工作。他还是个娃娃芽，嫩胳膊嫩腿的，井下的煤块可不长眼睛，不会因为他年龄小身体弱而网开一面，绕道而行。可这又不能不说是个好机会，只要儿子顶替了就成了一名正式工人，也就意味着可以端一辈子的铁饭碗，说不定儿子以后还能在黑煤堆里混出个人样。这决定儿子前途命运的难题让老赵纠结矛盾，难以决定。在他纠结了好多天还是没有纠结出个结果时，就打算让儿子自己做决定。

十六岁的儿子一听到要去工作，毫不犹豫地表态："大，我愿意去，反正我又不喜欢念书，在学校也是混日子，还要学费，可以挣钱了是好事啊！”老赵看着稚嫩的儿子，不免一阵心疼，他满是忧虑地对儿子说："煤矿的工作环境恶劣，你可要想好了，一旦去了也许就是一辈子。"儿子依然毫不动摇地说："大，你就放心吧，别人可以我就可以，再说你的腿成了这样，我也有责任替你担起这个家的担子。"老赵感到欣慰又心酸，为儿子的懂事，为儿子这么早就接过自己肩上的生活重担。

今天，儿子就要去煤矿上班了，老赵老两口子一夜无眠。鸡刚叫头遍，老婆就起来忙碌着给儿子烙锅盔，煮鸡蛋。边忙碌边哭哭啼啼地诉说着一万个不放心，儿子长这么大第一次出门，人生地不熟的，会不会有人欺负？他在家里很少干农活，突然就要当一个大人一样地使唤，他能吃得消吗？老赵原本就如一团乱麻的心经老婆这样一哭一唠叨，更是心烦意乱。他感觉内心的烦躁无所适从，就不停地往灶膛内添着柴火，直至老婆埋怨他才接话说："天亮得差不多了，我去叫小军起来吧，你也收起你的眼泪，免得娃看见了走得不畅快。"

儿子赵军起来看到炕上放着一床新被褥，在他的意识里，这样的新被褥，他只在村里有人娶媳妇时才见过的。小时候，每当他看到有人娶媳妇时炕上放着崭新软和的被褥时，他心里不知有多么的羡慕，他多么希望自己啥时候也赶快娶媳妇，就能拥有那样的新被褥了。可眼前这大红绸被子，竟然是父母为自己准备的。他不由伸手摸了摸，软绵绵的好舒服，再摸摸自己身上盖的这粗布被子，硬邦邦的，一点都不软和。再看看旁边还放着两双新布鞋，还有他最喜欢的那身旧军装。这套军装是在部队复员回来的舅爷送给父亲的，母亲舍不得让父亲穿，说是留给儿子长大了穿的。每次看见他都蠢蠢欲动，母亲最多让他试穿一下，就又叠整齐锁进了柜子。他一想，这么奢侈的新被褥，这么珍贵的军装，以后就属于他的了，他爱怎么穿就怎么穿。再一想，他要当工人了，从此就是大人了，他的时间由他支配，他的事情由他做主，再也不用放学得按点回家，回去晚了还要挨母亲一顿教训，做个啥都得请示母亲的批准。

他感觉自己如一匹脱缰的野马，眼前就是一片广阔无际的草原，任凭他自由奔腾和呼吸。

正在赵军浮想联翩时，母亲端着半盆洗脸水，拿着毛巾说：“小军，赶快洗脸吃饭，一会还要赶车呢。”赵军吃着香喷喷的葱花饼和黄灿灿的炒鸡蛋，就是过节也没这样不受限制尽饱吃呀，母亲还不停地给他往碗里夹，父亲也从没有这样慈爱地盯着自己看，不停地叮咛着去了煤矿屁股上都要长眼睛，不要得罪人，要听领导话……母亲要儿子一定要吃饱，正是长身体的时候……他感觉自己像出嫁的女儿一样，父母这样千叮万嘱，恋恋不舍。

由于父亲腿脚不便，母亲便送赵军到路口搭车。母亲提着黄挎包，赵军扛着装有新被褥的蛇皮袋子，心里都装着千言万语，却一路谁也没说一句话。长这么大，第一次离开家，离开父母，赵军知道母亲心里的千头万绪，但却不知从何宽慰。他清楚地听见身后母亲哭泣的抽搐声，如同一根针刺在他的心里，使他的心情和脚步一样沉重。他想，此刻纵有再多的话语，也比不上他搀扶着母亲的一个小小举动温暖得多，所以他放慢脚步，一手接过母亲的包，一手扶着母亲的胳膊。就在他回头的一瞬间，父亲拄着拐杖正站在家门口目送着他。不远处的父亲好像一座快要倒塌的老屋子，经过长年累月的风吹雨打已经失去了棱角。尽管摇摇欲坠，但还得这样坚强地撑着。老屋虽然破旧不堪，却尽他所能地将他养育，正是这破旧的老屋，陪他从一个牙牙学语的孩童走到了懵懂的青年，为他遮风挡雨，给他关爱呵护。如今，老屋真的老了，他也要离开它去另一个天地开启自己的生活。想到这里，赵军不由一阵难过和伤感。他站定脚步，对那座老旧却沉稳的老屋，对凝望自己的父亲喊：“大，你回去吧，我去安顿好了就给家里捎信，你放心吧，你的话我都记住了……”等他说完这短短的两句话时发现自己已经泪流满面。

老赵看着儿子扛着行李的背影离自己越来越远，心里那根牵挂的绳子拽着他向着儿子的方向挪动了几次。他怎么也不会想到，还未成年的儿子竟然走了自己没有走完的路，而且这条路布满荆棘，处处都是和生命在挑战。归根结底，只怪自己的无能，只能将儿子的命运寄托给那让人爱恨交加，欲罢不能的煤矿。儿子的突然回头和道别，一下子让他老泪纵横，他不敢出声，生怕儿子听见自己的哽咽。他忍着悲痛向儿子挥了挥手，他知道，这一挥手，挥掉的是儿子身上的稚气和无忧，天真和单纯，换来的是一条铺展在他面前的未知路。

一辆大卡车停在了赵军和母亲的身边，赵军拖着行李爬上了车厢，放稳行李还没等给母亲说句话时，卡车已经启动了，一股尘土将母亲笼罩。赵军扒在车厢的护栏边对着若隐若现的母亲大声喊道："妈，你回去吧……"疾驰的卡车伴着呼啦啦的风声将赵军的声音淹没。他看见母亲蹲在路边，将头埋在自己的臂弯里，他知道母亲一路都是在努力地克制着自己的眼泪，这下终于可以放声哭出来了。蹲在路边的母亲是那样瘦小单薄，孤单无助。泪水再一次模糊了他的眼睛。透过泪水，他看见母亲越来越小，直至消失在自己的视线里，他才真正觉得自己像一只飘在空中风筝，无论他飘得多远，那根线始终都在父母的手里。

大卡车东颠西簸，一路向大山深处的百子沟煤矿驶去。赵军坐在车厢里靠着自己的行李，一遍遍想着等待自己的煤矿到底是什么样子？他只知道煤矿都是黑的，因为常常听有人说煤矿飞出来的麻雀都是黑的。他对这个未知的地方既充满了期待，又夹杂着一丝恐惧。但不管怎样，他都会坚持自己的选择。父亲的腿伤成那样，目前啥还都干不成，医生说要丢掉拐杖最少也得一年多才能康复。这就意味着在父亲康复之前，这个家处于瘫痪状态。母亲一个人既要伺候父亲、做家务，还要经管那几亩地。没有一分活钱的收入，父亲吃药都困难，要想康复得快，营养和药都得跟上。别说一年多，就仅仅这几个月，父亲整天愁得垂头丧气，母亲也是唉声叹气。处于这种状况，他能做的就是替父母排忧解难，义不容辞地挑起家庭的担子。他无数次想过，如果他这次不去煤矿当工人，这个家将会是死水一潭，谁也不会有一天的好心情。所以说他无路可退，只能迎难而上。他的这条路，也是这个家的唯一出路。

凡是坐这趟车的都是去百子沟煤矿的，车厢里一阵高过一阵的呼噜声才让赵军仔细地打量着身边的这群人。他们个个头枕一个大包，怀里再揣一个小包，一个个蜷缩着身体，一脸疲惫。这难道就是煤矿工人的形象？现在的他们也是将来的自己吗？他不由一阵担忧。大卡车像头老牛一样缓慢地爬上了一座山，又轻快地下了一道坡，赵军远远地看见了如山的煤堆，出出进进的拉煤车，那想必就是他所要到达的目的地了吧。随着咔嚓一声，车停了下来，由于惯性，车厢里的人被晃了几晃，也都睁开还睡意惺忪的眼睛，个个伸展着懒腰准备下车。赵军看着他们一个个蜂拥而下，向前面的几排瓦房走去。

他最后一个下车，一手提着黄挎包，一手提着自己的铺盖，眼前的荒芜让他的心一下子凉到了脚跟。这就是他从此要工作的地方？远看是山，近看还是山，几排低矮的瓦房像一只只黑色的蜗牛一样灰头土脸，毫无生机。唯有一座四层高的楼房鹤立鸡群，也许长年累月的浸染，整座楼也是黑灰一片，那明晃晃的玻璃窗就显得特别醒目，犹如这大山深处的一双双眼睛探视着外面的世界。一条河横在中间，将生活区与工作区分成了两半，河上面架着一座小桥，又将它们连接在一起。他现在算是真正验证了人们常说的“百子沟里飞出的麻雀都是黑的”，虽然他还没看见飞来一只麻雀，但这里的树，地上的草，包括这些坡坡洼洼的路面都是黑的。赵军觉得自己就像这山沟里的一只麻雀一样，也会慢慢地变黑，也许再也飞不出这一座一座的山沟沟了。

“这是老赵的儿子吧？”一声询问打破了赵军的思绪，让他收回视线。眼前是一个五十多岁，穿着一身灰色的劳动布工作服，满脸和蔼的中年人。赵军正发愁去哪里找父亲交代的一个他叫李叔的人，这个人的出现对赵军就像一根救命稻草一样，他赶紧不失时机地应道：“叔，我就是，我叫赵军。”

“好啊，我和你大是铁哥们，今天知道你要来，就特意来接你，走吧，我先领你去宿舍，放下你的行李再去人事科报到，明天就可以上班了，你就叫我李叔吧。”

他的随和热情，如奄奄一息的火炉里突然丢进了一截干柴一样，呼地又燃起了一股火苗，让赵军不再那么心灰意冷。一听到明天就要上班了，他心里既紧张又兴奋，紧张的是他在家里什么也没单独干过，能拿下自己所要干的工作吗？兴奋的是他从明天开始就是一个工人了。他跟着李叔来到了一间宿舍，里面是面对面的两排通铺，中间放两张桌子，光线黑暗，陈设简陋。几个人正在吆三喝四地玩扑克牌，见李叔进来了都停下吆喝声，齐声招呼道：“李主任。”

原来这个李叔还是个当官的呀，他顿时像狐假虎威里的狐狸一样挺直了腰杆，雄赳赳气昂昂地往李叔身边站近了一些。“这是老赵的儿子，以后就住你们宿舍，他年龄小，你们以后多多照顾。”李叔说完又回头对赵军说：“你以后需要帮什么忙，有什么不知道的就问他们。”李叔一手指着那些人，一手接过赵军手里的铺盖卷向他们递过去，他们便七手八脚地开始帮他铺床，简单的床铺被他们三两下就铺好了。虽然条件简陋，但人情味满满，多少安慰了一点赵军初来乍到的生疏和失落。

随后李叔又带着他来到办公楼，虽然楼外陈旧古老，但楼内却是整洁干净，光滑的楼梯一踩发出咣当咣当的回音，这种声音让赵军听起来感觉好美妙。他想，如果以后能天天踩着这样的声音上下班该多好。他跟着李叔上到了三楼，来到了人事科。李叔敲了两下门推门进去了，赵军站在门外，不知道该进不该进。李叔进去转身向门外的他随声叫道：“赵军，快进来，这是你王叔，也是管人事的科长。”

赵军急忙跨进去弱弱地叫了一声：“王叔”。那个坐在办公桌前戴着眼镜文质彬彬的，一副领导范的中年男人认真地打量着赵军："这就是老赵的儿子呀？长得挺帅气，看着也聪明。"

"老赵在咱煤矿负了伤，搭上了一条腿，他儿子年龄还小，体力不足，到井下也没有经验，就怕再出个啥事，老赵给矿上写过申请了，我也给反映了，昨天我为此还专门去找了刘副矿长，他说研究结果已经在你这了。"

李叔的一番话感动得赵军双眼溢满了泪花，这是他踏入这块陌生之地第一个接触的人，他的真诚朴实是煤矿工人留给赵军的第一印象，使他对这里以及这里的人产生了一种热爱和感激。

"矿办公室已经发了文件，刘副矿长也特意给我交代了，让老赵儿子去机修车间学电气焊。"还没等人事科长说完，李叔就激动地一把拉住他的手，高兴地说："太好了，只要不下井就好，这下老赵就可以放心了，他那条腿伤得也值了。"

"是啊，机修车间相对来说安全得多，再说电气焊也是一门手艺，只要学精了就是一辈子的铁饭碗。"王叔语重心长地说。

李叔扭过头依然激动地对赵军说："你听见了没？矿领导从上到下对你的事如此照顾，都源于你父亲在岗时的吃苦肯干和因公受伤，你上岗了可要好好干，用心学，不能辜负了你父亲，更不能辜负了矿领导对你的照顾和厚望。"

赵军没有豪言壮语和雄心壮志，他只是不停地点头，表示自己一定会珍惜父亲为自己换来的这份工作，不辜负这些好人的心意和帮助。报到完赵军回到宿舍，其他人不知是上班去了，还是出去溜达了，里面寂然无声。

赵军躺在自己的床铺上，感觉今天所经历的一切好像在做梦一样。想着自己这就成了一个真正的工人，明天要去的机修车间是个什么样？电气焊是干什么的？好不好学……

当他一觉醒来，已是第二天天蒙蒙亮了，宿舍还是他一个人，他们肯定是下井了。他简单地洗了把脸，吃了一个从家里带来的锅盔和鸡蛋，正在发愁早上他怎么才能找到车间？又该去找谁报到？李叔就像个活菩萨一样出现在了宿舍门口，让他又惊又喜。他一步跨出门，高兴地叫了声“李叔”。他感觉李叔就像自己的亲人一样让他依赖，因为这个人为他考虑周到，不厌其烦，有始有终，值得他依赖。

“昨晚睡得习惯吗？”李叔看着赵军问。

“挺好的。”赵军答道。

“现在还早，我先带你去食堂吃早饭，完了领你去车间报到。”李叔边走边说。

“不了，叔，我已经吃了昨天带来的馍，你去吃我等你。”赵军不好意思地说。

“走吧，去熟悉一下食堂的情况，下班了就一个人去吃饭。”李叔强调道。

赵军只好跟着李叔去了食堂，简单地吃了早饭。他们便来到了一间好大的厂房里，里面机器的声音震耳欲聋，电焊的火苗耀得人眼花缭乱，每一个人都专心致志地干着各自手里的活。这时一个中年人迎上来和李叔握手问好，李叔拍了一下那个人的肩膀，亲切地说道：“李班长，这是咱矿受伤老工人赵志民的儿子，他在井下干了这十几年，受了伤不能工作，还落了个残疾，现在矿上安排他儿子来顶替。所以这以后你就多照顾照顾，让娃跟着你学电气焊，跟着你，我和老赵都放心，以后等娃学出手了好好拜谢你。”

说完，李叔那结实的大手放在赵军那单薄的肩膀上，把他推到了那个李班长的面前，赵军好像个女孩子一样羞答答地低着头。李班长从李叔手里拉过赵军，爽快地说：“李主任，你这样信得过我，就是高抬兄弟，你就放心吧，从现在开始他就是我的徒弟了，两年以后保证交给你一个焊工师傅，只要他好好跟着我学。”说完两个人都哈哈地笑了。

赵军这一路被李叔领着从宿舍到人事科再到车间，每一次他都会提到父亲的伤，他不知道李叔是无意的，还是有意利用父亲的受伤而来博得大家对他的同情，从而会额外照顾他。可是他每次听了心里都好难受，感觉好像低人一等，他不愿意让别人说他的工作是父亲的一条腿换来的。

李班长带着赵军去库房领了一套工作服，让他换上开始上班。赵军抱着衣服站在原地，小声问："师傅，去哪换衣服？"师傅看到他拘谨的样子，笑着喊了一声："小郭，过来带他去更衣室换衣服。"

这时，一个看起来比他大不了多少的工人跑过来说："走吧，跟我来。"赵军跟在他后面，感觉自己傻乎乎的啥都不懂，什么时候能像他一样对这里的每一个角落都了如指掌该多好。

"到了，你进去换吧，里面有空柜子，你给自己找一个，把换下的衣服放里面。"说完他就转身走了。赵军顺着他指给自己的方向走进去，这所谓的更衣室还真让他刮目相看，一个个柜子东倒西歪，没门少腿的，没柜门就那样敞开着，少柜腿勉强用砖头支撑着。他心想，还修理车间呢，用着这样破烂不堪的更衣柜。等我学会了，第一件事就是把这些更衣柜修好。他找了一个没有门的空柜子将自己脱下的衣服放了进去，换上了那身蓝色的劳动布工作服。虽然是最小号，但他穿上依然像摇铃一样宽松，显得自己更小了。他看着别人穿上工作服都像个标准的工人，穿在自己身上却是一副滑稽相。他扭扭捏捏地走出去，感觉所有的眼睛都在看着自己，看得他不知迈左脚还是右脚。从车间这头走到那头，他竟然出了一身汗，比走几里路感觉还累。师傅看着赵军，亲切地笑着说："这衣服大了一点，今天下班了跟我回去，让你师娘给你改小一点。"说着师傅拿起连着一根粗电线的工具告诉他："这叫焊枪，这是焊条，把焊条夹在焊枪嘴上，对准两块铁的接茬处，然后使劲捏紧焊枪上的手柄，电源就会通过焊条将其融化，以最高的温度将两块铁焊接在一起了。"说完只见师傅对准一个铁架子，右手拿着焊枪，左手用面罩将自己的脸部遮起来轻轻一点，焊枪头就刺刺地冒出了火花。赵军看着师傅干得娴熟而轻巧，觉得这电气焊好像很简单，一点都不复杂，而且有点好玩，那枪头喷出的火花也和过年时放的烟花炮差不多。他有点迫不及待地凑近师傅，伸手去接师傅手里的工具。师傅一手递过焊枪，一手拿着面罩特别强调道："切记电焊时一定要用面罩遮住脸部，要不会烧了脸和眼睛的。"赵军的头像小鸡啄食一样不停地点着，不假思索地接过师傅手里的焊枪和面罩。师傅站在一旁指着眼前的铁架子说："你就先在这上面随便焊，不要管焊得怎么样，只练你的手法与臂力，今天把这十根焊条焊完就算你完成工作任务了。"说完师傅转身走了，赵军无比兴奋地拿起焊枪，对准那铁架子一阵猛点，却怎么也不见一点点火星星冒出来。一会儿胳膊就又酸又疼，感觉那焊枪沉得像块铁，拿起来都很困难，别说焊接了。他明明看见拿在师傅手里轻巧得像把玩具枪，任他摆弄，可拿在自己手里却这样的笨重，连一根焊条都没完就已经手腕酸痛，剩的九根怎样才能完，他开始发愁了。第一天刚上班，无论如何也得完成任务，给师傅留个好印象，如果这第一天在师傅心里落下个懒惰且顶不住事的印象，师傅肯定就不会好好教他了。想到这里，他丢下面罩，双手掂起焊枪，果然没那么沉了。九根焊条终于剩最后一根了，他放下焊枪，准备歇歇，那一根留着下班前焊完就行。他一屁股坐在地上，两个胳膊毫无知觉，手腕酸麻胀痛，工作服湿得早已是前心贴后心。他感觉歇得差不多了，就勉强将最后一根焊条焊完。这时，师傅过来看到他满脸通红，头发都湿得贴到脸上了，顺手把搭在自己脖子上的白色毛巾递到赵军面前说："慢慢来，别着急，擦擦汗，去灶上吃饭，这是一块钱粮票，你先拿着。"看到师傅的粮票，他才记起自己那黄挎包里有母亲装的十块钱。

他随着师傅来到饭堂，里面挤满了人，个个手里拿着两个大小一样的洋瓷碗，还有的人不停用筷子敲着碗。一会师傅就端来一碗菜和四个蒸馍，碗放在地上，然后蹲在旁边，示意他也蹲下，递给他一双筷子，

"吃吧，不够了再去买。"菜是白菜炒粉条，馍是白面做的，首先这比家里吃得强多了。他三两下就吃完了两个馍，却看见师傅才吃了一个，顿时觉得好尴尬。师傅满脸慈爱地说："没吃饱就再吃一个，我去再买，正是长身体的时候，一定要吃饱。"来到这个煤矿，让他感觉好的就是碰到了这些好人，个个都那样和蔼可亲，让他的陌生感慢慢没有那么强烈了。

晚上下班回到宿舍，宿舍里没有人，他躺在自己的床上倒头就睡，浑身像散了架一样酸疼，特别是胳膊，疼得连动都不敢动，眼睛火辣辣的疼，脸也是又烧又疼，他发愁明天该怎么上班，他闭着眼睛，回忆着今天的每一幕，就像放电影一样既遥远又真实。突然间两股热乎乎的液体顺着灼烧生疼的脸流到耳边，他知道这是真的想家了，想母亲的宠惯，想父亲的宽容，什么苦力活都不让他干，虽然在家里缺吃少穿，但他也是娇生惯养。长这么大第一次远离父母，第一次独立劳动，也是第一次感到父母不在身边的孤独与失落。

好不容易熬到了天亮，他拖着浑身疼痛的身体，迈着像灌了铅一样沉重的双腿来到了车间门口，用红肿得像桃子一样的眼睛，左顾右盼地等着师傅，就像在等一个久违的亲人一样。师傅的出现让他所有的疼痛与委屈都写在了脸上。师傅走近一看，立即大声说道："你这瓜娃，把眼睛烧成了这样昨天也不吭声，看你眼睛红成啥了？"经师父这么一说，赵军的眼泪再也控制不住了，他也顾不得维护自己那一点可怜的面子。师傅说着就拉起赵军的一只胳膊，也不知要去哪里，赵军只顾跟着走。眼前是一排家属院，还没进门师傅就远远地叫道："亮亮……"赵军以为师傅在喊他的儿子，却出来了一个中年妇女，看到师傅急切地问："你不是上班去了吗？怎么又回来了？"赵军想必这一定是师娘了。"快去跟春生媳妇要一点奶，你看这娃把眼睛让电焊烧成啥了。"

还没等师父说完，师娘就转身边走边对师傅说："你先和娃在屋里等着，我这就去看春生媳妇人在不。"不一会，只见师娘端着半碗白里透黄的奶汁急匆匆地回来了。师娘让赵军靠在沙发上将眼睛闭上，赵军就乖乖地听话照做。他感觉到一股凉丝丝的液体随着师娘的手指在眼睛上划过，眼睛顿时感觉舒服多了，但一股特别的味道却让他不由紧皱眉头朝后靠了靠，师娘见状笑着说："这人奶可是缓解电焊伤眼的良方妙药，这车间多少人都用过，你别嫌弃，一会就不疼了。"师娘这样一说，赵军也不好意思再枉费师娘的一片好意，就闭上眼睛强忍着那股怪怪的气味，任凭师娘一遍遍地擦抹完眼睛又擦脸。师傅对他说："你今天就休息一天，等明天眼睛不疼了再上班。"说完，师傅一边叮咛师娘中午留赵军在家里吃饭，顺便把他的工作服往小的改改，一边走出了门外。

一座大山沟里，一群大男人，他们的精神世界是贫瘠空白的，整天重复着宿舍、饭堂、井下三点一线的简单生活，早上等不到天亮，他们就到了漆黑的井下，晚上顶着星光走进饭堂，拖着疲惫不堪的脚步回到宿舍。在八十年代，录像还是比较新鲜的，录像厅进入煤矿无疑像个炸弹爆炸了一样掀起一股风暴，他们欢快地呐喊着冲向录像厅。从此即便上井再累，也会照例挤到小小的录像厅里，不厌其烦地反复看着那些乒乒乓乓的武打片、轰轰隆隆的战争片、哼哼唧唧的港台片和风风火火的外国片，就像吸了鸦片一样兴奋解乏，尽管人挤着人，脚插着脚，但没有一个人因你挤我，我踏你而抱怨，个个人都看得津津有味。

道德在金钱与利益面前往往会决堤。录像厅老板为了吸引更多的矿工买票，竟然在中间会短暂地插上一段三级片。这些黄色片段对这些一年半载才能回家和老婆聚上一次的矿工来说，比灶上过节吃上一顿大肉还具有诱惑力与吸引力。这些可怜的矿工竟然会为了等待那一小段有色片，会不顾疲惫地等到深夜。赵军就这样跟着这群矿工彻底适应了煤矿生活，成了一名地地道道的矿工。他也会听着宿舍矿友们互相编造着荤段子取乐而随着他们大笑，也会被他们连哄带拉去录像厅看黄色录像。十六岁，还是一个未成熟的孩子，正是一个人性格塑造成型的年龄，可他却早早地混入了成年人群体，接受了一些成年人的思想，再加上他小学才毕业，文化底子薄，没有是非辨别力，就这样，一个单纯简单的孩子被塑造成了一个思想狭隘，缺乏见识与修养的深山矿工。

在二十世纪的八十年代，能拥有一份国家正式工作，对一个农村孩子来说，的确特别具有优越感。赵军也沾了这个正式工的光，给他介绍对象的竟然络绎不绝，那个年龄段的婚姻基本还是靠媒妁之言，赵军在黑山沟里的煤矿继续着他的矿工生活，父亲老赵在家里张罗着给儿子介绍对象。

老李就是赵军的贵人，每到最关键的时候他就一马当先，当赵军父亲委托他给儿子张罗对象时，他自然乐此不疲地欣然应承，随后就凭他在矿上的威望和洞察力，便开始为赵军物色中意对象。营销队有个朱副队长的女儿叫朱菊英，大家都开玩笑叫她朱英台，高考落榜后被父亲安排在自己身边，作了一名过磅员。老李检查工作时见过，每次她都会亲切地打招呼，倒水端茶。大家对她的印象都不错，说她落落大方，性格开朗，言谈直爽，举止优雅。老李当即就跑了一趟，他特意揣了一包好烟，来到营销队的办公室，给朱副队长递上一根烟开门见山说明了自己的来意。朱英台父亲一听，觉得既然是老李看好的人就应该没问题，而且女儿虽然长得体面，但却是临时工，人家赵军可是正式工。况且两个人都在矿上，以后建立个家庭，相互照顾也方便得多。他没征求女儿意见就一口答应了。因为他相信自己比女儿考虑得周到看得远，好歹赵军是个端铁饭碗吃公家饭的正式工，女儿嫁给他以后生活就不会受紧。一个女人一辈子能嫁个不愁吃穿的丈夫就足够了，这是他自认为正确的人生观和价值观。朱英台从小就生长在父亲的庇护和安排下，啥事都轮不到自己发表意见，这次的婚姻大事父亲也毫不例外替自己做了主。她虽然对婚姻还感到很陌生和迷茫，但和赵军一见面，至少第一印象还不是很糟糕，能过得去。

就这样，赵军和朱英台就开始了恋爱。赵军在朱英台面前总觉得自卑，所以就相处得小心翼翼，对朱英台也是关心备至，体贴入微，生怕自己的丝毫缺点被暴露。经过两个月的相处，朱英台虽然觉得眼前这个男人身上缺乏一种大男人气概，不是发自内心地喜欢，但也找不出啥大毛病，就抱着一种说不清的复杂心情顺理成章地结了婚。赵军正式带着自己的漂亮妻子在村里走过，一个戴着眼镜，文气清秀，高挑身材，白净皮肤的朱英台，就像走来了一个美丽的异国女子一样让人啧啧赞叹，他感觉自己也像个国王一样倍感荣光。

休完婚假，矿上为他们分了两间房子，他们开始了自己的新婚小日子，白天各自上班，晚上回自己的小家，赵军感觉这样的小日子甜如蜜。可每当上班时，就不时有人开玩笑："这新婚女人初次尝到甜头，你满足不了小心红杏出墙哦！"还有人说："你能放心那么水嫩漂亮的媳妇在那样的风口浪尖处上班，人常说十个司机九个坏，你不怕哪天被哪个司机拐跑了。"他们只是一句玩笑却在赵军的心里埋下了种子，他从此每天上班都是心不在焉，胡思乱想，甚至几次跑去营业室远远地偷偷观察，看朱英台有没有和那些司机像同事说的那样说说笑笑，打情骂俏。朱英台每天下班回来他都会左盘右问，前查后访，特别是朱英台上晚班时，他更是疑神疑鬼，不关心自己的媳妇熬夜受冻，整天看她和哪个司机多说了几句话，给哪个司机笑了。刚开始朱英台还以为赵军的小肚鸡肠是因为他太在乎自己，每次都给他一一解释。随着赵军越来越离谱，朱英台也开始反感讨厌，觉得赵军不信任自己，也就不再解释了，随他胡搅蛮缠，她总是沉默相对。赵军开始意识到朱英台对自己冷漠了，就更是变本加厉地开始跟踪监督。那一晚，朱英台又上晚班，赵军不顾半夜漆黑，悄悄地躲在营业室后边，偷窃朱英台的一言一行，一举一动。连赵军自己都佩服自己护妻心切的举动，大半夜他竟然毫无困意，而且精神抖擞，好像在执行一项特大任务一样。他的眼睛一动不动，生怕错过了什么。忽然，一辆大卡车开过磅房后停在旁边，司机手提一袋水果进了营业室，然后几个人一边吃水果一边聊天，他听不清他们在说什么，但他们的表情看起来很开心。他不假思索地冲进营业室，冲到几个人面前，也许因为太过激动和愤怒，他的脸色通红，嘴唇颤抖，带着一股杀气。赵军突如其来的举动让几个人不可思议，都盯着看他要干什么。其中一个同事也见识过赵军以前对他媳妇不放心而打闹过，为了打破僵局就故意笑着说："是不是给媳妇送宵夜来了，你可真是模范丈夫啊。"这一说更是激起了赵军的愤怒情绪，他几乎失去理智地一步抢上前，抡起桌子上的水果向朱英台摔了过去，指着那个司机狂怒着责问道："他是你什么人给你送水果，我买的是不是没有别的男人买的有味道？"朱英台脸色煞白，眼泪噙满了眼眶，浑身气得发抖，只见张嘴却一句话也说不出来。赵军见状更是得寸进尺地辱骂道："还以为你有多清高，也就是值这么一点水果的贱货。"那个司机忙上前解释道："你误会了，上次他们帮了我的忙，为了表示一点谢意，请他们吃顿饭，可他们都不去，我就买了一点水果……"还没等那个司机说完，赵军就硬生生地打断他的话说："我在管我的媳妇，你管好你，这次我教训的是她，再有下次可就别怪我对你不客气了。"说完他一把拽起朱英台的胳膊向营业室外面走去，留下其余几个人面面相觑不知所措。一出门赵军对朱英台就是一阵推搡，朱英台大脑一片空白，任他像个疯子一样发狂。接下来的日子，朱英台开始重新审视自己盲目选择的这个男人，这段时间他接二连三对自己不信任的侮辱，已经令她对这段婚姻失去了信心，这就她的丈夫？他哪里还像个正常的人，简直就是魔鬼。她一句话都不想和他说，也不愿正视他，更拒绝他晚上碰她。她的举动更是激起了赵军的疑虑和猜忌，他深信不疑地认为朱英台因为有了别的男人才冷落自己，而意识不到自己的行为给妻子带来了多大的伤害。

有一天下班后，朱英台去水房洗衣服，正好一个男同事从水房出来，回去就和赵军嬉皮笑脸地开玩笑说："我刚看见你媳妇的奶子可真大呀，让我吃上一口，我死都愿意，你可真是好福气啊！”赵军顿时火冒三丈，三步并作两步地跑去水房，一把揪起正在埋头洗衣服的妻子喊道：“你为什么要穿这样露骨的衣服，不就是为了给别的男人看吗？”朱英台被丈夫这突如其来的举动惊呆了，她莫名其妙地盯着眼前这个如疯狗一样的男人，眼泪在眼里打转。一个人的忍耐是有限度的，朱英台的忍耐终于到了极限，她可以容忍他的无理取闹，但却不能忍受自己丈夫一次次对自己人格的侮辱。她也不再顾忌别人笑话，将手里的衣服扔向赵军。一向忍气吞声的朱英台一反常态的反击，更是激怒了正在气头上的赵军，他失去理智地扑了过去，抓住朱英台的头发，一阵响亮的耳光落在了妻子脸上。朱英台怎么也没想到丈夫会对自己动手施暴，她浑身瘫软，大脑空白，也不知道是怎么被赵军拖回房间的。当她清醒过来后，摸着火辣辣的脸，她感觉自己的心更痛。赵军那狰狞的面孔，肮脏的话语，特别是落在自己脸上的巴掌……这些都一遍遍地在朱英台的脑海里回放，她不敢想象，以后漫长的日子里他还会怎样变本加厉，这样扭曲的婚姻能坚持多久？她没有感受到新婚带给自己的幸福，更没有体会到丈夫对一个妻子的呵护，却更多地感受到了对婚姻的恐惧，对仅仅一起生活了半年的丈夫充满了厌恶。她现在才意识到她眼里的美好世界里还会有这样不可理喻的人，她为自己和丈夫无法跨越的鸿沟彻底心灰意冷。她长这么大从来没有吵过架，也不会吵架，曾经也见过村里邻居两口子吵得热火朝天时，她就想这样的一幕绝不会在自己以后的婚姻中发生，无论对方怎么吵，她忍让着不还嘴，他一个人还能吵起来吗？没想到自己错了，结婚的半年里，无论她每次怎样忍耐，可赵军不认为她是为了化解矛盾，维护两个人的面子而让步，反而觉得朱英台的不还言是因为她理亏。朱英台心里虽然装着很多天文地理文学知识，但对丈夫的辱骂却词穷得无言以对。一个坚定的念头击碎了她对以后的太多假想，她觉得她只有这样做才能拯救自己的后半生，那就是离婚。她这次必须做出决断，不能再瞻前顾后，考虑父亲的颜面，即使父亲反对，她也不能再听父亲的话了，她要为自己的人生做一次选择。想到这里，她擦干了自己的眼泪，因为她觉得已经不值得再为这段没有意义的婚姻以及将要和自己毫无关系的这个男人流一滴泪。

她一夜无眠，赵军却是呼噜如雷，就凭这一点，朱英台更坚定，他们永远都无法契合，他不可能为自己的行为心存半点悔恨。当一个人意识不到自己的错误时，那就无可救药了。她听见赵军关门的声音，知道他去上班了，便起身写离婚协议书。赵军怎么也不会想到，朱英台离婚的念头已决，在他认为两口子不就是闹闹嘛，闹完不就过去了嘛。他根本没有意识到自己的行为已经偏轨反常，深深地伤害了一个女人的心灵和自尊，这就是知识贫乏的可怜。他看也没看就将离婚协议书撕得粉碎，他想如果离婚了，怎么给父母交代，村里人又会怎么看自己，所以这个婚坚决不能离。于是，他就开始道歉认错，看着朱英台无动于衷，他干脆跪在她面前左右打自己耳光，边打边忏悔："只要你能不离婚，我把那天打你的双倍惩罚自己，我保证下不为例，但你必须明白，我真的是太爱你，就不允许别的男人多看你一眼……"他说着哭着，说得真诚哭得伤心。在他软缠硬磨，好话说尽后，朱英台还是妥协了，答应再给他一次机会。

此后的日子倒是多了一些安宁，但朱英台感觉两个人之间却有着一种无法逾越的距离，那道伤痕怎么也不能愈合，但只要赵军不再像以前那样，就这样过吧，也许慢慢会好的，时间是治愈一切伤痛的良药。

江山易改，本性难移。正在朱英台准备努力忘掉以前好好过日子时，赵军的本性又暴露了。那天他上中班十二点下班回来，刚走到院子里，正好碰到那次开玩笑想吃媳妇奶的那个同事，他顿时心生疑虑，这么晚了他去他们房间那边干什么……

朱英台新买了一本小说，一读就放不下了，不知不觉已经十一点多了，她强迫自己放下书必须睡觉，明天还要上班呢。她刚脱了衣服准备穿睡衣时，赵军突然开门回来了。他一进门看到朱英台这个时候了还没睡，而且光着身子穿衣服，一切都好像顺理成章。他指着媳妇问：“你刚才干啥了？”

朱英台不假思索地回答：“没干啥呀？”

赵军眼前又出现了刚才碰见那个同事鬼鬼祟祟的样子，就更加怀疑地问：“刚才有没有人来咱们房间？”

朱英台穿好睡衣躺在床上说：“你神经病一样，这么晚了谁来干吗？”说完她转身准备睡觉。

这时，赵军忽地揭开了被子去撕扯妻子的衣服，朱英台莫名其妙地一把推开他质问道：“你怎么了？要干什么？”

“我要干什么，你说我要干什么，我要检验一下你，让我明白刚才有没有人碰你。”他这么一说，朱英台一下子明白了，她全身的血都聚集到了大脑，只感觉到大脑嗡嗡作响，她起身狠狠地给了赵军一个耳光，说：“你还是个人吗？”

“如果你没做不要脸的事就让我检验一下，要不你就是做贼心虚。”

“你连自己的老婆都不相信，你还配做男人？”

朱英台的这一句话激到赵军的痛处，他几乎是失去理智地撕扯着妻子狂怒道：“你是不是觉得有人比我更像个男人？你早怎么不说我不是个男人，现在是不是和别的男人一比较才觉得我不是个男人啊？”

朱英台已经觉得没必要对他解释什么，就故意还击道：“就是，怎么了，所有的男人都比你强，这个世界上唯独你不是个男人。”

赵军一把撕开了妻子的衣服，在她身上一阵狂抓乱咬。朱英台感觉眼前的这个人已经成了魔鬼，这哪里是一个丈夫对待自己的妻子，分明就是一个暴徒在强奸。朱英台顺手拿起床头的烟灰缸砸在了赵军的背上，妻子的反抗无疑更加激起了他的愤怒，他大脑里不停闪过妻子和别的男人在床上的画面，使他更加失去了理智，一把夺过烟灰缸向妻子的头上身上无情地砸去。朱英台被赵军死死地压在身下，连抵抗的丝毫机会都没有，她头破血流，浑身疼痛，赵军还是没有停下来。她看到赵军眼里充满的杀气，突然感到了一阵惧怕，惧怕自己命丧他手，就不顾疼痛，也顾不了面子，撕心裂肺地连哭带喊。每次无论赵军怎么闹，她都是忍着不吭声，怕其他人听见看笑话，怕自己在同事面前丢人没面子，当她感觉自己的生命受到了威胁时就顾不了那么多了。

朱英台的哭喊声招来了隔壁对门的同事，他们开始还以为只是两口子斗斗嘴，最大就是互相推搡拉扯，却听见里面是真打真哭，怕真闹出个人命，几个小伙子三两下就撞开了门，将丧心病狂的赵军从快要奄奄一息的朱英台身上拖了下来，赵军不但没有意识到自己下手重了，还依然不依不饶。这时赵军的师傅闻声赶来，一看朱英台伤势严重，再看赵军还是气势汹汹，就上前给了赵军一个耳光才浇灭了他的气焰。李师傅一边安顿其他人赶快将朱英台送职工医院，一边向赵军训斥道："你真是让我刮目相看了，哪有这样往死里打自己媳妇的，没看出你还有这二杆子劲。"

赵军看到朱英台被大家七手八脚抬着去医院，才猛然清醒了一样，跟着大家出了门。"朱英台住院了，大脑失血严重，两根肋骨断了……"这是百子沟煤矿每个人见面的第一句话。赵军不知是真的忏悔，还是不想失去朱英台，他对病床上的妻子照顾得无微不至。可朱英台不睁眼不说话，她一眼都不想再看到这个让自己伤痕累累的男人，只想让自己尽快好了，这次一定要和他做个了断，这样的婚姻真的是坟墓，她不想这样早早地将自己埋葬于这座坟墓。

随着朱英台的一天天恢复，赵军越来越紧张，这段时间经过反思，同事们议论，老丈人和师傅轮番教训，他也深知自己这次做得过分了，他的暴力给妻子带来了双重伤害。从朱英台对自己的心灰意冷和绝望，他知道这次她不会就这样罢休，上次她已经原谅了他一次，他也保证下不为例，没想到这次却是变本加厉。就在赵军每天提心吊胆时，朱英台终于开口说话了，虽然只有短短的几个字，却字字不容置疑。朱英台背对着赵军说："我们离婚吧。"

虽然这样的结果早在他的意料中，但他还是不能接受，更不愿面对。

赵军痛苦地咽了口唾沫，没有底气地说："我知道我错了，你再给我一次机会吧，我这次绝对保证下不为例，只要你能原谅我，我以后一定加倍对你好……"他说得语无伦次，不知道自己该怎么说才能挽留妻子的心。

"没有机会了，我不会为了婚姻用自己的生命去做代价。"朱英台依然背对着赵军坚定地说。

"我这次绝对保证，我给你写保证书，你再相信我一次……"赵军几乎哭着哀求道。

"你的机会留给你自己吧，我心已决，没有余地，你也不用再说了。"

赵军也能听出朱英台离婚的决心，他又一次跪在地上，呜呜地哭了起来。

"婚姻不是勉强的，这样两个人都痛苦，你走吧，我没有力气说更多，只有一样不可改变，那就是必须离婚。"朱英台长出了一口气说。

当赵军知道仅靠自己的哀求和眼泪留不住朱英台，更挽救不了自己的婚姻时，就在妻子的面前变着法子自残。无论他怎样用烟头烫自己，左右开弓地打自己耳光，朱英台依然无动于衷，他就威胁妻子："你如果离婚，我就死给你看……"

赵军的极端行为更加坚定了朱英台离婚的决定，她感觉到赵军已经不是一个正常人的心理，而到了一种心理变态的地步，跟他多相处一天，她觉得随时都有悲剧重演的可能，所以她必须得尽快解决。但赵军又这样死缠烂磨，婚怎么能轻易离了。无论用什么方式，朱英台一定得先离开赵军，她一天都不想再受这种精神上的折磨了。

晚上，在赵军上晚班的时候，朱英台简单地装了两件衣服，留了一张纸条，搭了一辆拉煤车离开了百子沟煤矿，结束了他们短暂的婚姻。

朱英台离开后，赵军的心里全被自私与怨恨所占据，逢人就拉着说："你说我冤不冤，亏不亏，娶了个媳妇三天没到黑却跟着别人跑了。"还没说两句身边早没了人影，他就恍恍惚惚，自言自语："怎么就没人听我说呢？"

她的爱情谁做主

唢呐是村子里祖祖辈辈都离不开的一项技艺，无论谁家有个婚丧嫁娶，都少不了请几个吹手，有了唢呐声就有了仪式感。村子里的人和嘹亮高亢或低沉哀伤的唢呐声同欢乐共悲伤，他们的喜怒哀乐与悲欢离合都在唢呐的笛眼里跳跃和涌动。

今天是小薇结婚的日子，对方迎亲的唢呐声悠扬绵长，喜庆欢快。这样的喜庆惊扰了枝头上的麻雀，它们叽叽喳喳，似乎比往日更加喧闹，从这个枝头飞到那个枝头，互相传递并分享着这份喜悦。小微坐在婚车内，外面的唢呐声让她感觉不到丝毫的喜庆，反而使她更加心烦意乱。她无法形容自己此刻的心情，真的是五味杂陈。对父母的留恋不舍，对现实生活的心灰意冷，对爱情的不甘……一想到爱情两个字，她的心不由一阵抽搐和刺痛，她真的不甘心。百年才修得同船渡，那么两个相知相爱的人需要修多少个百年呢？这么来之不易的缘分却硬生生地被阻止，甚至扼杀，她想人世间最大的痛苦莫过于此吧。她怨父母的自私，更恨自己的软弱，但在父母这辈人的观念里，任何情况下爱情在亲情面前永远都微不足道，如果为了爱情背叛亲情，那就是无法原谅的大逆不道。面对父母的这些老观念，小薇无法抵抗，她宁可伤自己也不能去伤父母的心。

小薇掀起头上沉重的大红盖头，透过车窗看着围在自家门口的远亲近邻们，一个个抽着奢侈的红塔山，或者嘴里噙一颗喜糖，你一句他一句地夸赞着新女婿长得多俊，赞叹婚礼车队的气派。每一句话都像糖一样甜到父母的心里，她从来没有见过他们笑得这样开心幸福。王婶凑到母亲旁边满是羡慕地说：“小薇有福气，找了个城里的好婆家，你们老两口以后也要进城跟着享福呢！”

母亲虽然谦虚，却无法掩饰地挂着满脸的笑意应和道：“那是小薇的福气，只要她过得幸福，我们哪都不去，还是守在咱家里舒畅。”

“是啊，你们就小薇这么一个女儿，她走哪肯定会把你们带哪的。”

“就是的，到时别瘦狗不宜人敬，不跟娃去享福却瓜瓜地守着你这三间烂房。”

“也不说跟着娃常住，隔三差五进城散散心，见见世面也好。”

她们说得兴高采烈，母亲也心花怒放。从来没见母亲笑得这样好看，慈祥的脸庞上像开着两朵菊花一样灿烂。

父亲更是跑前跑后地招呼着客人，第一次这样大方的一根接一根发着烟。他今天突然好像年轻了好多，走路脚下轻快麻利，说话的声音特别大，背也没往日那么驼了……

小薇本来复杂沉重的心情也被他们感染了，嘴角不由也露出了一丝微笑。她想，如果用她的爱情作为牺牲来换取两个老人的安心，那么这份牺牲是值得的。父母一辈子就她这么一个女儿，一直是他们心里最大的缺憾。母亲生了六个孩子，个个都让母亲倍受十月怀胎的艰辛，一朝分娩的疼痛，却个个一生下来就毫无生息，以对父母最残忍的方式，还没开始就向这个世界告别。他们可以没有任何感觉地想来就来，想走就走，可每一次都让可怜的父母痛不欲生，任何一个孩子的命都连着父母的心，尽管他们在母亲的肚子里只待了十个月，但一样是母亲身上掉下的肉。

小薇是第七个孩子，生下来是唯一一个有声息的，尽管那微弱的声音好像命悬一线，但在父母的尽力抢救下，她奇迹般地活了下来。从此她便是父母的宝，处处小心翼翼，生怕她再有个三长两短。还专门为她求得长命锁，每年腊月二十三，父亲都会虔诚地请回灶神，将母亲用心准备好的祭品摆上，同时也将小薇的长命锁放在面前，点上两根蜡烛七炷香。父亲庄重严肃地做完这些后，就拉着小薇一起跪在灶前，等到香燃完了，再磕三个头，然后才将长命锁戴在小薇的脖子上。每当此时，父亲都会如释重负一样长长地出口气，好像给女儿戴上的不仅是长命锁，还有神的护佑。他那样虔诚，必定会换来女儿的平安健康。刚开始，小薇看着父亲特别庄严地做着那一系列动作，陪着父亲一起跪下觉得神秘而好玩，最重要的是等跪完了，就可以吃那些给灶神祭过的好东西。后来，她对那些事不再感到新鲜和神秘，也不相信那所谓保平安的长命锁，就不愿再陪父亲跪了。但无论她怎样反驳和逃避，都拗不过父亲的坚持。母亲说，只要神保佑到了十二岁，小薇就不用戴那长命锁了，就可以一生平安了。也许真是神的护佑，她小时候很少生病，一路顺顺当当的，从一个黄毛丫头长成了大姑娘。让父母越来越踏实，更没有辜负父母对神的忠诚信奉。唯一的遗憾就是她中考落榜，但这在父母的眼里并不那么重要。当她垂头丧气时，父亲若无其事地说："只要你健健康康的，高高兴兴的，比啥都强，念书多了费心费脑又伤身，回来了好，好好在我们身边陪几年，再给你找个好婆家，这就大事怡然了。"

那天见面，小薇的新郎官一身西装革履，看起来端正挺拔，人人无不夸赞，可小薇心里一点也喜欢不起来。她想，此刻如果她是小荣的新娘，眼前又会是一番什么样的场景呢？首先父母的脸上一定是愁云密布，作为任何一个父母，都不会看着女儿嫁给一个残疾人，尽管他们是相爱的。一想到郑小荣这个名字，眼泪瞬间模糊了她的眼睛。她今天在别人眼里所谓的幸福是郑小荣狠心做出的了断换来的，他为了她的幸福，放弃了他们的爱情。她不知道，他是经过了多么矛盾的选择，承受了多么大的痛苦才做出的决定。命运对他太不公平，剥夺了他健全的身体，还让他失去爱情，这双重的打击他是怎样一个人承受的。小薇任凭眼泪浸湿了那火红的嫁衣，她想要是这眼泪能冲走自己的无奈和不甘，也能淹没郑小荣的痛苦该多好。

母亲将头伸进车窗，抹着小薇脸上的泪，有点哽咽地说："男大当婚女大当嫁，谁都要经历这场离别，别难过，想家了随时回来，妈给你做你最爱吃的……"

小薇听母亲这样一说，不由哭出了声，当她看到父亲也站在一边抹眼睛时，就强忍住了哭声说："爸，妈，你们一定照顾好自己，我会常回家看你们的。"

小薇的新郎官叫黎军，也是个性情中人。眼前的母女离别也让他眼泪吧嗒，他拉起小薇的手，隔着窗子说："爸，妈，你们放心，我一定会替你们好好爱护小薇，等过一段时间，我就回来接你们。"

王婶拉着母亲的胳膊说："今天是小薇大喜的日子，你看女婿说话多暖人心，我们都该高兴才对，这样哭哭啼啼让娃怎么能放心。"

经王婶这么一说，母亲也站直了身子，抹干了眼泪。父亲故意放大声音说："时间不早了，快走吧。"

随着婚车的慢慢启动，母亲、父亲都被留在了车后，黎军轻轻地揽住了小薇因哽咽颤抖的肩膀。小薇闭着眼睛想，这也许就是生活，总会留下一些念想和遗憾。她将开始自己的生活，希望小荣也能将他们曾经花前月下的美好藏在心里，变成回忆，成为他开始自己新生活的动力。

"轰隆隆"一声雷鸣，接着划过一阵闪电。这样的电闪雷鸣使小薇更加着急，越是着急那自行车链条越是不争气，无论她怎样着急，就是安不上。雷声越来越大，还刮起了风，看来一场大雨马上就要来临，她急得满头大汗，想哭都顾不得。正当她蹲在地上，一边安装那自行车链条，一边骂它不争气时，一阵"丁零零"的自行车铃声吓了小微一跳，让她又惊喜又害怕，惊喜的是在这前不着村后不着店的漆黑夜晚，至少让她感觉到了有人存在，但接着又害怕遇到坏人。她已经无心顾及车链条了，而是紧紧地盯着那个越来越近的身影。随着自行车越来越近，一个身影跳下自行车问道："你的车子坏了吗？我来帮你吧。"

小薇不知所措地站起来，借着闪电的光亮，她看到蹲在自己自行车旁的也是个学生，因为他肩上也背着书包。

不一会，他站起身来告诉她："车链条已经安上了，你也是放学回家的吗？是哪个村的？"

"我是李家村的。"她小声应道。

"那你是几年级的？"他一边推自己的自行车一边问。

"七年级一班的，你呢？"她放下心说。

"我是七年级三班的，叫郑小荣，是安里村的，正好路过你们村，也顺便可以送你一段路。"他自我介绍道。

她想，人生中所谓的最大幸福应该就是如此吧。在你极力需要什么时正好就能得到什么，那就是最大的幸福。比如躺在病床上的亿万富翁，他需要的不再是物质，而是健康；一个困在沙漠里的人，你给他一壶水远比给他一块金子更有价值。就如她一样，在这风雨来临，空旷漆黑，车子坏了的夜晚，这个郑小荣的出现和帮助比什么都重要。她每次走在路上都幻想自己如果能捡到一百块钱该多好，但此时如果真有一百块钱放在她眼前，也比不上郑小荣的相助。她是发自内心的感激眼前这个陌生男孩不但慷慨地帮了自己，还给她带来了安全与踏实。

就这样，他在前面给她开路，她在后面蹬着自己发出各种噪音的自行车，尽管她感到吃力和尴尬，但却不再害怕。不一会儿，她已经能看到家里的后窗透出的暗黄灯光，心里一下子就更加踏实了。每次放学回家，白天只要一看到那被风吹雨打得残缺不齐的屋顶，她心里就瞬间暖融融的。尽管它像一个苟延残喘的老人，却依然顽强地挺立，为他们一家人遮风挡雨。晚上，远远看见那束灯光，她就看到了方向，那是家的方向。此刻，母亲一定蹲在灶前不停地添着柴火，正一遍遍地为她加热饭菜，将一个母亲的等待和牵挂全部注入到那一簇簇的火焰里。父亲正来回徘徊于屋子和大门口之间，努力倾听她那自行车的踢踢踏踏声。只要一听到那熟悉的声音，就一边向屋内吆喝：“快端饭，娃回来了！”一边迎上来接过女儿的自行车，催她快回屋吃饭。

也许是因为今晚电闪雷鸣，也许是因为有人陪伴，她感觉时间比往日快了好多，不知不觉就到了家门口。小薇跳下自行车，向前面的郑小荣说：“我到家了，你走快点，快要下雨了。”

郑小荣也下了车子说：“你回吧，我也快到了。”

刚要走突然又回过头来对小薇说：“明天早上等我，我叫你，我们一起走。”她还没反应过来，他就走远了。小薇站在原地，借着闪电的一丝光亮，望着他远去的身影忽隐忽现，直至什么也看不见了，她才收回目光。一想到明天早上有伴了，她感到从没有过的高兴，也多了一些期盼。她突然又想，他是不是就是那样随口一说，明天早上他会不会忘了自己刚才说的话呢？高兴之余她又不由多了一丝失望和担忧。

这时，父亲出来了，接过自行车焦急地问：“马上就是大雨，你还发啥愣呢？”

小薇没有应声跟着父亲往回走，心想，他是不是认真说的，等明天就知道了。即使明天早上他失信，她也没有理由怪人家，他们只不过是陌路相逢，他今晚的相助已经让她很感激了。

小薇刚走进门，天空一道刺眼的电流划过，哗啦啦的雨点就像倒珠子一样倾泻而下。小薇的母亲一把拉进女儿，看着院子里一下子铺天盖地的水流，老两口高兴地齐声说：“这雨也长眼睛，不淋有福之人。”小薇深信父母的话，至少今晚她验证了自己的福气。借父母吉言，但愿自己这辈子都是个有福气的人。

母亲揭开锅盖，端出冒着热气的饭菜，父亲便催着女儿赶紧吃饭。可小薇不停地看着外面越下越大的雨，心慌意乱地吃不下饭。她担心郑小荣有没有被淋到半路，如果不是为了给她修车，他早就到家了，如果不是因为她的自行车走不快，他为了等她而放慢速度，他也早该回家了，她越想越心神不定。

伴着小薇那自行车的叮叮咣咣声，郑小荣心里尽管很是着急，还是尽量蹬得慢一点，他不能抛开身后的柔弱女生自顾自地走。虽然他们素不相识，但在这样的情况下，他觉得他有责任保护她。她终于到了家门口了，他也松了一口气。本来把她送到就完了，也就没他的事了，可他也不知道为什么，腿都迈上自行车准备走时，却回头叮咛让她明天早上等他，说完这句话，他没等她回应就如离弦之箭冲进了夜色。他想，他说得那样急，她有没有听见，如果没听见呢？那他不是白说了。铜钱般大的雨点已经打在了他的头上身上。已经容不得他多想了，反正他已经说出去了，明天早上叫她，她等更好，不等也罢。眼前最重要的是要以最快的速度冲回家，不能被淋成落汤鸡。他一口气蹬车到了家门口，幸好只淋湿了一点点。尽管因为一个素不相识的同学耽误了他的时间，还差一点让他淋雨，可他心里美滋滋的。至少因为他的帮助避免了一个女生遭到暴风骤雨的袭击，这是一种成就感。这种成就感让他飘飘然，也能说得过去。

小薇匆匆地吃了两口，说作业多就借机摊开了书本坐在窗前，看着外边越下越大的雨，她盯着作业本发呆，依然在惦记着刚才那个叫郑小荣的男生。她为自己的心慌意乱努力地寻找一个理由，那就是担心他因为自己而淋雨，如果不下雨的话，她想她是不会这样的。

她比往日起得早了许多，收拾好书包，等着他叫她。“丁零零……”一阵自行车铃声让她既惊又喜，她知道一定是他。当她急切地走出家门时，果然是他。

“走吧！”简单的两个字打消了她所有的猜想。说完他依然走在前面，她跟在后面。她明明是那样地想知道他昨晚淋雨了没有，想过无数遍的话，这会却一个字都说不出来。一路上，她都重复着一个动作，话到嘴边又竭力咽回去。他们一路无语，只有她那破自行车发出的噪音伴随着他们的沉默。到了校门口，他们都下了车，没有了那自行车的噪音两个人之间更加安静。她鼓足勇气问道："你昨晚淋雨了吗？"

"没有，赶在雨前到家了。"他笑着回答。

听到他说没淋雨，她如释重负地长出了一口气，快步走进了校门。

放学的铃声打破了校园的宁静，同学们一个个冲出教室。随之，校园里一片沸腾。小薇推着自己的自行车走出校门，那个让她心跳又惊喜的身影远远地站在那里，他分明是在等着她。她喜悦的心情都体现在轻快的脚步上，快步走到了他面前。此刻无声胜有声。她走近了他，彼此没有一句话，不约而同地骑上了车。就在她骑上车子的一刹那，心情一下子沮丧到了极点，最让她头疼的事情发生了，破自行车又没气了。她无奈地跳下自行车，无助地站在原地，脸气得通红，眼里含满了泪水。

"怎么了？"他转身问道。

"车胎没气了。"她带着委屈的哭腔说。

他掉头回来，看了看那贴在地面上的自行车胎说道："没事，你骑着我的车先走，我把你的车推到修理部，然后跑步来追你。"没等到她说话，他就接过她的自行车快步向街道走去。她傻愣愣地站在原地，透过朦胧的泪花看着他那高大的背影，矫健的步伐，好像看到了父亲的影子一样，每在她遇到什么困难时，只要父亲一出现，她就什么都不怕了。此刻，她突然感受到了来自父亲般的呵护，让她感觉踏实又安稳。她走近他的自行车，按着好像还留有他体温的车把，一种亲切感油然而生。她打算就在原地等他，他能步行着为自己去修车，不怕时间紧迫迟到了被门卫挡住罚站，她怎么忍心一个人走。要迟到一起迟到，要罚站一起罚站。她突然有一种同甘共苦的感觉。

不一会，他满头大汗地跑了回来，喘着气问："你还傻站着干吗？怎么不先走呢？不怕下午迟到啊？”尽管他的语气里充满了一丝埋怨与责怪，但她知道那是善意的。就这一句埋怨的话，一个责怪的眼神让她觉得他们的距离近了好多。

他接过自行车，体现出一个大男人的风范，干脆地说：“走，我带你走吧。”她坐在他的自行车后面，第一次这样近距离坐在一个男生的自行车后面，让她紧张得大气都不敢出。车子飞快地奔跑在回家的路上，他身上的青春气息伴着清凉的风扑面而来。她微微地闭上眼睛，尽情地感受着这种从没有过的安全感，这是属于她一个人的感受和秘密。突然间，她的脑海里浮现出了电影《人生》里刘巧珍坐在高加林的车子后面，一群调皮的孩子追着他们使劲地一遍遍喊着高加林和刘巧珍的名字的浪漫画面。她幻想自己也会有那么一天，和自己心爱的人以那样的画面出现的村里的路上，也有那么一群孩子喊着他们的名字一路追跑，想想那该是多么幸福的事。此刻的场景尽管和那画面有点相似，但不同的是他们之间只是同学，却似乎比同学还近了那么一点点。

快走到家门口时，他开口说道：“你吃了饭等我，如果去了还有多余时间，我把修好的车子顺便推到学校，下午放学我们就可以直接回家了。”他将下午的事安排得妥妥当当，让小薇心服口服，她只有听从，没有半点理由补充一个字。看着他飞快地消失在村口，她心情愉快地跨进家门，哼着小调跑回厨房以最快的速度消灭了两个馒头。又来回哼哼着流行歌曲穿梭在两个屋子中间，母亲看着女儿像只欢快的小鸟一样又跳又唱的，有点奇怪地问：“小薇，今天有啥高兴的事呀？”

小薇突然有点不好意思地说：“没有高兴事就不能哼两句呀？你希望我每天都死气沉沉的吗？”

母亲笑着对女儿说：“我当然希望你每天都这样高高兴兴的，对了，你今天回来好像没骑车？”

母亲这样一问，小薇的心里更像两只小鹿在踹一样，欢快地跳动，她极力掩饰着自己内心的欢快装作平静地说：“车胎没气了，在修理摊呢。”

母亲听了紧张地问：“车子又坏了，那你怎么回来的？”

“跑回来的呀！”她都能感觉到自己的语气里充满了一种轻快。

“那你今天回来怎么没哭丧着脸？反而是阴转晴！”

她依然兴奋地哼着歌装出一副调皮的样子答道：“因为我长大了呗！”

母亲似乎也被女儿的情绪所感染，跟在她后边问长问短。

小薇看时间差不多了，就准备边走边等，她怕在家门口被母亲看见，又得问个没完没了。她走着想着，从来没觉得上学会如此美好，也不曾想过会在放学路上邂逅一段友情。“哧”的一声，他将车子停在了小薇身边扭头说：“走吧。”小薇轻快地一蹦就坐在了他的车子后面，这次已经没有了第一次的别扭，很是落落大方。

尽管她知道自己的车子还在修理摊，但她一点都不着急和担心，上课时思想也不再抛锚，总想那车子好着没，能不能将自己顺利驮回家。放学了，她走出教室意外地看见了自己的车子在自行车棚里格外醒目。看到被修好的自行车，她如同看见了他一样心存感激。她还沉浸在对他的感激中时，身边响起了一阵自行车铃声。她转过身时看见他正冲着自己笑，那笑就像一股清爽的春风瞬间让她身心愉悦。他们没有一句话，心照不宣地推着自行车随着拥挤的车流走出了校园。

“你感觉车子是不是轻多了，我让那师傅挨着整修了一遍。”他放慢了速度，和她并排走着问。

“是，轻多了，也快多了，谢谢你！”她喜忧参半地应着。

她知道这次修车肯定又花了不少钱，她也知道家里最近连买化肥的钱都还指望猪圈里的两个猪娃，她怎么向父亲开口，即使开口也是让父亲更为难。她一路再也高兴不起来，思前想后，左右为难，脸上更是愁云密布。

快走到家门口了，她觉得还是应该问他的，不能让人家跑了路还要垫上自己的钱，就小声问："今天修车花了多少钱啊？我明天还你。"

看着她一路若有所思的样子，他心里早就明白她是为什么而发愁，就若无其事地应道："没花一毛钱，我从家里拿了一条自行车旧胎，给了那个修车的师傅，一条整胎要补多少次，那师傅高兴还来不及呢，就免费给咱补的，而且以后去补胎都是免费的。"

还没等她反应过来，他已经走远了。她再一次久久地凝望着他远去的背影，忽然两团泪水涌满了眼眶，她知道她已经不是感激，而是感动。

紧张的初三冲刺阶段在他风雨无阻陪她回家、等她上学的三年中如期而来。这三年里，她再也不用害怕天黑，她们上晚自习无论多晚，他总会默默地在教室外等她。她上学也不用担心睡过头，她总会提前半个小时就听到那熟悉的一长两短的自行车铃声。那铃声是他们之间最默契的信号，更是连接他们心灵的桥梁。

郑小荣在班上一直都是成绩最优秀的尖子生，表现最突出的班干部，无论是老师还是学校领导，都对他寄予了厚望，都相信他是品学兼优的好学生，都鼓励他继续上高中，将来一定会上个好大学。在这一点上，他自己也很自信。他相信通过自己的努力，一定会改变父亲为了他能跳出农门而日复一日年复一年的矿工生涯。虽然三年来，他和小薇形同好友，亲如兄妹，他们彼此的心思尽管没说出片言只语，但两个人都心领神会。他知道小薇是喜欢他依赖他的，她也明白自己在他心目中的重要位置。虽然两个人有时一天也说不上几句话，但只要一个眼神足够让他们感觉到对方的心跳。

填报志愿是关系着每个人命运的关键时刻。星期三的最后一节全校劳动课结束后，他们俩不约而同来到学校后面的小树林里，心领神会地坐在了一块水泥板上。树林里一片宁静，将喧闹的校园好像隔在了另一个世界，只有小鸟的叽叽喳喳声。小薇心事重重地说："我想上高中考大学，但家里的条件你也知道，父母就是靠那几亩地，没有什么收入，能把我供到现在已经不容易了。所以我就考个中专算了，早早为父母减轻负担，他们就我这么一个女儿，我只想让他们早一天解脱。”她手里玩弄着一片树叶，盯着自己手里的叶子轻轻地说。

小薇说完这些，两个人都陷入了沉默。郑小荣看着一脸沉重与迷茫的小薇，他突然觉得自己此刻应该给她建议和安慰，并理解支持小薇的想法和决定。三年来，他第一次用手按住小薇的肩膀，他的动作分明让小薇惊讶，他只想给她一份直面困难的力量。

小薇当然懂得他那一个小小动作的深情用意，就接着说：“你学习这么优秀，应该上高中考大学。”

郑小荣沉默了一会说：“老师和家里人都建议我上高中，你也这么支持我，面对这么多的支持和厚爱，这个高中我一定得上。”他停顿了一下又说：“小薇，我现在还没有资格给你更多的承诺，但无论你对自己的前程做出什么样的选择，我都会理解你，请你相信我，对你的关心和呵护我永远都不会改变，等我以后有了足够的资本，再给你承诺并兑现。”

小薇对这一天幻想过，也期待过，虽然郑小荣简单的几句话算不上什么山盟海誓和爱的表白，但已经足够让她心跳。因为她懂得，他们之间根本就不需要过多的语言承诺，那么几句只言片语足够让她相信他，相信时间与距离都不会改变他们的情感。她抬起头第一次这样近距离地看着他，眼里闪着泪花，却一个字都说不出来。当他们四目相对的这一刻，两股青春的激情在燃烧。

当两颗心已经毫无保留地呈现在对方的面前后，小薇鼓足勇气地问了一个实质性的问题：“你以后上了大学，会去大城市，而我注定这辈子要留在这里，照顾父母，我们以后的路怎样走，现在还是个未知数。”

“这个问题我早已想过了，你放心吧，我骨子里流着这里的血，我心里扎着这里的根，我以后要报考师范专业，大学毕业了就回来，为咱们县的教育事业添砖加瓦。我还想着，最好能让我在咱们镇，在咱村里的学校当老师。在我们所处的这个现实社会，天下熙熙皆为利来，天下攘攘皆为利往，老师这个称呼和职业，已经不是很多人择业的首选，也成了就业里面的冷门，但我却不甘心。在很早以前，有一个叫陶行知的学者，他留学美国等多个国家，先后在南京和东南大学任教，他深知一个国家贫穷落后的病根乃在教育。以他当时的身份和地位，本可以成为人上之人，而他却把目光放在了中国的最底层。他振聋发聩地说，中国以农立国，百分之八十以上的人生活在农村，所以中国的教育必须在农村振兴。他那样说就那样做了，他坚定地脱下西装，放弃自己大学教授的优厚待遇，推行平民教育。你知道吗？那需要什么样的人格高度，他当时一个月的收入就是四百大洋，那时候在北京买一座四合院只需要他三个月的薪水而已，而他却放弃了这一切，这有几个人能做到？他去了南京郊外一个极为落后贫穷的村落，开始了他的教育生涯。他为了取得当地农民对他的信任和支持，他住的是牛棚，带领学生耕作劳动，自己建校舍，免费施教。他说他培养的不是高高在上的知识分子，而是愿意和自己一样的普通老师。渐渐地，那个极不起眼的小学堂，从几十人壮大到数百人众。短短几年时间，他的平民教育在全国各地的农村如雨后春笋般破土而出。最后他积劳成疾，死在了为中国教育崛起的路上，千千万万的农村贫苦老百姓哭着为他送行，宋庆龄亲笔为他题写了四个苍劲大字‘万世师表’。这四个字在中华民族无比隆重，这四个字从古到今都是那些人格典范和精神导师的唯一代名词。陶行知以他的生命质量重新撑起老师这两个字的沉重分量，以他的生命光亮重新点亮老师这两个字的生命光华。我在他的身上找到了自己的定位和方向，将为人师者活成他那样的大写模样。所以，我决定以后要做一名普通的农村老师，实实在在地为家乡教育做点事。每想到这些，我就热血沸腾，激动不已，好像真的已经看到了一个热情洋溢的老师站在讲台上，拿着粉笔，为孩子们在黑板上书写知识，领着朗读课文，那美妙的声音回荡于整个村庄。到那时，我还更需要你的帮助和支持，说不定我们还可以一起教孩子们。所以，你我都不用担心以后我们因为距离而分开。”他激动地一口气说完了这么多。

小薇惊愕地半张着嘴，一双眼睛专注地盯着郑小荣的脸，对这个一直让自己依赖欣赏的男生更加敬佩和仰慕。她在他的身上总会学到一些在书本上学不到的东西，她第一次在他这里听到了“万世师表”的陶行知。

小薇满脸敬仰地说：“你就像一本书，永远有着我学不完的东西，你让我第一次看到你的宏伟理想，虽然没有那么轰轰烈烈，但却意义深远。你就像一盏灯一样，总会照亮我的灵魂。所以，无论以后遇到多大的困难和阻力，即使全世界人不支持你，我都会和你站在一边，和你一起圆你振兴教育的梦想。”

初三（三）班的教室里一阵混乱，老师同学们都手忙脚乱，门前窗外也围了一圈外班的同学。

同学们纷纷议论着：“今天早上他还好好的，怎么突然就病倒了，而且看起来还挺严重。”

“是啊，早上体育课老师不在，还是郑小荣组织大家上的体育课呢。”

“就是，他疼得都休克了，肯定不轻。”“郑小荣”三个字像炸弹一样让小薇轰地一下，她一把拉住正在议论的同学，急切地问：“郑小荣怎么了，他出什么事了？”

“他上课时突然腿疼，被同学送医院去了。”

怎么好好地会腿疼，从来都没听他说过腿疼，他每天都要打篮球，两条腿跑起来潇洒自如、健步如飞，是不是打篮球时脚崴了……她一会焦急如焚，一会自我安慰。一定是脚崴了，好好的怎么可能会是别的。

正在上语文课，郑小荣突然感到右腿疼，他也没在意，但接着一阵比一阵疼，开始还能忍住，慢慢地就忍不住了，他感觉全身疼得抽筋。为了不影响上课，他硬是咬牙忍着，老师看到他满头大汗，脸色煞白，刚想问他怎么了，随着他的话音，郑小荣已经顺着桌子倒了下去。这么突然的事，班里一下子就乱了套，同学们着急得不知从何下手。在老师的指挥下，几个同学背的背，抬的抬，将他送去了医院。

“天有不测风云，人有旦夕祸福”，有时候幸福与灾难总是在我们毫无防备时便悄悄地降临。幸福来得悄然，灾难来得突然。

郑小荣很快抢救了过来，却无法诊断出是什么病，医生建议赶快去大医院检查。老师隐隐感觉到了郑小荣的病情严重，就打发同学快去通知他的家长。

当郑小荣的父亲赶到医院时，看到儿子打着吊瓶，插着氧气管。医生给他用了止痛药，虽然没有刚开始那样疼，但还是不停地呻吟着。父亲一看好好的儿子突然成了这样，他已经带着哭腔不知所措。“赶紧送孩子到大医院做检查，别耽搁时间。”医生的话点醒了他。父亲这才抹了一把脸，跟随救护车将儿子送往大医院。

经过检查，郑小荣父亲心急如焚地等着结果。报告单出来了，医生一脸凝重地看了一眼郑小荣父亲，然后又看着检查结果几次欲言又止。郑小荣父亲紧张地看着医生问道：“医生，我儿子是啥病？”

“你儿子平时是不是喜欢体育运动？”医生看着检查单问。

“是，他从小就好运动，爱好体育，他的腿是不是运动过度了？”

“由于他长期运动，使膝盖磨损，平时可能经常疼，他也没在意，导致现在的髌骨严重软化，在医学上叫‘髌骨软化症’。”

对于一个眼巴巴看着自己的父亲，医生实在不忍心直接告诉他儿子需要截掉膝盖，他只用了一个郑小荣父亲不懂的医学名词。

“医生，啥叫软化症，严重不严重？”

“这种病发病比较慢，如果早发现就可以早治疗，一旦像你儿子这样，膝盖以下的部位已经基本坏死，孩子还小，我们不建议保守治疗，那样慢慢地会瘫痪。老年人得了这种病可以保守治疗，因为这种病发展很慢，但对于孩子，我们不能眼睁睁地等着他有一天瘫痪。”

郑小荣父亲上牙碰得下牙咯咯噔噔地响，下巴嘴唇一起颤动着问道：“那我儿子要怎样治疗？”他声音里带着微微的哭腔。

“孩子还小，最好是截掉坏死的部位，长痛不如短痛，现在截了就等于切断病源了，虽然这样很残忍，但要想长远一点。”医生将一只手放在郑小荣父亲的肩上，看到他痛苦的样子，他也不忍心再说下去。

“我儿子还这么小，怎么会得这种病，如果截掉一条腿，他一辈子不就残废了吗？”他语无伦次地说。

“是的，我能理解你做父亲的心情，截掉儿子的腿相当要了你的命，但现在你要先放下个人情感，替儿子理智考虑，这样总比他瘫痪要强百倍，以后咱还可以给孩子做个假肢，这样他还可以正常工作和生活。”

“你不是说这种病发展的很慢吗？如果二十年，三十年后呢？”

“虽然发展慢，但不会像你说得那样慢，这也是因人而异，如果三五年，一两年内呢？这个谁也不能给你保证。”

“我儿子从念书到现在一直都是班上的一二名，他以后还要考大学，这不是断送了他的前程吗？”

“孩子的前程固然重要，但在前程和生命面前，哪个重要？”

“等他考上了大学再截掉好不好？”他像个孩子一样乞求着医生。

“到那时他会更不甘心而痛不欲生，再说这期间孩子该有多大的思想压力，他带着病痛，你保证他能安心学习，顺利考上大学吗？”医生不断地开导着。

“那我怎么给我儿子说，他怎么能接受？”

“也许你低估了他的承受能力和对待问题的态度，他已经快成年了，也许会比我们都理智。”

郑小荣父亲无助地看着医生说："那这样吧，我怕我还没说就已经挺不住了，会影响他的，你先试着给他说说好吗？"

医生点点头说："好，我来和他谈。"

郑小荣父亲看着医生拿着检查报告出了门，他瘫软地靠着墙坐在了地上。

郑小荣躺在病床上，千万遍地假想着自己的病。他觉得自己突然对生命有了更深刻的理解，第一次感觉自己对生命的依恋。只要生命还在，都会以不同的方式活出别样的风采。平原上的树苗可以没有障碍地长成参天大树，但悬崖石缝间的种子依然可以坚强地成为一道耀眼的风景。就如史铁生，他就是一个生命的奇迹，在漫长的轮椅生涯里至强至尊，一边承受着病痛的折磨，一边书写出了《我与地坛》《病隙碎笔》等著名作品。那朴实的文字间洋溢出的不仅是他心灵深处的情感，更是他对人生的思索和感悟。他顽强的生命力成了一种精神高度，一种千万读者心痛的温暖，让多少和他一样曾与生命做着垂死挣扎的人看到了永恒，走出了人生阴影和低谷，活出了生命的意义。所以，现在他只渴望自己能够活着，哪怕少胳膊短腿，他就是爬着也要爬出自己生命的轨迹。

就在他重新定义生命的价值时，身穿白大褂的医生从门里走了进来。那一袭白大褂还是让他一阵紧张，尽管他已做好了足够的思想准备，但还是有点害怕。他知道此刻的医生对他就是一个生死判官，他的宣判对一个热爱生命的人是多么重要。郑小荣紧张地看着医生，他想从这张严肃的脸上找到一个答案，一个生与死的答案。

医生笑容和蔼地坐在了郑小荣面前，他已经预感到医生这是给他下判决书前的谈话，所以他闭上了眼睛，等待着他的宣判。

一个极有磁性的男性声音传入了他的耳朵："你的腿以前疼过吗？"

郑小荣睁开眼睛，不知道医生到底要给他说什么，但还是按捺住复杂的心情回答道："疼过。"

“疼的时候是怎样的疼？多长时间疼一次？”

“不是很疼，刚开始间隔时间挺长的，最后三五天，再最后就一直疼。”

“那你为什么不告诉家里人？”

“不是很疼，我就没在意。”

“那你知不知道，现在是什么后果？”

郑小荣很想知道，但还是没有勇气问医生。他定定地看着医生等待着他下面的话。

医生看着检查结果，停顿了一会说：“听你父亲说你喜欢运动，是一个品学兼优的好学生，想必你对任何问题一定有着和同龄人与众不同的认知和理解，所以在我告诉你病情之前，你必须给我保证，一定要正确看待，每一种病都有可能在每一个人身上出现，而这种病就恰恰出现在了你身上。所以说，人生病是正常的，只要你以坚强的毅力，良好的心态去对待，就会是另一种结果，你懂吗？”

郑小荣沉住气说：“我懂，你放心吧，我有足够的思想准备，也一定能正确对待。”

“那就好，有一种病叫髌骨软化症，如果及时发现早治疗，它是能治愈的，但如果时间太长，就会引起部分骨头坏死，骨头一旦坏死有两种发展的可能，第一是瘫痪，第二是截肢，你认为哪一种乐观一点？”医生采用了选择性的方式问他。

郑小荣思索了一下说：“那就要看截的是哪个部位，截的多与少？”

“很好，证明你的思路清晰，分析准确。如果截掉的是膝盖以下的小腿部呢？”

“医生，我听明白了，这应该就是我所要面临的选择，你就直接告诉我吧。”

“好吧，看得出你的状态还不错，你得的就是这种病，左腿膝盖以下已经坏死，由于发现的时间太晚，错过了好的治疗时段，如果保守治疗，最终的后果就是瘫痪，如果截掉膝盖以下的部分，就彻底切除掉了病源，不会再有恶性发展的可能。”

郑小荣停顿了一会，有点艰难地说：“我能接受，你们安排手术吧。”说完他闭上了眼睛，两行泪水顺着他的眼角滑下。

医生握住了他的手说：“我们都低估了你，你这个孩子坚强得真是出乎我们的预料，只要你有这样一个面对一切困难的勇气和态度，相信你以后的人生不会差，坚强一点，等手术伤口恢复好了，我们可以装一个假肢，对你的生活不会有太大影响。”

郑小荣点了点头。

郑小荣要被推进手术室了，他看着一下子苍老了许多的父亲，强忍着快要流出来的眼泪，拉着父亲的手说：“爸，别担心，我没事……”父亲早已是老泪纵横，泣不成声。

自从郑小荣不在的日子，小薇四处打听，却毫无音讯。虽然是初三的关键时刻，可她怎么也把心放不到课本上，人坐在教室，大脑却是一片混乱。她不知道郑小荣到底得了什么病，而且突然这样严重。她第一次体会到了什么叫魂不守舍和度日如年。

郑小荣躺在手术台上，明亮的灯光好像要穿透他的五脏六腑，使他感觉浑身冰冷。他伸手摸着自己的左腿，突然感觉像要失去整个世界一样失落。为了宽慰父亲，他努力克制自己的情绪，医生护士都说他坚强，殊不知他平静的外表下是怎样的一种心情。有谁能眼睁睁地看着自己的一截腿快要没了，还能平静如初？何况他的人生才刚刚开始，他的父母需要他照顾，这个家还需要他以后去支撑，还有他对小薇的承诺，接下来是否能够实现自己的理想已经成了一个未知数。所以，他必须得坚强，他不会因为少了一截腿就不顾自己的责任、诺言和理想，只是做起来肯定比别人辛苦艰难很多。医生告诉他之前，他害怕的是他的生命受到严重威胁，这样的结果尽管残忍，但比他担心的好过了上百倍，因为除过这条腿，他依然认为自己是一个体魄健康的人，他不会这样轻易放弃。想到这里，他心里轻松了好多，他一定要以一个全新的自己克服一切苦难，活出如偶像史铁生一样精彩的人生。

出了手术室，处于半清醒状态的他，看见父亲红着眼睛扑过来，他虚弱地拉住父亲伸过来的手，使出浑身力气紧紧地握住那双颤抖的手弱弱地说道："爸，别怕，我没事……"说完他又睡了过去。

等他再次醒过来时，麻药散了，他是被疼醒的。他让父亲扶他坐起来，跃跃欲试地揭开被子，看到自己截肢后的断腿，他还是感到浑身泼了凉水般打了一个寒战，心像被刀捅了一下。长在自己身上十几年的脚就这样突然没了，就是穿了几年的衣服丢掉时都会舍不得，何况是自己身上的一块肉，他能不心痛吗？他知道，从此他不得不和自己钟爱的篮球告别了，也不能那样大步流星地走路了，更别说跑步了。父亲颤巍巍地帮他盖上被子，他能听得出那声音是父亲在极力地克制而颤抖着说："医生说了，等伤口好了，就给你装一个假肢，我都给他叮咛过了，无论花多钱，都让他给你装一个进口的，他说进口的材料好，装上走路不磨腿，也不瘸不拐……"父亲说这些话时没有抬头，尽管好像说得很轻松，但那大滴大滴的眼泪滴在他手里的被子上，郑小荣知道父亲比他更心痛。

郑小荣终于出院回家了。面对街坊邻居的惋惜，老师同学的遗憾，他没有半滴眼泪，显得超常平静，他平静得让人心疼。小薇的出现，还是让两个人都僵持在原地，小薇怎么也不敢相信，一个月的时间他憔悴与消瘦成这个样子。郑小荣看着小薇，不知道该怎样告诉她，她那肆意流淌的眼泪让他更不忍心将自己少了半截的腿袒露于她面前。

他知道，她此刻只是担心自己生了什么病，埋怨他这么长时间让她担心挂念，还真正不知道自己截肢了，他也就先不说。

她果然满脸埋怨地说："你住院这么长时间，也不写封信或者捎句话给我，到底怎么了要住这么长时间？你知道我每天是怎样熬过来的吗？

晚上等天亮，天亮盼天黑地等你消息，可天天都没有……”

看着小薇泣不成声的样子，他张了张嘴却一个字都说不出口，他不知道她看见他的腿会怎么样。

他始终还是没有勇气开口，总是沉默着。

小薇走上前抹掉眼泪既关心又急切地问：“你现在恢复得怎么样了？剩一个月就要考试了，你什么时候去学校啊？”

小薇这样一问，触到了郑小荣的最痛处。是啊，他什么时候康复？他还能去学校吗？他鼓足勇气一把掀开盖在腿上的毯子，眼睛像充了血一样红。他没有抬头，第一次看着自己的腿放声大哭，他的哭声痛楚压抑。小薇看见被子下面的腿，她真被吓着了，瞪大眼睛连呼吸几乎都停止了，她不相信自己的眼睛，怎么可能，他好端端地怎么可能就没有了半截腿。他就是生病也该有个预兆吧，可他一直都好好的，这也太突然了，突然得让她怎么也不能相信。她上前蹲在他的身边，希望自己是看错了，可眼前用纱布裹着的腿下千真万确没有了半截。她突然不知道自己该怎么去安慰他，他哭得像个被遗弃的孩子一样无助，声声让人心疼。她想，也许此刻他最需要的不是她陪着他一起哭，因为哭已经不能解决任何问题，只能让他更痛苦。她悄悄地抹掉眼泪，起身坐在他的身边，把他捂在脸上的手拉开，紧紧地握在自己的手心里，将头贴在他的耳边轻轻地说：“想哭就哭吧，别憋在心里，等哭完了咱重新开始，从头再来。”

他攥紧她的手，靠着她的肩膀第一次痛痛快快地哭出了声，她没有阻止他，就那样默默地陪着他。她不知道他这段时间是怎么过来的，她知道他在任何事情面前都是理智的，她也明白这段时间他承受了多大的痛苦和压抑。

下来的日子，虽然他没有表现出过分的消极情绪，但也失去了曾经的阳光和笑容。为了找回原来的那个他，小薇给他买了好多书，有《钢铁是怎样炼成的》《张海迪的故事》，还有他最喜欢的《我与地坛》，陪他一起阅读，一起探讨。慢慢地，他的心情好了起来，也喜欢问一些学校的事。她就趁热打铁，每天放学回家顾不得吃饭，就跑来给他辅导，给他送来复习题，和他一起做完了她才回家。

他还是没能参加考试，她自然是榜上无名。他知道自己成了这样，小薇心里的打击并不比他轻，她的成绩一落千丈与自己有着直接关系。

小薇没有考好，她一点都不觉得遗憾，反而认为这是更好的结局。只有这样，她和他才是平等的，就可以永远在一起。

就这样，她义无反顾地回家帮父母干农活，每天一忙完就去看他。在她的陪伴下，他已经完全适应了自己，拄着拐杖帮父母干一些力所能及的事。父母高兴的不是儿子能帮他们干活了，而是高兴他终于摆脱了痛苦，从那种阴影中走了出来，有了一个正常人的心情和态度。

小薇成了村里的大龄青年，到了女大当嫁的年龄，父母对她和郑小荣的事强烈反对，可小薇对他们的态度根本就是不理不睬，照样每天去看郑小荣，而且是风雨无阻，雷打不动。母亲天天苦口婆心地对小薇唠叨："这人一辈子长着呢，不能只看眼前，感情用事，现在觉得两个在一起没啥，等生活在一起了，他连自己都不能自理，别说撑起一个家为你遮风挡雨了，到那时所有的儿女情长在柴米油盐面前什么都不是了。"

父亲每次听见都气哼哼地说："你比我们念的书多，这些道理你能不懂？你明明就是故意拿自己的婚姻在开玩笑，你已经被他影响得名落孙山了，你还要搭进自己的一辈子，连门都没有，我们不死，就不会看着你往火坑里跳。"

小薇急了，就争辩道："怎么就成火坑了？他怎么就不能自理了，他和正常人没什么区别，他啥都能干，而且是一个有思想有理想的人，他一样会在逆境中有所作为。"

父亲听女儿这么一说，越发生气地吼道："你得是把书念到沟里去了？睁着眼睛说瞎话，现实就在眼前，他走路都要架个拐杖，还有资格谈理想，还能有啥作为？”

母亲也说：“你爸说得对，我们要面对现实，你也不小了，应该成熟地考虑你的终身大事，再不能这样幼稚了。我们就你这么一个女儿，你嫁个残疾人，以后连你们的日子都过不到人前去，更别说指望给我们养老了。”

小薇红着脸气呼呼地说：“说来说去，你们都是为你们自己打算呢，怕你们老了没人养老？”

父亲一听顿时火冒三丈，对女儿扬起的手却响亮地落在了自己的脸上，这一个巴掌让小薇无比震惊，她从小到大没见过父亲发这么大火，更没见父亲这样伤心过。只见父亲声音有点颤抖地说：“我们这样只是希望你以后过得好，没想着连累你，更没指望让你养老，如果指望你，我们就给你招个上门女婿，但我不愿意你在娘家门上看人脸色，所以我们就是再苦，也要给你找个好婆家把你风风光光地嫁出去。”

父亲一边抹着老泪一边说着，母亲也在一旁不停地擦着眼泪，小薇一下子就屈服了，她蹲在父亲身旁弱弱地说：“爸，你们别生气，我也说的是赌气话，我理解你们的良苦用心，你们把我辛辛苦苦拉扯大，我孝敬你们当然是应该的，我和郑小荣的事让我再想想吧。”

父亲一看女儿的思想有点松动，就趁机说：“有人给你介绍了一个城里的对象，那个男孩子听说在你们学校念过书，对你印象特别好，人家家庭条件好，他爸还在教育局工作，我让介绍人明天就领那小伙来家里，你们见见面，都是一个学校的，你也肯定见过。”

小薇没想到父亲会这样着急，但一想到父亲刚才那样的伤心，她也不敢再反抗，就没说什么，打算走一步看一步吧。

第二天，那个男孩果然在介绍人的带领下如期而来，小薇一见也果然认识，比她高一级的，叫黎军。他父亲在学校当过教导主任，他是随父亲来这里上学的。因为是同学，就有一些共同的话题，说一些学校的事，也就没那么尴尬。小薇父母一看，对这个男孩就是很满意，再看看小薇也不像对以前介绍的那些对象那样排斥，就将介绍人拉到一边，好让两人说说话。

这桩婚事应该说没问题，小薇父亲称心满意，那个黎军更是喜欢小薇。自从第一次见面后，基本一个星期就来一两回。而且每次来都是大包小包的，烟呀点心呀，来了后也不嫌弃啥，跟着小薇父亲一起下地干活，好是勤快，看得小薇父母心花怒放。小薇的态度总是不冷不热，还是背着父母去找郑小荣。父亲看见生气地警告小薇："我最后一次给你说，以后不要再去找那个跛子了，人家黎军对咱家对你都是诚心的，你可别不知好歹，这两个人明摆着，就是个傻子也能看得来好歹，你就别把福气拿脚踢。"

小薇面对这样的两面夹击，她也无从反抗。父亲接着说："你再这样执迷不悟，我可就要去警告那个没有自知之明的郑小荣，让他离你远一点，别耽搁了你的终身幸福。"

小薇一听，急忙阻止父亲："爸，我听你们的安排，你可千万不能去找他，他是一个自尊心特别强的人，好不容易从自卑中走出来，你千万不能再去打击他了。"

"那你就最好和他有个了断。"父亲坚决地说。

小薇的母亲还是偷偷地去了郑小荣家里，她的突然出现让郑小荣心里也明白了一些。其实他也矛盾过纠结过，他现在还不敢保证以后能不能给自己心爱的人幸福，是不是该放手让她去拥有属于自己的生活，可每次看到她那样无怨无悔地陪伴在自己身边时，一切的想法都被否定。他明白她是爱他的，七年的时间已经沉淀成了无法割舍的感情和亲情了。他也舍不得将她推给别人，如果没有了她，比他没有了腿更痛苦。

小薇母亲还没说一个字，就已经泪兮兮的，她看到郑小荣的样子，也是很难为情地说："娃，我今天来找你，也是情不得已，你和小薇的感情好，她对你下不了那个决心，为了小薇的幸福，你就离小薇远一点好吗？"

郑小荣心里一下子像被掏空了一样，他还是不舍地说："我和小薇是真心相爱的，我不能没有她，她也不能没有我。我们已经相爱七年了，有谁可以残忍地将这份坚实的爱情摧毁？"

小薇母亲开始鼻涕一把泪一把地说："你们还小，只懂什么爱情，不懂生活，有了充足的物质保障，才会有爱情，如果连最起码的生活都保证不了，还谈什么爱情。就算我求你了，你给小薇一句断绝话，让她对你死心吧，你这样为了爱情不放她，其实是在害她，如果你放手，就是在为她，你能她牺牲这才是真爱。"

面对小薇母亲的苦苦哀求，郑小荣妥协了。他想，也许生活和爱情真是两回事。他若有所思地说："让我再想想吧。"

小薇母亲"扑通"一声跪在小荣面前："你今天一定得答应我，不能再想了，你再想会耽搁她的，现在有你们的一个同学，他也是真心喜欢小薇，家里的条件也好，你如果放手了，我们就立刻给他们订婚，现在有你挡在中间，小薇她死不了心。"

面对小薇母亲突如其来的举动，他只能答应。如果小薇能嫁个好丈夫，他只能牺牲自己的爱情了。是，小薇母亲说得对，物质是感情基础，没有物质支配的感情也许终究会破裂，与其让它破裂后彼此受伤害，还不如让它凋零在爱的路上。

他痛苦地说："我答应你，从此不再见小薇。"

小薇母亲忙站起来说："从今天开始你千万记住，不要再见小薇，让她死心，我们会感激你一辈子的。"

郑小荣用力地点了点头。

小薇在沟里摘了好多野梅子，她怕压破了，小心翼翼的用手帕包好。

她一路哼着歌想着郑小荣吃到又甜又酸的梅子该有多高兴。今天远远的她就觉得有点奇怪，每天这个时候，他都会站在门口等她，可今天却不见人影，她心里一阵紧张。推开门，里面没人，他会去哪呢？正在她纳闷时，郑小荣母亲出来说："闺女，小荣让我把这封信交给你。"

小薇突然有一种不祥的感觉，急忙问道："他人呢？"

小荣母亲没有回答她，只催着让她看信。

小薇迫不及待地打开信："小薇，我不想这样待在家里，让所有的人都受累，我走了，去一个没人能找到的地方，开始我的生活。我们的感情也该画上句号了，你好自为之，去拥有属于你的人生。祝你幸福！"

小薇怎么也想不明白，他怎么突然就做出了这样的决定，从来也没说过，是不是另有原因？她依然每天都去，可一次都没见到，他真的就这样不辞而别了？不可能，他一定是有苦衷故意躲着自己的。她天天去，不信他能一直躲着。她去过四五回后，依然没见到他，他的母亲却哭哭啼啼地说："你就别再烦我儿子了，你这样只会让他更痛苦，既然你们走不到一起，就长痛不如短痛，让他早点解脱，早点开始自己的生活吧。"

小薇痴痴地站在原地，她不知道该说什么，突然觉得他们的相处让这么多人都跟着痛苦。郑小荣母亲重重的关门声好像将她推到了另一个世界。她知道，这里从此再也不会有他们的欢声笑语和窃窃私语了，也再也不会有她的身影了。

她若有所失地回到家里，看见父母正和黎军说着话，虽然听不见说什么，但他们看起来都很开心。看见她回来了，几个人都高兴地迎上来，她实在没有理由拒绝这份善良，更不忍心破坏这份开心。她对黎军说："帮我办一件事，办成了我们立马结婚。"

父母一下紧张地看着小薇，不知道她会出一个怎样的难题。黎军慷慨地说："我们都是一家人了，你的事就是我的事，你说吧。"

小薇停顿了一会儿说："给你爸说说，让郑小荣去我们村里的学校当老师，他的理想就是做一名老师，他现在腿成了那样，我们就当作一件善事，帮帮他。”

小薇父母一听女儿竟然让黎军帮郑小荣，这分明不是难为人家嘛，再说黎军明明知道小薇和郑小荣的关系，人家不在意也就罢了，她还得寸进尺，反倒让黎军去帮他。

小薇提这个要求时就想了，他能答应帮郑小荣更好，不答应，他们的事正好有理由拖着，黎军如果因此退出她的生活，那最好。

没想到黎军干脆地说：“没问题，我一定会让我爸帮他把这事办成。”其实黎军并不是没想过，他当然想过了，只要小薇有求于他，就证明他赢了，而且是为郑小荣，他更应该全力以赴把这件事办得漂漂亮亮，才足以证明他的大度和能力。

郑小荣当然不知道，学校校长来家里和蔼可亲地让他去当老师是小薇用自己的婚姻作为代价换来的。他欣然接受了聘请，在那梦想的三尺讲台上开始了自己的教师生涯。他一定要在自己热爱的事业中开启一片新天地。

小薇坐在婚车里，远远看见伫立在村子中间的那座学校，她知道那里面有她的牵挂，只希望他能在那里实现自己的人生价值，她相信他一定能。她擦干泪水，放下盖头，心里浮现出了一句歌词：“只要你过得比我好……”

三婶

每次看到她，我除了同情更多的是悲伤与思考。在这个生活的大舞台，是非恩怨，孰错孰对，用什么去衡量，道德还是情感？但这两者之间好像永远都是矛盾的存在。

当她像只受伤的老龟驮着沉重的壳甲，挪动着瘦小的身体艰难地经过人群时，身后总会发出怜悯的叹息与无限的感慨。下梁村的人都会望着她孤苦伶仃的背影感叹：“她是个好妻子，好母亲，是个好人。”

她的双腿由于长年累月的劳累，行走慢慢地越来越困难，直至最后只能靠爬行代步。眼前的她，一根绳子一头系在腰间，另一头绑着一捆柴草，纤夫般匍匐前行。一股五味杂陈的酸楚让我不由蹲下身，沉重地叫了一声“三婶”。听到声音，她缓慢地抬起头看向我，这一抬头，我的心又一次被揪得生痛。那深陷的眼眶里镶着两颗葡萄干状的眼睛，黑红色的额头皱纹纵横，腮帮凹进，嘴巴凸出，牙齿所剩无几。她看了我一眼仍旧耷拉下了头，那灰暗木讷的眼神让我喉咙哽咽。伸手解开她腰间的绳子，提起那捆柴草，扶着她瘦弱的身体，我不由在心里暗暗发问？

好妻子，就是用自己柔弱的肩膀为一个男人扛起了整个家，还要挨家挨户为他借钱看病，最后送他入土为安吗？

好母亲，就是宁愿搭上一个女人所有的尊严，硬是将和自己没有任何血缘关系的孩子抚养成人，最后却沦落到如此光景吗？

这样就是个好人了吗？

村子中间有一个大涝池，一年四季都不缺人气，最为热闹的属于冬夏两季。夏天，涝池里蓄着满满的水，倒映的柳树把水面染成绿汪汪的一片，也将燥热的空间截然隔断成两个天地，上面骄阳似火，下面清爽凉快。安顿完家务的女人们每人挎一大篮子脏衣服，结伴成群来到涝池边，一边洗衣服，一边嘻嘻哈哈谈笑风生，家长里短无所不及。那此起彼伏的说笑声常常惹得在树下纳凉的男人们停下嘴里吧嗒吧嗒的旱烟锅，不时向这边张望，或嬉皮笑脸地调侃女人们像刚下完蛋的老母鸡，脸憋得通红地叫喊着，生怕这个世界不知道自己会下蛋。女人们便互使眼色，趁男人们不注意，拿着蘸满水的衣服走过去，在他们头顶使劲一拧，衣服上的水便顺着男人们的头流到脸上，淌进脖颈，不等他们反应过来时，女人们已经咯咯咯地笑着跑开了。一群孩子不失时机地蹦蹦跳跳围着看热闹。冬天，涝池里的水干了，这个天然大坑既避风又聚光，所以像块宝地一样聚集了半村子的男女老少，男人们下棋走方谝闲传，女人们纳鞋底织毛衣说着笑着，使灰头土脸的冬天充满了欢声笑语。

这一天，正当男人女人们追赶着打情骂俏，旁边看热闹的人还不时起哄时，一高一矮一胖一瘦的两个女人拉拉扯扯地来到了人群中，高胖女人将手里的篮子放到人群中间，并掀开篮子里的青草，一手指着藏在青草下面几个白嫩光滑的土豆，一手扯过那个个头矮小、面黄肌瘦、衣衫破烂的女人，推搡着说她偷挖了她家的土豆。小女人耷拉着头发蓬乱的脑袋，用满是泥巴的手左右抹着泪汪汪的眼睛，并低声保证下次不敢再偷了。她站在人群中间，一件破烂的男式衣服套在身上又宽又大，原本使她可怜的样子显得滑稽可笑，引得围观的人好像看一件景致似的发出阵阵笑声。这个偷土豆的女人就是三婶。

她嫁给三娃叔时，是个因为不生孩子被婆家人赶出来的寡妇。三娃叔小时候是让狼叼着跑过了几架沟而被全村人撵着救下来的，但脸上还是少了一块肉，并留下了一排让人毛骨悚然的狼牙痕，一条腿也残废了，连行走都要靠拐杖，更别说干活了。可他运气还算好，一个从外地讨饭到村里的女人投靠了他，那个女人进门三个年头就给三娃叔生了三个带把的孩子。三娃叔干不了活，五张嘴全靠女人养活着，每年的那一点粮食维持不了几个月，囤底就朝天了。三个孩子饿得整天围着女人号哭，女人实在支撑不下去，用一根绳子将自己吊死在了沟里的一棵杨树上。等发现时已经腐烂得没有了人形，最后村里就砍了那棵树做了棺材，将那个女人埋在了那个树坑里。

女人一死，三娃叔的日子更是雪上加霜，他像傻了一样，天天蹲坐在门槛上。一个家没有了女人就不成家了，三个孩子很快衣不遮体，光着脚丫子满村跑。正在三娃叔愁白了头发时，三婶挎着一个小包袱，从村子的东头走到西头，迈进了三娃叔的家。

那是个正吃早饭的时辰，三婶突然来到了那个破烂不堪的地窑院，三娃叔和三个秃葫芦正每人捧着一碗高粱面糊糊喝得津津有味，这是三娃叔唯一会做的饭。突然，那“哧溜哧溜”喝面糊糊的声音戛然而止，四双眼睛忽地从碗沿翻过去傻愣愣地看着这个不速之客。孩子们忽而就反应过来，以为是个来讨饭的，可一看她的穿着又不像。

三婶看见三个孩子眼里那忽闪忽闪的眼光在黑乎乎的窑洞里格外光亮，还有那一个个皮包骨头的小身体时，一股强大的母爱被唤醒与点燃。就在那一瞬间，她更加坚定了自己的决定，一个任何人都不能理解的决定，那就是她要留下来做这三个可怜孩子的妈，她要把这个家撑起来。

三婶就开口了，对三娃叔说：“如果你愿意，我们就搭伙过日子吧，我们一起拉扯三个孩子，孩子不能没有妈。”

那突如其来地惊喜犹如炸窝的麻雀四下纷飞。三娃叔手里的粗瓷大海碗落在了地上，发出了“咚”的一声，却还是丝毫未伤。他搓着两只刚腾出来的手不知所措地傻傻笑着，也说不出一句话。过了片刻，等他明白过来，眼前的这个女人就要是孩子们的妈时，竟然满脸都是泪水。那老泪顺着深深的皱纹，纵横交错地流淌着。他呜咽着说：“我还有啥资格不愿意，磕头烧香都来不及，就是委屈你了。”

三婶也含着泪说：“这是我愿意的。”

三婶放下自己的包袱，就领着孩子们打扫院落，拾掇窑内。她头顶一块蓝格子手帕，格外醒目。一时间，一个破烂的院子仿佛出现了一道彩虹，一下子就亮堂了。是啊，一个家有了女人，一切都活泛灵动了。

三婶像个统帅一样忙里忙外，指挥着孩子们扫这里腾那里。这会儿，孩子们一个个都像喳喳喳的麻雀，欢快愉悦地飞来飞去。那像狼叼了一样的干柴堆顷刻间整齐了许多，门框上那早已褪了色的淡红仿佛都有了些颜色，连堆放在角落的那些破旧农具都有了些许的生动，整个院子里聚起了热腾腾的气息。

三婶就是这样简简单单地做了三娃叔的女人，做了三个孩子的妈。

自从三婶进门后，三娃叔像喜傻了一样，他院子进去窑里出来跟着转，处处想插手，可插手时又觉得自己碍事。他就那样转着，不由乐滋滋地转到了村里。

他突然觉得村里的阳光如此明媚，连往日最讨厌的流浪狗也突然看着可爱起来了。他的眼睛看什么都感觉模模糊糊的，因为他的眼里总是蓄着两团泪，那是太过高兴的喜泪。他很想碰见个熟人，给他说点什么。可路过的人却很少，就是有一个，也是匆匆忙忙的。他打声招呼，对方应一声就走了。三娃叔就独自蹲在阳光下，嘴里自言自语地嘟囔着：“这人，也不停下问我有啥事，说走就走。”正当他嘟囔着时，终于有个蹬着自行车的人过来了，他这次远远地就朝那人喊：“哎，哎……，你别走呀，听我说……”等他还没喊完时，那人已经蹬着车子过去了老远。

三婶的出现对三娃叔无疑是观音菩萨降临，也如村里投进了一颗炸弹一样，特别是村里的女人们，个个都按捺不住，想找借口去三娃家看看。她们都站在崖面上面，眼光斜斜地探出身子，想从这个地窑院里探出点什么东西。这时，三婶在院子里扯了一根绳子，正在给孩子们拆洗被子，晒棉絮。刚开始，大家都不相信，当这一事实千真万确出现在眼前时，她们就惊叹又疑惑，这不是睁着眼睛往火坑里跳吗？那么一个像水吹了一样一无所有的烂包摊子，哪个女人愿意往进搭？

女人们个个走过去了，就齐齐地聚在一起，叽叽喳喳地议论说："老天哪，这啥人找不下，偏偏去他家？"

"等着瞧吧，要不了几天，一准得跑了。"

"可不是，这三娃家穷得就剩下人了，一窝吃饭的嘴，这个女人图啥？"

这时她们看见三娃叔蹲在涝池边上晒太阳，就上前进一步议论。有人对他说："这个女人可能只是一时无处可去，暂时找个立足之地罢了，别抱多大希望。"

看着三娃叔脸上的笑容瞬间凝固，有人就安慰他说："不管她打的什么算盘，这个家她能撑一天算一天吧，好歹你还能吃几顿现成饭。"

三娃叔忧心忡忡地将听到的都一五一十说给了三婶，三婶也都听在耳里记在心里。是啊，当她跨进三娃叔的门时，黑不见顶的一孔窑洞里只有一面土炕，炕上堆着七零八落的烂衣服和一堆又脏又黑的棉絮，还有一脸沮丧的三娃叔和六只惊慌的眼睛，挨着炕的便是锅台，这就是这个家里所有的家当。虽然这样的光景超乎了她的想象，但她没有迟疑和退缩。她是个女人，但老天爷却没有给她这个女人做母亲的资本，多少年她都没有生出自己的孩子，她多么想能有个孩子，能听孩子叫她一声妈。就因为她生不了孩子被赶出婆家门时，她知道这样的希望也被彻底粉碎了。当他知道三娃叔家的情况后，当看到三个孩子稚嫩可爱的脸蛋时，她就知道自己有孩子了。

她揭开瓦瓮看到快见底的高粱面，三娃叔抠着手指头说："这是家里所有的粮食。"

三婶将瓦瓮里的高粱面全倒出来，她准备先给三娃叔和孩子们烙一顿饼子，让他们吃顿瓷实的，明天再说明天的事。为了多烙几个，也为了给那长期吃腻了的高粱面里面加进去一点别样的味道。她在高粱面里面加进去了一些菜叶，果然看起来都不一样了，红绿搭配，看着都香。

三婶在烟熏火燎的锅台上面手忙脚乱地开始烙饼子。烙饼子可是考验农村女人茶饭水平的标准之一，面团软硬要合适，火候大小要一样。必须要用麦草烧火，不能一次添得多，更不能断了火，要一点一点地续着火。火大了，饼子就焦了，火小了，烙出的饼子没色泽。三婶一个人忙得不可开交，加了柴忘了放饼，放了饼又忘了添火，手指头一会就烫了两个泡。她就那样整整地烙了一个早上，待案板上的一大块面团烙完了，她伸直酸疼的腰背时，却发现烙好的半盆饼子已经底朝天了。就在三婶还愣在原地时，院子里打起来了。她忙用围裙擦着湿漉漉的手，跑出去看到三娃叔手里抡着一根棍子边追边骂："咋吃不死一个？人家辛辛苦苦烙了一早上，连半个都不留，这是人做的事吗？"

三婶站在院子里，看着破衣烂衫，面黄肌瘦的孩子们，又生气又可怜，她叹了一声说："我这刚进门，不怕别人笑话吗？不怪孩子们吃得多，只怪家里吃的东西太少。"

三娃叔停下追骂，厉声喝道："给你妈认错。"

三个孩子知道理亏，都耷拉着脑袋站在原地，但没有一个开口。

三婶想着已经被自己倒得干干净净的瓦瓮，她心里乱糟糟的。虽然她进这个家门时是有思想准备的，她不怕穷，更不怕吃苦，可这突然间，她就好像成了一家之主。这往后一家人的柴米油盐，吃喝穿用，都得要她考虑。顿时，仿佛一块天压在了她的头上，好沉啊！

三婶的到来像在村里刮起了一股旋风，是女人的旋风。她每天干着男人干的活，吃着男人吃的苦。每天早早地就下沟，整个山沟几乎被她翻了个过，然后就看见她一笼一笼地往家里背各种药材。院子里晒着各种各样的药材，散发出不同的味道。一阵风吹过，有甜甜的、涩涩的、苦苦的味道从那个地窑院飘起，那五味杂陈的气味把三娃叔的日子撑得满满的。一个季节完了，她的手被磨出了一排老茧。有一次一镢头下去挖在了马蜂窝上，黑压压地一片撵得她无处可逃。尽管连滚带爬甩掉了蜂群的追赶，头还是被蜇得起了好多包，疼得嗷嗷大哭。三娃叔双手颤巍巍地不停用大蒜擦抹蜂蜇了的地方，却不小心抹进了三婶的眼睛里，她越是哭得厉害。三娃叔就像犯了错的孩子一样，无助地搓着手站也不是坐也不是地围着三婶转。没过几天，她又扛着镢头下沟了。有人看到脸还肿得像个面包的她，就提醒她，中了风可就要落下大病了。她笑着说没事，她命苦皮实。也有人问她把自己使唤得这么扎实何苦呢？她说三娃的病腿离不了止痛药，再说三个孩子都到了上学的年龄，再苦再累也要让娃们认识几个字，不能成了睁眼瞎子。

尽管她豁出命地过日子，还是吃了上顿没下顿。麦子一下来，几张嘴像蝗虫一样，不出几个月就吃光了。她就春捋槐花，夏拾麦穗，秋摘野果，冬挖野菜，常常还没等到饭熟，三个孩子土匪般趴上锅台，三两下就将半生不熟的饭一扫而光，让她总是哭笑不得，百般无奈。

孩子们一念书，她的负担更重，除了要填饱他们的肚子，要买本子买笔，还要让他们穿得像模像样。她常常愁得半夜半夜睡不着，为第二天的无米之炊，为孩子们的一双鞋，一个本子……

最开始有人发现自家菜地里先是少了几个茄子，尔后又少了几颗白菜，于是人们就开始了警惕与防范。果然就有人发现三婶挎着篮子频繁地出现在田野和家之间。于是几个女人在涝池边拦住了她，在她的篮子里搜出了七八个玉米棒子。从此，她就成了村里名副其实的贼。

以前她是提心吊胆地偷，既然贼名落实，她就开始肆无忌惮地偷。一年四季，什么下来她偷什么。特别是晚上，她背上大大的蛇皮袋子，在无边的田野里，凡是能拿得动的，她都拼命背回家去，只为填充家里那几张嘴。慢慢的，涝池边就成了三婶亮相的地方。每次搜出她偷的玉米、红薯、豆子时，就开始了你一句他一句地批斗，甚至有人调戏和唾弃。有人问她为什么要偷，一只老鼠掉到锅里坏了一锅汤，败坏村风。她说："娃们肚子太饿了。"有人便说那又不是你生的。她说和她生的一样。最后，人们也就习惯了每天劳动完聚集在涝池边，等着搜出三婶的赃物而拿她逗逗趣。在那个枯燥贫瘠的岁月里，三婶无疑成了人们苦中作乐的一件物品，甚至成了那清汤寡水的饭食里的一味调料。日子尽管很苦，但大家却很乐，因为有了调料。

虽然三婶成了众所周知的贼，但村里人都念在三娃叔和三个孩子连累她的分上，除过每天逗她乐乐外，倒不怎么厌恶她。直至大家知道她已经不仅仅是偷，开始用自己的身体换取一些吃的时，对她的包容就到了极限。在那个封建纯朴的年代，衡量一个女人的最低标准就是不偷不娼，如果沾上了这两样，那就是最让人瞧不起了。

三婶在一次偷人家香瓜时被当场捉住了。瓜地的主人是个五十多岁的光棍，他拿着一根尺把长的木棍横眉竖眼，甚是凶恶。三婶第一次被人逮了个正着，再看那人凶恶的一张脸，吓得两腿筛糠似的抖。她把篮子里的香瓜全倒在老光棍面前，哭着求饶。

老光棍板着脸说："怎么饶你"？

"瓜还给你，放我走，我以后再也不偷了。"

"瓜可以给你，也可以放你走，但……"

三婶惊慌地盯着老光棍的脸，却不敢迈开脚步。

老光棍接着吞吞吐吐地说："脱掉裤子，看看你的光屁股就放你走。"

三婶的脸一阵火辣辣的烫，她害羞地低下头弱弱地说："不脱……"

老光棍走到三婶面前伸出手说："你不好意思脱，我替你脱。"

三婶来回躲闪着。

老光棍凑近说："只要脱了，地里的瓜你随便摘，天天摘。"

三婶一听心动了，四下瞧了瞧，依然红着脸说："就在这里脱？"

老光棍一看三婶动心了，就说去旁边的玉米地里。

三婶跟着老光棍进了玉米地里。出来后她哭着提了一篮香瓜回家了。一进门，三个孩子围上来，一人一个狼吞虎咽。三娃叔也伸手拿了一个，咔嚓一掰两半，张开两排黄牙的嘴咬了一口说：“瓜真甜。”三婶心里的委屈和屈辱无从发泄，她拿起一个瓜摔向三娃叔，哭着骂道：“吃死你……”

三娃叔却捡起地上的瓜，在他肮脏的衣服上擦了擦，递到三婶面前好声好气地说：“真甜，你也尝尝。”

三婶看着三个孩子吃得津津有味，再看看可怜巴巴的三娃叔一脸的无辜，她转身哇的一声哭了。

虽然老光棍告诉三婶随时可以去摘香瓜，她也为此蠢蠢欲动过，但三婶还是忍着再也没有去过。可老光棍自以为荣地将和三婶的事说给了别人，还说那一年的香瓜，几乎全让三婶拿自己的身子换走了。然后就一传十十传百地在村子里传开了。或有或无，或真或假，惹得其他几个光棍也动了心思，看见三婶就嬉皮笑脸，故意吆喝着去不去玉米地里。打那时起，村里的人就用怪异的眼光看三婶，甚至有的女人看见三婶时就指桑骂槐，三婶故意装作浑然不觉。村里的孩子也听大人说，就围着三娃叔的三个孩子问香瓜甜不甜。这时候对三婶来说，那往日的脸面就是一层窗户纸，一旦被撕破了也就无所谓了，干脆破罐子破摔。也就是从那时开始，一旦偷东西被人捉住无处可逃时，她就试探着主动解开自己的裤带。有几个男人会对送上门的东西无动于衷？所以每次三婶都会满载而归。从此，她每次出去都会轻而易举地挎回一篮子吃的，三个孩子的肚子也每天吃得圆鼓鼓的。

三个孩子慢慢长大了，对村里人的窃窃私语和伙伴们的调戏侮辱已经知道那意味着什么。于是，他们把这种仇恨记在了三婶身上，开始对三婶横眉冷对，认为是三婶作风不检点，让他们在村里抬不起头，说不起话。

三婶终于将他们几个吊着鼻涕的毛头孩子养成了大小伙子，她自以为她是这个家里最大的功臣。可几个孩子眼里对她的气愤越来越让她心寒。她做好每顿饭，多么希望一家人围坐在一起吃，可几个孩子都是各自端一碗宁可蹲在门外，也不愿意坐她对面，而且从不正眼看她，她给他们说话时连句回应都没有。三婶知道他们为什么这样轻蔑自己，她也不怪他们，可她觉得在这个家里论功劳她没有，论苦劳她该有吧。她那样万不得已出卖自己的身体和灵魂，还不是为了他们不挨饿。这样的委屈常常让三婶欲哭无泪，三娃叔就安慰三婶："孩子们长大懂事了就知道报答你，这还不是有我嘛。"尽管三婶知道三娃叔说那样的话时也是毫无底气，但她只能默默地期待有那么一天。

有一年村里来了招工的，三个孩子一起报名走了。临走的先一天晚上，三娃叔把三个孩子叫在一起说："是你妈才让你们有了今天，要不是她，你们说不定早都饿死了，你妈再怎么不好也是为了你们，她是对得住这个家，对得住你们。明天你们都要走了，现在都给我叫一声妈，向你妈赔个不是。"

三个孩子虽然极不情愿，但看在父亲的面子上，再说他们很快也就离开了，都跃跃欲试地张着嘴，但没有一个人叫出声。

三婶看见三个孩子难为情的样子，就说："算了吧，叫不叫不重要。"说完却转身捂着脸哭了。

三个孩子一出门就像脱缰的马一样，一去不返。没有了那三张嘴，家里一下子就宽裕多了，三婶再也不用为无米之炊而愁肠。开始守着三娃叔种他们的一亩三分地，再也没有偷过谁家的东西。慢慢的，村里人也都忘了三婶曾经的不轨行为，都开始骂那三个没良心的白眼狼。也开始同情三婶为了三个和自己没有关系的孩子，为了和死人差不多的三娃叔搭上了自己的一生，受尽了艰难困苦和委屈，最后还落得倒像三婶欠他们一样。不念三婶不但救了他们的命，还将他们养大也就罢了，却视三婶像仇人一样，从来没叫过她一声妈，没正眼看过她，三婶给他们说话时连应一声都不愿意。有人问三婶后悔吗？三婶苦涩地摇摇头说："不后悔，孩子们还小，以后他们会明白的。"

三个孩子离开家的第二年，三娃叔就病了，三婶拉了两麻袋高粱给三娃叔换回来一小袋麦子，连夜就磨成了面，给三娃叔变着样地做，白面片里面还千方百计给弄个鸡蛋放在碗底，白面馍里面撒上星星点点的菜叶，可没福气的三娃叔还是吃不下，一顿就吃那么几口吊着命。没出一个月，三娃叔就瘦得皮包骨头了，三婶着急了，硬是要带三娃叔去医院看看，三娃叔明知道家里一分钱都没有，就劝三婶说："人活多少是个够？当年被狼叼着翻了几座山，村里人都认为那次我肯定是活不了，但却活了这么多年，也够本了。"

三婶抹着眼泪说："他爸，咱还是去医院瞧瞧吧，别耽搁了，你如果走了，我可怎么办？"

三娃叔眼睛也红了，他拉着三婶的手说："这辈子苦了你，我们父子最亏欠的就是你，我也知道想指望那三个没良心的孝敬你是不可能的，他们好歹是我的种，现在连我都不管。"

自从三婶进了这个家门，三娃叔是第一次这样推心置腹地说出了自己的心里话，感动得三婶哭得稀里哗啦。女人其实是最感性的，有时仅仅需要的就是一句理解的话。

三娃叔无力地替三婶抹着脸上的泪说："你说你那时候咋就那么傻呢？你说你图个啥呢？硬是往这穷坑里跳，害了你一辈子……"

三娃叔说得真诚动情，三婶听得感动不已。她哽咽着说："我就是看见你和孩子们可怜。"

三娃叔也被三婶感染得泪流满面，他又安慰三婶："人在做天在看，你为我们吃了这么多苦，受了这么多委屈，老天爷一定不会亏待你的。"

三婶拉着三娃叔挨家挨户地哭着去借钱，村坊邻居看见三婶也真是尽心尽力，都三块五块地慷慨解囊。第二天，三婶硬是用架子车拉着三娃叔去医院看病，医生说是胃癌。三婶不知道胃癌到底有多严重，要求医生一定看好三娃叔。医生告诉三婶，三娃叔的胃癌已经到了晚期，任何治疗都已经没有了意义，回去想吃啥就给做啥，能活几天是几天。

尽管三娃叔说自己活够了，但还是着急地问道："医生咋说的？我得的啥病？"三婶故作没事地说："没啥病，就说你缺乏营养，让回去好好给你补补就好了。"三娃叔即刻露出笑容说："那就好，我还以为阎王爷叫我做伴呢。"

三婶用借来看病的钱给三娃叔割了半斤肉，然后又拉着他往回走。一路上，三娃叔精神不错，东拉西扯地说个不停，可三婶一边应着，一边悄悄地哭了一路。

回到家里，三婶将一个肉包子递到三娃叔面前说："快趁热吃吧，医生说好好吃饭，营养跟上了，你就能下地走路了。"三娃叔接过又白又软，散发着香味的肉包子咬了一口，眼里含满泪花说："真是香，就是死了也知足了。"

三婶转身偷偷地抹掉眼泪埋怨说："好好的，别总把死挂在嘴边，不吉利。"

三娃叔硬是让三婶也吃一个肉包子，三婶就瞪了一眼说："我这好好的，留着你吃，你早点好了比啥都强。"

三娃叔说："我知道我是活不了几天了，你就陪我一起吃一个，自从进了这个家门，你总顾着我们父子，饿着自己，我没本事给你尽心，看着你吃个肉包子，我闭上眼睛时就甘心了……"

三婶还想继续隐瞒三娃叔，就说："你就别瞎猜了。"三娃叔不顾那一行接一行的老泪滴在了包子上，大口大口地吃着嚼着，说："你就别再瞒我了，你的眼泪和愁容瞒不过我。"

没过几天，三娃叔就走了。村里人都劝三婶不用哭，作他的女人，她算是仁至义尽了，对得起三娃叔。

三娃叔去世后，三个孩子回来过一次，去三娃叔的坟头烧了几张纸，给三婶留了一些钱，没在家里待就走了。人心都是肉长的，他们也许该到了愧疚的时候。

从此，镇上的邮递员隔三差五会来村里。原来的邮递员来的时间久了，村里的每一家他都了如指掌，每次来都将信件和汇款单准确送到。新来的邮递员是个年轻小伙子，一进村丁零零的车铃响个不停，车子也懒得下，就满村转着吆喝。三婶听见就远远地迎上去，招呼邮递员进屋喝口水。邮递员看着弯腰驼背，饱经沧桑的三婶问："是你儿子的汇款吧？"

三婶笑着说是。邮递员边递给她单子边说："好福气，一下子就寄来了三张汇款单。"

三婶依然笑着说是。

三婶将那些汇款单整整齐齐地摆在窗台上，没事了就瞧瞧，但她从来没有取过一次钱。

慢慢的，她的身体一天不如一天，也许是那时候劳累过度透支了身体，说不行就轰然倒下了。她的腿常年犯疼，疼得变了形，慢慢的不能走路，就靠爬着走路。

村里人看见她可怜的光景，再看着窗台上那些摆放有序的汇款单都劝她："你傻呀，他们寄都寄给你了，再说这也是他们应该做的，取出来给你看病吧。"

三婶倔强地说："他们从小就看不起我，觉得我让他们丢人，我现在不用他们的一分钱，是为了让他们知道，我不是没有骨气和尊严，那时候那样做实在是万不得已，因为我要养活他们。"她指着那些汇款单接着说："我每天看着这些就已经足够了，没白养活他们，等我以后不在了，他们如果回来了，你们一定要将这些单子如数交给他们。"

不知道三婶不在了，三个孩子会不会回来，如果回来看到他们亲手寄回来的汇款单原封未动时，该又做何感想？

枣儿

枣儿坐在院子里的石墩上，双手托着下巴看着月亮透过天上的流云时隐时现，她多么渴望自己也能坐在那云端，飘向遥远的地方，远离所有的烦恼。

这时，枣儿清晰地听见从中间的屋子里又传出继母那带有讥讽味道的声音责问父亲："你说你的宝贝闺女，到底想嫁个啥样的人家呀？她只晓得自己长了漂亮的脸蛋，只可惜是小姐身子丫鬟命……"接着，他们的吵闹声打破了这深邃静谧的夜晚，继母刻薄尖锐的话语如针刺般又一次扎在枣儿的心头，一股难言的酸楚使她突然感觉这世间的人情好冷，冷得让她不由得双手紧紧抱着自己的肩膀，两股眼泪如小溪般顺着脸颊流淌。

自从母亲去世，枣儿便承担起了所有家务，父亲看在眼里疼在心里。为了不让女儿年纪小小就围着锅台转，他便为枣儿娶回了继母。可自从继母进门后，对枣儿不是冷言冷语，就是指桑骂槐，这使父亲又陷入了另一种痛苦与无奈中。

这样的家庭矛盾终于将父亲打磨得失去了棱角，他无奈地对枣儿说："男大当婚女大当嫁，找个合适的人家嫁了吧。"枣儿理解父亲的苦衷，便同意将自己嫁出去。面对媒人带来的一个个陌生面孔，枣儿无从选择，一想到自己一辈子就要和那样陌生的男人一起生活，她感到了一种从没有过的恐慌与惧怕。今天已经是第七个了，可她一个都没看上眼。每次因枣儿不愿意而打发走他们后，继母的脸色都会突然由晴转阴，而且冷嘲热讽阴阳怪气地责怪枣儿自命清高，挑三拣四。枣儿知道，继母多一天都容不了自己，只要能立马把自己推出这个家门，继母才不会在乎外面是悬崖还是沟洼。

看到父亲整天把自己埋在庄稼地里躲着不回家，听到他们天天晚上吵闹不休，记着媒人明天还约好一个要见面，枣儿下定决心，好歹就明天了，明天等待自己的将是怎样的一个男人，听天由命吧。

枣儿轻手轻脚地回到屋里，躺在炕上翻来覆去无法入睡，她开始幻想着明天将要托付一生的那个男人长得会是什么样？想着想着，她不知什么时候睡着了。

大奎腼腆老实，二奎灵便活道。都快三十岁的大奎却不好意思单独去相亲，二奎只好陪同一起去。当枣儿看到媒人身后的两个人，一个长得五大三粗，满脸胡茬，年龄偏大。再看另一个，高大魁梧，英俊潇洒，和自己年龄相仿，不用猜一定是他了。枣儿顿时心花怒放，原来拒绝了那么多就是为了等眼前的这个男人。

老实的大奎总是躲在体面的二奎后面，所有的谈话也由二奎全权代言。阅人无数经验丰富的媒人一看枣儿的眼神，就明白她对这兄弟俩看得阴差阳错了，为了那一千块钱的介绍费，便在他将错就错，含糊其辞的撮合下，最后自然是双方同意一锤定音。

时间的仓促早在枣儿的预料中，果然半个月后就是自己的婚期。来回两头都是媒人跑着传话说事，枣儿再也没有见过自己的未婚夫登门。

结婚之日，顶着大红盖头的枣儿被穿着新郎装的大奎迎娶进了门。在掀开盖头的一瞬间，枣儿被眼前戴着大红花的新郎官惊得目瞪口呆，随之便感到了一阵五雷轰顶的眩晕。她闭上眼睛欲哭无泪，如果此时她哭闹着说自己要嫁的不是眼前这个男人，有谁会相信她，不但无济于事，也许后果会不堪想象，所以她尽量让自己冷静。正当她大脑一片空白时，一个熟悉的声音又使她惊奇地睁开眼睛，她听的没错，二奎正端着一个盘子站在大奎的旁边，叫了一声嫂子。枣儿看见二奎也穿着一身新衣服，更显得精神。单纯幼稚的枣儿想，如果天天能这样看见二奎，她也愿意。

新婚之夜，枣儿看见五大三粗的大奎就害怕，她缩在炕角，大气都不敢出。大奎以为枣儿是害羞，也就没有强行靠近她，因为他自己也有点害羞得不知所措，何况枣儿一个大闺女。不一会儿，大奎就鼾声如雷，枣儿虽心惊胆战却相安无事地度过了新婚之夜。

以后的日子，无论是下地干活还是回家吃饭，枣儿总是跟在二奎的后面，他们俩有说有笑，不亦乐乎，常常竟然忘却了大奎的存在。一到晚上，当回到屋里面对这个越来越让自己讨厌的男人时，她才感觉到了和二奎之间那不可跨越的距离，也悔恨自己把他们之间的关系想得太简单了。为了不让大奎玷污了她的爱情，她每晚睡觉前都要给自己穿上四五条裤子，再系四五条裤带。大奎的忍耐终于到了极限，在无数次的软缠硬磨和苦苦相求后得到的依然是枣儿的强烈拒绝时，他体内积压的欲火终于像火山一样迸发了。大奎突然间不再是往日那个老实巴交的榆木疙瘩，他瞬间像一头发情的雄狮将枣儿死死地压在身下，任凭枣儿怎样地哭叫反抗，第一道裤带还是被他扯断了。当他沉浸在一种征服的快感中对枣儿乱抓狂吻时，却被第二道裤带拒之门外。又一条裤带依然严严实实的将枣儿的腰捆得结结实实，这更激起了他的怒火和欲望，在他几乎失去理智扯断第二条裤带后，看到的又是一个结实的裤带结。他这下没有再进攻，而是哭着从枣儿身上跌了下来，使劲地抓着自己的头发和脸。枣儿趁机忙起身退到炕角，浑身像筛糠似的发抖，她想着大奎今晚会不会到此罢休，她还想睡在隔壁的二奎如果听见，会不会跑过来解救自己？可她怎么也没有想到，正是她让人怜惜的抽搐又激起了大奎的怜爱之心，当他又一次想去爱抚自己的女人时，却招来了枣儿一记重重的耳光。一种双重的屈辱已经使大奎没有了想扒光这个女人和占有她的半点欲望，随之而来的便是他愤怒有力的拳头无情地落在了枣儿的身上。

浑身的疼痛已经使枣儿麻木了，她模糊之中听见大奎摔门而去的声音。枣儿真想大声地哭出来，可连哭的力气都没有了。她无力地躺在炕上，不知自己流的是泪还是血？

正在她为大奎的出走暗自庆幸时，却又听见了一阵脚步声。枣儿的心又一次提到了嗓子眼，这时她听见了重重的关门声，随后大奎母亲站在炕边对枣儿说："我们出钱娶回了你，就是让你陪我儿子睡觉，给我们传宗接代的，我就不信你这小腿能拗过我们的大腿。"

枣儿知道自己今晚是在劫难逃了。大奎像个委屈的孩子，双手抱着脑袋蹲在地上哭着，强势而又愚蠢的母亲火上浇油地数落儿子窝囊无能。她自己像只母老虎一样扑在枣儿的身上，在枣儿还不知道她到底要干什么时，只听见随着剪刀咔嚓咔嚓的几声，枣儿的几条裤子已经被扯掉了，接下来便是大奎的身体重重地压了上去……

枣儿躺在黑暗的夜里前思后想，她只是一个普通的女人，她无法扭转自己的命运，她不能和自己喜欢的男人一起生活，更没有勇气为这事而闹得众所周知。也许只有死才能真正洗刷掉自己所遭受的糟蹋和侮辱，当死的念头占据了她的心时，二奎却浮现于心头。她从见到二奎的第一眼就喜欢他，而且枣儿也深深感觉到二奎是喜欢自己的，只是他们俩不能打破世俗争取他们的幸福。想着想着，枣儿不哭了，因为她在想，即使死也要给自己一个交代。

第二天，天不亮大奎就和母亲逃离般地下地干活去了。枣儿勉强起身，端来一盆水，脱掉衣服，对着镜子将自己认认真真地洗了一遍，然后躺进重新铺好的一床新被子里把二奎喊了过来。二奎刚跨进门，枣儿就跳下炕将他紧紧地抱住，把自己的脸贴在二奎的胸前伤心地哭着。二奎看到枣儿身上青一块紫一块的伤，他似乎已经明白昨晚发生了什么事。但他怎么也不会想到枣儿被大哥强暴全是因为母亲的操纵，他们知不知道这是在犯法？可他们毕竟是自己的亲人，他即使恨得咬牙切齿又能如何？当枣儿说她相亲时喜欢的是二奎，可为什么做自己新郎的却是大奎？二奎将枣儿紧紧地抱在怀里，哭着问她为啥不早说？枣儿将自己的身心与爱情给了二奎，也算是给了自己一个圆满的交代。

打发走二奎后，枣儿将一瓶农药咕咚咕咚地灌进了肚子，闭着眼睛，静静等着死神的降临……

枣儿死了。全村人都为她惋惜！

相继两年，大奎和二奎先后无缘无故、莫名其妙地疯了。对大奎和二奎的发疯，村里人各有说辞，有人说大奎是因为忏悔，二奎是因为痛惜，还有人说这弟兄俩都是因情而疯；也有人说他们那是家族遗传，大奎的祖父曾经就是个疯子。

慢慢的，人们似乎已经忘却了枣儿曾经的存在，也习惯了大奎和二奎疯疯癫癫从村子的东头窜到西头，可谁也不知道那疯弟兄俩在枣儿的坟头堆的砖头瓦块用来做什么。直至有一天，大奎和二奎用那些不知捡了多久的砖瓦在枣儿的坟墓旁盖起了一座屋子时，人们又恍然想起了枣儿！